Dieser zweite Band der Stücke von Thomas Bernhard enthält diejenigen Dramen (Komödien? Tragödien? Keine Komödien? Keine Tragödien?), die in den Jahren zwischen 1975 und 1978 uraufgeführt wurden. In einem von ihnen, in *Die Berühmten*, erklärt ein Bassist: »Die Schriftsteller ... sind Übertreibungsspezialisten.« Dieses Diktum weist auch auf ein zentrales Merkmal des Inhalts und der sprachlichen Form der Bernhardschen Theaterstücke hin: Die Protagonisten seiner Stücke sind in ihrem Leben immer bis zum Äußersten, ja, meist darüber hinaus gegangen. Die Sprache, in der sie von ihren Anstrengungen reden, verdoppelt, übertreibt diese Über-Steigerungen noch einmal – mit dem Effekt, daß das Leiden dieser Personen deutlich und, damit zugleich, dieses Leiden durch das Lachen erträglich wird: Leiden und Tragödie, Ironie und Komödie.

Thomas Bernhard wurde 1931 in Heerlen (Holland) geboren. Sein Werk im Suhrkamp Verlag ist auf S. 344 dieses Bandes verzeichnet.

Thomas Bernhard
Stücke 2

Der Präsident
Die Berühmten
Minetti
Immanuel Kant

Suhrkamp

Umschlagfoto: Erika Schmied

suhrkamp taschenbuch 1534
Erste Auflage 1988
© dieser Ausgabe Suhrkamp Verlag Frankfurt am Main 1988
Copyrightangaben für die einzelnen Stücke am Schluß des Bandes
Suhrkamp Taschenbuch Verlag
Alle Rechte vorbehalten, insbesondere das der Aufführung
durch Berufs- und Laienbühnen, des öffentlichen Vortrags,
der Verfilmung und Übertragung durch Rundfunk und Fernsehen,
auch einzelner Abschnitte. Das Recht der Aufführung oder Sendung
ist nur vom Suhrkamp Verlag Frankfurt am Main zu erwerben.
Den Bühnen und Vereinen gegenüber als Manuskript gedruckt.
Druck: Druckhaus Nomos, Sinzheim
Printed in Germany
Umschlag: Göllner, Michels, Zegarzewski
ISBN 978-3-518-38034-5

8 9 10 11 12 13 – 15 14 13 12 11 10

Inhalt

Der Präsident   7

Die Berühmten   117

Minetti   203

Immanuel Kant   251

Der Präsident

Nach dieser Zeit der Erniedrigung kamen Jahrhunderte der Grausamkeit und der Anarchie ... alle Bürger wurden Mörder oder Ermordete, Henker oder Gehenkte, Erpresser oder Sklaven im Namen Gottes oder auf der Suche nach dem Heiland ...

Voltaire

Personen

PRÄSIDENT
PRÄSIDENTIN
OBERST
SCHAUSPIELERIN
FRAU FRÖLICH
MASSEUR
DIENSTMÄDCHEN
KELLNER
BOTSCHAFTER
LEICHENDIENER

Offiziere
Mitglieder der Regierung
Diplomaten
Volk

Die erste, zweite und fünfte Szene ist im Präsidentenpalast
Die dritte und vierte Szene ist in Estoril

Erste Szene

Schlafzimmer, neun Uhr früh
Zwei Toilettetische
Neben dem rechten Toilettetisch ein leerer Hundekorb
Zwei Kleiderständer, Sessel, Fauteuils
Die Tür zum Badezimmer ist offen
Plätschern des Badewassers
Präsidentin im Négligé am rechten Toilettetisch
Frau Frölich schwarz gekleidet mit einem Haufen schwarzer Kleider für den Präsidenten, der im Bad ist, herein; sie legt die Kleider auf den Sessel neben dem linken Kleiderständer, hängt einen Zylinder auf den Kleiderständer, wieder ab
PRÄSIDENTIN *ihr nachschauend*
Ehrgeiz
Haß
sonst nichts
Frau Frölich mit einem Haufen schwarzer Kleider für die Präsidentin herein, die sie auf dem Sessel neben dem rechten Kleiderständer ablegt, hängt einen schwarzen Schleier auf den Kleiderständer
Präsidentin aufspringend, ein scharzes Kleid an sich reißend
Das Hochgeschlossene
das Hochgeschlossene
hält das Kleid an ihrem Körper fest, schaut in den Spiegel
Es ist aus der Mode gekommen
es ist aus der Mode gekommen Frau Frölich
wirft das Kleid auf den Boden, kommandiert
Heben Sie es auf
Aufheben
Frau Frölich hebt das Kleid auf
Präsidentin schaut auf den Schleier
Es ist aus der Mode gekommen
kein hochgeschlossenes Kleid
schaut in den leeren Hundekorb
Kein hochgeschlossenes Kleid Frau Frölich
Plätschern des Badewassers
Präsident hustet
Frau Frölich und Präsidentin schauen auf die Badezimmertür

FRAU FRÖLICH
   Aber es ist Ihr Lieblingskleid Frau Präsident
PRÄSIDENTIN
Es hätte ein Kopfschuß sein können
nimmt der Frölich das Kleid aus den Händen
Es hätte ein Kopfschuß sein können
ein Kopfschuß Frau Frölich
aus dem Hinterhalt
tödlich
ein Kopfschuß Frau Frölich
Das Kleid an den Körper drückend
Es ist mein Lieblingskleid
aber es ist aus der Mode gekommen
Kopfschuß
Kopfschuß Frau Frölich
In Paris habe ich es gekauft
mit meinem Sohn zusammen
drückt das Kleid fester an den Körper
Im Printemps
Frau Frölich
Zum Begräbnis meines Bruders
seines Onkels
vor drei Jahren
Damals ist Carmen gespielt worden
Die Lieblingsoper meines Mannes
schaut auf die Badezimmertür
Die Anarchisten
sind überall
Frau Frölich
und sie schrecken vor nichts zurück
vor nichts zurück Frau Frölich
wirft das Kleid auf den Boden
Sie gehen jetzt
systematisch vor
sagt der Kaplan
daß es sich um Wahnsinnige handelt
Sie hassen meinen Mann Frau Frölich
Haben Sie gelesen
Der Präsident muß weg
haben sie geschrieben
der Präsident muß weg

Plätschern des Badewassers
Niemals hat dieses Land
einen solchen Präsidenten gehabt
einen so guten Präsidenten wie meinen Mann
hat es in diesem Land
niemals gegeben
Frau Frölich hebt das Kleid auf
Es ist gänzlich aus der Mode gekommen
Bringen Sie das mit den vier Knöpfen
Frau Frölich zögert
Gehen Sie
Auf was warten Sie
gehen Sie
Frau Frölich mit dem hochgeschlossenen Kleid ab
Präsidentin ruft ihr nach
Das mit den vier Knöpfen
hören Sie
Plätschern des Badewassers
Das Vierknöpfekleid
Frau Frölich
Wenn es läutet
ist es der neue Oberst
zu sich selbst
Ein Unglück
ein solches Unglück
ruft
Und vergessen Sie die Badetücher nicht
Und lassen Sie den Masseur herauf
Aber nur mit Passierschein
nur mit Passierschein Frau Frölich
Plätschern des Badewassers
Präsidentin setzt sich, schaut in den Spiegel
Kopfschuß
es hätte ein Kopfschuß sein können
Wir hätten nicht zum Denkmal des Unbekannten Soldaten
gehen sollen
nicht mehr zum Denkmal des Unbekannten Soldaten
ruft ins Bad hinein
Nicht mehr zum Denkmal des Unbekannten Soldaten hörst du
Plätschern des Badewassers
Einmal treffen sie

schaut in den Spiegel
er war es nicht
Unser Sohn war es nicht
ruft ins Badezimmer hinein
Blutet die Wunde noch
Ob die Wunde noch blutet
Plätschern des Badewassers
Es ist ganz natürlich
daß sich ihr Sohn
den Anarchisten
angeschlossen hat
ruft ins Badezimmer hinein
Der neue Oberst hat dir aufgesetzt
was du am Grab redest
hörst du
etwas Kurzes für den alten Oberst
zu sich
Nicht zum Denkmal des Unbekannten Soldaten
Daß er sich eines Tages
von einem Augenblick auf den andern
den Anarchisten anschließt
hat der Kaplan schon vor Jahren gesagt
streckt die Zunge heraus, zu sich im Spiegel
Nach dem Begräbnis
sperrst du dich ein
und lernst deine Rolle
verstehst du
du spielst
wie du immer gespielt hast
ruft ins Badezimmer hinein
Die Karten für die Weihnachtsvorstellung
sind ausgeschickt
vierhundertfünfzig Karten
Das Reinerträgnis fließt
den Mongoloiden zu
schaut in den Spiegel
Er war es nicht
Es geht gegen die Köpfe
sagt der Kaplan
gegen die
die Macht haben

Du hast Macht
hörst du
Macht
schaut in den Spiegel
Macht
Nimmt einen Kamm aus der Tischlade und kämmt sich
Wenn er doch im Ausland ist
Plätschern des Badewassers
Mein Kind
in Rom
ruft ins Badezimmer hinein
Im Ausland
hörst du
er studiert die Archäologie
schaut in den Spiegel und streckt die Zunge heraus, dann
Ausgrabungen
Jahrtausendealte Gegenstände
Kunstwerke
Skelette
streckt die Zunge heraus, dann
Weggehen
einfach weggehen in der Nacht
wortlos
mit nichts
Er hat sich den Anarchisten angeschlossen
ruft ins Badezimmer hinein
Es gibt keinen Beweis
daß er sich den Anarchisten angeschlossen hat
in den Spiegel schauend
Archäologe
Naturwissenschaftler
und Archäologe
Plätschern des Badewassers
Mitten in der Nacht weg
wortlos
weg
Er hat alles liegen
und stehen lassen
wirft den Kamm weg
ruft ins Badezimmer hinein
wie kann er auf uns schießen

wenn er in Rom ist
erinnerst du dich
wie wir ihm in Rom
den Tacitus gekauft haben
schaut in den Spiegel
Schliemann
kämmt sich wieder
Das Kind
ruft ins Badezimmer hinein
Wie er die Bekanntschaft
mit dem Schriftsteller gemacht hat
diesem Menschen plötzlich
verfallen ist
Ich habe diesem Menschen
immer mißtraut
schaut in den Spiegel
Hier
aus dem Gebüsch
vor dem Denkmal des Unbekannten Soldaten
wenn er in Rom ist
wirft den Kamm weg, schaut in den Spiegel
Die Intellektuellen
nützen die begabten Unerfahrenen aus
sagt der Kaplan
hetzen sie auf
selbst gegen die Eltern
Frau Frölich mit einem schwarzen Kleid mit vier großen Knöpfen herein
Kein Tag ohne Leichenbegängnis
In zwei Wochen acht Begräbnisse
Frau Frölich
Masseur ist hinter der Frau Frölich eingetreten und stehengeblieben
Präsidentin zum Masseur
Mein Mann wartet schon auf Sie
gehen Sie hinein
Masseur geht, sich einmal kurz vor der Präsidentin verneigend, ins Bad
Präsidentin zur Frau Frölich
Zeigen Sie her
Geben Sie her

kontrolliert das Kleid mit den vier Knöpfen
Haben Sie
die Abnäher gemacht
Legen Sie es hin
da auf den Sessel
auf den Sessel da
da
Frau Frölich legt das Kleid auf den Sessel
haben Sie
die Abnäher gemacht
Zwei Abnäher
Frau Frölich gibt ihr das Kleid
Präsidentin kontrolliert das Kleid
Zwei Abnäher
zieht am Saum
Man muß ziehen am Saum
am Saum ziehen Frau Frölich
ziehen
ganz sanft ziehen
ziehen
ziehen
plötzlich
Ist Ihr Sohn
auch ein Anarchist
hören Sie Frau Frölich
ob er Anarchist ist
Sagen Sie doch
ob Ihr Sohn
Anarchist ist
sagen Sie doch
gibt ihr das Kleid
Frau Frölich legt das Kleid sorgfältig auf den Sessel
Vor solchen unfertigen Menschen
die nichts als die Vernichtung im Kopf haben
muß man Angst haben Frau Frölich
Angst
verstehen Sie
nach einer Pause
Eines Tages habe ich Sie eingeholt
dann ist mein Gesicht
so grau und so alt

wie Ihr Gesicht
Aber Sie haben dieses graue alte Gesicht
schon seit zwanzig Jahren
Sie haben sich die ganze Zeit
nicht verändert
Wenn man immer ein so graues und altes Gesicht hat
geht die Zeit spurlos
vorüber
über ein solches Gesicht geht sie spurlos
Dann habe ich Sie eingeholt
Das geht jetzt rasch Frau Frölich
Jetzt schlagen sie zu
jetzt vernichten sie uns
Dann sind unsere beiden Gesichter
gleich grau
Der Oberst hat sterben müssen
Weil sie meinen Mann nicht getroffen haben
Und hätten sie meinen Mann getroffen
und der Oberst wäre davongekommen
aber der Oberst ist tot
Der Oberst bekommt ein Staatsbegräbnis
alle öffentlichen Gebäude sind beflaggt
Frau Frölich
Mit Kanonenschüssen Frau Frölich
Frau Frölich ab
Präsidentin ruft ihr nach
Ihr Sohn ist immer
sehr intelligent gewesen
Frau Frölich
schaut in den Spiegel
Plätschern des Badewassers
schminkt ihr linkes Augenlid
So
schminkt ihr rechtes Augenlid
So
Aufwachen
aufstehen
Frau Präsident werden
Frau Präsident
kämmt sich
Frau Präsident

Dann sind unsere Gesichter
gleich grau
trägt Schminke auf
In die Rolle der Frau Präsident
schlüpfen
Seufzen und Stöhnen des Präsidenten aus dem Badezimmer
heraus
Präsidentin ins Badezimmer hinein
Mein Mann
hat einen Schock erlitten
einen Schock
Der dritte Attentatsversuch
innerhalb von vier Wochen
Aber er liebt es
zum Denkmal des Unbekannten Soldaten zu gehn
schaut in den Spiegel
Frau Präsident
lehnt sich zurück und bricht in Gelächter aus
Frau Präsident
Verstummt plötzlich und schaut in den leeren Hundekorb
Mit dem Hund sprechend
Siehst du
schminkt sich
Ein Rot
Ein Grau
Ein Schwarz
Wieder ein Rot
Ein Grau
Wir machen jeden Tag das gleiche
mein Liebling
Wir stehen auf
Wir waschen uns
Wir ziehen uns an
Dann frühstücken wir
schaut in den leeren Hundekorb
Ein Rot noch
ein Schwarz noch
schaut in den leeren Hundekorb
Wir haben einen Fehler gemacht
Wir hätten nicht
zum Denkmal des Unbekannten Soldaten gehen sollen

Diese fürchterlichen Menschen
Und dann bekommst du
was du dir wünschst
nicht wahr
schminkt sich, kämmt sich
Was du dir wünschst
PRÄSIDENT *aus dem Badezimmer heraus*
Mit wem redest du denn da
PRÄSIDENTIN *als ob sie etwas unter dem Schminktisch suchte*
Mit ihm
mit ihm
in den leeren Hundekorb hinein
Mit dir
PRÄSIDENT *zum Masseur*
Sie redet mit dem Hund
hören Sie
meine Frau
redet mit ihrem Hund
der gar nicht mehr da ist
Gut so
Ahhhh
lacht auf
PRÄSIDENTIN *in den leeren Hundekorb schauend*
Verrückt
Ein Rot noch
Ein Schwarz
in den leeren Hundekorb schauend
Ein unschuldiges Lebewesen
umbringen
umbringen
mit dem Gesicht ganz an den Spiegel heran
Ein unschuldiges Lebewesen
umbringen
schaut in den leeren Hundekorb hinein
Dich
schaut in den Spiegel, plötzlich
Wenn er es war
schaut auf die Badezimmertür
unser Sohn
Frau Frölich mit mehreren Badetüchern für den Präsidenten herein

Etwas Neues
steht etwas Neues
in den Zeitungen
über das Attentat
Frau Frölich mit den Badetüchern ins Bad
Präsidentin in den Spiegel schauend
Sie sind nicht gefaßt
sie haben sie nicht
sie haben sie noch nicht
Eine Polizei
die nicht fähig ist
den Präsidenten zu schützen
Präsident hustet
Präsidentin plötzlich ins Badezimmer rufend
Weg
du mußt weg
ein paar Wochen mußt du weg
Frau Frölich aus dem Bad heraus
Wie ist der Wetterbericht
Frau Frölich
Frau Frölich will etwas sagen
Nein
nichts
Es bleibt so
grau
düster
schaut in den Spiegel
Leichenbegängnisse
In einem jeden ist ein Anarchist
Frau Frölich
Präsident hustet
Auf Ihren Sohn
ist der Verdacht gefallen
der Verdacht gefallen
Frau Frölich
Frau Frölich ab
Präsidentin ihr nachschauend
Der Verdacht gefallen
schaut in den Spiegel
Als ob wir nur noch
Feinde hätten

Präsident hustet
Jeder Kopf
ist ein anarchistischer Kopf
sagt der Kaplan
jeder Kopf ist ein Anarchist
Präsident hustet
Wenn er es war
er war es nicht
kämmt sich
Frau Frölich mit einem Paar schwarzer Schuhe herein, die
sie am Toilettetisch abstellt
Es gibt
keinen Beweis
Nicht einen Beweis Frau Frölich
Frau Frölich ab
Präsidentin zu sich
Ganz deutlich
habe ich ihn gesehen
sein Gesicht
im Gebüsch
im Traum
pudert sich das Gesicht
ruft ins Badezimmer hinein
Unser Sohn ein Anarchist
lächerlich
Frau Frölich bringt schwarze Strümpfe herein
Präsidentin läßt sich den linken Strumpf anziehen
Unter Aufsicht
Weil wir ihn verhätschelt haben
Frau Frölich
weil er alles gehabt hat
Weil wir uns unterdrücken haben lassen
Aber der Kaplan sagt
er ist kein verkommener Mensch
streckt das linke Bein ganz aus, daß ihr die
Frau Frölich den linken Strumpf leichter anziehen kann
Ganz deutlich
sein Gesicht Frau Frölich
immer wieder
sein Gesicht
und das Denkmal des Unbekannten Soldaten

Und dann der Schuß
Stellen Sie sich vor
mein Mann wäre tot
Frau Frölich
Frau Frölich zieht ihr den rechten Strumpf an
Präsidentin streckt das rechte Bein ganz aus, daß ihr die
Frölich den rechten Strumpf leichter anziehen kann
Unser Sohn ein Anarchist
lächerlich
Weil in unserem Haus
jahrzehntelang die zwielichtigen
die chaotischen Köpfe
ein und aus gegangen sind Frau Frölich
sagt der Kaplan
Hier haben immer nur die gefährlichsten Köpfe verkehrt
schaut in den leeren Hundekorb
Wenn er es war
aber er war es nicht
Präsident hustet
Präsidentin zur Frölich
Kämmen Sie mich
Frau Frölich kämmt sie
Präsidentin schaut in den leeren Hundekorb
Das arme Tier
was kann das arme Tier
dafür
Anarchisten sind Verrückte
sagt der Kaplan
ruft ins Badezimmer hinein
Was ist das für eine Leibwache
was ist das für eine Leibwache
zieht ihr rechtes Bein zurück
Frau Frölich steht auf
Präsidentin in den leeren Hundekorb hineinschauend
Und dich
armes Tier
wo ich mich vollkommen an dich gewöhnt habe
Siebzehn Jahre
war das arme Tier
in dem Korb Frau Frölich
mein Kleines

mein kleines Geschöpf
Die Anarchisten nehmen uns
alles weg
alles
Plötzlich
aus dem Hinterhalt Frau Frölich
töten
Präsident hustet
Präsidentin in den leeren Hundekorb hinein
Töten
dich
in den Spiegel schauend
Was ist das für eine Polizei
die mit solchen Elementen nicht fertig wird
plötzliches Brauserauschen aus dem Badezimmer
Mörder
der Frölich ins Gesicht
Mörder
Mörder
Frau Frölich ab
Präsidentin in den leeren Hundekorb hineinschauend
Weil du ein so schwaches Herz
gehabt hast
ein so schwaches Herz
Präsident hustet
Präsidentin in den Spiegel hinein
Diese Zustände
ganz nahe an den Spiegel heran
Zustände
Zustände
Frau Frölich tritt mit einem großen Hundebildnis ein
Stellen Sie es da hin
zeigt auf den Toilettetisch
Dahin
Frau Frölich stellt das Hundebildnis auf den Toilettetisch
Präsidentin schaut in den leeren Hundekorb, nimmt das Hundebildnis
Das schöne Tier
Diese Augen
Frau Frölich
Sie haben ihn ganz gemein

erschossen
aus dem Hinterhalt
dreht sich nach der Frölich um
Die Kugel
die zweite Kugel Frau Frölich
war für mich bestimmt
Wie kommt das Tier dazu
entdeckt, daß die Frölich schwarz gekleidet ist
Schwarz
Sie sind schwarz gekleidet
Frau Frölich
Ziehen Sie sofort Ihr schwarzes Kleid aus
Sie nicht
Sie nicht Frau Frölich
Sie nicht in Schwarz
Sie haben kein Recht
schwarz gekleidet zu sein
ziehen Sie sofort Ihr schwarzes Kleid aus
Präsident hustet
Sie haben kein Recht dazu
Frau Frölich ab
Präsidentin ruft ihr nach
Sie nicht Frau Frölich
schaut in den Spiegel
Ich trage Schwarz
Wir tragen Schwarz
Sie nicht
PRÄSIDENT
  Nein nein
  der Oberst hat nicht gelitten
  der erste Schuß hat den Oberst
  tödlich getroffen
MASSEUR
  Und jetzt die andere Seite
  Herr Präsident
  so
  sehen Sie Herr Präsident
PRÄSIDENTIN
  Der Oberst hat nicht gelitten
  Ich fahre weg
  weg

weg
ins Gebirge
ins Hochgebirge
PRÄSIDENT *zum Masseur*
Meine Frau fährt
ins Hochgebirge
Ich selbst fahre ein paar Tage
nach Portugal
nach Estoril
PRÄSIDENTIN *schaut in den leeren Hundekorb*
Wer weiß
was die Anarchisten im Kopf haben
Das unschuldige Leben
töten
voll Abscheu
Töten
Präsident hustet
Präsidentin kämmt sich, schaut in den Spiegel
Gleich nach dem Begräbnis
studiere ich
mit dem Kaplan
das Drama
PRÄSIDENT *zum Masseur*
Meine Frau
hat sich bereit erklärt
in dem Weihnachtsspiel des Kaplans
die Hauptrolle zu spielen
Sie ist aufrichtig an der Schauspielkunst
interessiert
Dieses Drama
lenkt sie ab
von dem Attentat
überhaupt ist dieses Drama geeignet
meine Frau abzulenken
von dieser düsteren Jahreszeit
PRÄSIDENTIN *sich im Spiegel anstarrend*
Daß ich Angst habe
Angst
streckt die Zunge heraus
Retten
retten

schaut in den leeren Hundekorb hinein
Der dritte Tag
Was wir lieben
wird uns weggenommen
erschossen
erschlagen
PRÄSIDENT *zum Masseur*
Um Verrückte
es handelt sich um Verrückte
Meine Frau hat im Traum gesehen
daß unser Sohn
auf uns geschossen hat
stellen Sie sich vor
unser eigener Sohn
auf uns
aus dem Hinterhalt
dieser unglaublich sensible Mensch
PRÄSIDENTIN *hörend, was ihr Mann sagt*
Dieser unglaublich sensible Mensch
PRÄSIDENT
Dieser hochgebildete Charakter
PRÄSIDENTIN
Hochgebildete Charakter
plötzlich ins Bad hinein schreiend
Der Korb muß weg
schaut in den leeren Hundekorb
Der Hundekorb muß weg
Ich will den Hundekorb nicht mehr sehen
hinaus mit dem Hundekorb
Frau Frölich in einem roten Kleid herein
Präsidentin zu ihr
Der Korb muß weg
weg der Hundekorb
den Hundekorb weg
bringen Sie ihn weg
hinaus
weg
weg
Frau Frölich will den Hundekorb wegnehmen
Nein nicht
nicht

nicht weg
Ich bin verrückt
verrückt
Lassen Sie den Korb
den Korb da
da
nicht weg
Frau Frölich läßt den Hundekorb
Solange der Korb da ist
plötzlich zur Frölich
Betten Sie ihn auf
betten Sie ihn doch auf
aufbetten
hören Sie
aufbetten
aufbetten
Frau Frölich bettet den leeren Hundekorb auf
Präsidentin die Szene anstarrend
Aufbetten
aufbetten
Präsident hustet
Präsidentin zur Frölich
Jeden Tag aufbetten
den Hundekorb
täglich
tagtäglich aufbetten hören Sie
weich
die Polster weich
Frau Frölich
weichrütteln
Frau Frölich rüttelt die Polster weich
die Polster weichrütteln
So
Jetzt
Frau Frölich tritt zurück
Präsident hustet
Locker
aufgebettet
Er liebte es so
locker
weich

locker Frau Frölich
bedeutet der Frölich, sie kann gehen
Frau Frölich will gehen
Nein
bleiben Sie da
Das ist ja noch eine Falte
zeigt in den Hundekorb
eine Falte ist da
eine Falte Frau Frölich
Frau Frölich glättet die Falte im Hundekorb
Glatt
schön glatt muß es sein
Er hat es gern schön glatt
Frau Frölich steht auf, will gehen
Präsidentin ihr ins Gesicht
Sprechen Sie nie wieder
von ihm
nie mehr
nichts
kein Wort
Präsident hustet
Präsidentin schaut auf die Badezimmertür, dann
Kein Wort
aufbetten ja
aber kein Wort
nichts
verstehen Sie
Wir lassen den Korb da
verstehen Sie
wir betten ihn auf
wir lassen ihn da
sieht plötzlich, daß die Frölich ein rotes Kleid anhat
Rot
Ein rotes Kleid
lacht auf
Ein rotes Kleid
der Frölich ins Gesicht
Das ist niederträchtig
schminkt sich wieder
Frau Frölich ab
Präsident hustet

Kein Mensch versteht
sie verstehen nicht
über die Frölich
Diese Menschen
verstehen nichts
als die Niedertracht
Ehrgeiz
Haß
sonst nichts
schaut in den leeren Hundekorb
Ich kann dich sehen
beugt sich zum leeren Hundekorb hinunter
sehen kann ich dich
mein Liebling
plötzlich leise
Wir bleiben zusammen
für immer
verstehst du
für immer
steht auf und richtet die Hundetuchent im Hundekorb
So
so ist es richtig
setzt sich wieder an den Toilettetisch, um gleich wieder in den leeren Hundekorb hineinzuschauen
Du und der Oberst
Mit den Anarchisten wird jetzt
kurzer Prozeß gemacht
Präsident hustet
kurzer Prozeß
Präsident und Masseur lachen laut auf
Präsidentin schaut auf die Badezimmertür
kurzer Prozeß
Präsident und Masseur lachen auf
Das muß gesühnt werden
Frau Frölich kommt mit einem Haufen Post herein und legt die ganze Post auf den Toilettetisch
Sind auch alle
diese Briefe kontrolliert
ist alles geöffnet
Frau Frölich
von Ihnen aufgemacht

und kontrolliert
Die Anarchisten verschicken
explodierende Briefe Frau Frölich
Der einen solchen Brief aufmacht
dem werden die Hände abgerissen
oder der ganze Mensch wird zerrissen
Frau Frölich
die Briefe anstarrend, fragend
Alle Briefe
FRAU FRÖLICH
Alle Briefe
PRÄSIDENTIN
Die ganze Post
FRAU FRÖLICH
Die ganze Post
Präsident und Masseur lachen laut auf
Präsidentin und Frau Frölich schauen auf die Badezimmertür
PRÄSIDENTIN
In aller Heimlichkeit
wenn er meinen Mann massiert
erzählt der Masseur ihm
Witze
Witze
Präsident und Masseur lachen laut auf
Präsidentin nimmt einen Brief
Ein Mann wie mein Mann
ist in jedem Augenblick
darauf gefaßt
daß auf ihn ein Attentat verübt wird
Präsident und Masseur lachen laut auf
Der Masseur
massiert meinen Mann
seit einundzwanzig Jahren
Der Masseur war schon da
da waren Sie noch nicht da
wirft den Brief weg
Heuchelei
nichts als Heuchelei Frau Frölich
nimmt einen zweiten Brief und wirft ihn weg
Der Finanzminister
der sich an meinen Mann herangemacht hat

ihn ausgenützt hat
nimmt einen dritten Brief, liest
Die Leute schreiben von Armut
aber sie wissen nicht
was Armut ist
ich weiß was Armut ist
mein Mann weiß es auch
Der Präsident weiß auch
was Armut ist
Präsident und Masseur lachen auf
Präsidentin wirft den Brief weg
Wir wissen
was Armut ist
Mein Mann
kommt von ganz unten
herauf Frau Frölich
alle diese Bittschriften
und Bettelbriefe
gehören auf den Misthaufen
nimmt einen vierten Brief, liest
Präsident lacht auf
Die Frau Oberst
bittet
für ihre Kinder
sie will alle fünf Söhne
auf die Militärakademie schicken
legt den Brief auf den Toilettetisch, plötzlich zur Frölich
Wo haben Sie denn die Binde
Haben Sie die Binde gebügelt
Frau Frölich geht und holt eine schwarze Binde herein
Zu den Begräbnissen
kann mein Mann
nur mit einer schwarzen Binde gehn
Frau Frölich hängt die schwarze Binde über die Sessellehne
links und bleibt stehen
Ein Zentimeter
und der Präsident wäre
mit Sicherheit
tot gewesen
Kämmen Sie mich doch
Frau Frölich kämmt die Präsidentin

Wenn wir dastehen
und hinunterstarren
und nichts empfinden
weil wir so oft dastehen
und hinunterstarren
plötzlich
wenn es sich um einen
uns Nahestehenden handelt
Der Tod komplettiert
das Leben
sagt der Kaplan
schaut in den leeren Hundekorb hinein
Verscharren
oder verbrennen
verscharren
oder verbrennen
ruft plötzlich ins Badezimmer hinein
Daß ihm das Blut nicht zu Kopf steigt
Herr Masseur
zu sich selbst
Herr Masseur
MASSEUR
Ich massiere
den Herrn Präsidenten
ganz vorsichtig
Der Kopf
des Herrn Präsidenten
blutet nicht mehr
PRÄSIDENTIN
Blutet nicht mehr
MASSEUR
Nur eine ganz vorsichtige Massage
PRÄSIDENTIN *den Kopf beinahe auf dem Toilettetisch, zur Frölich*
Sehen Sie
in dieser Stellung
wenn ich den Kopf
beinahe auf dem Toilettetisch habe
schmerzt es mich
richtet sich auf
Weil ich stundenlang
mit gesenktem Kopf

am Grab stehe
Frau Frölich massiert die Präsidentin an Hals und Schultern
Ganz leicht
vom Hals weg
in die Schultern hinein Frau Frölich
mein Sohn
haßt seinen Vater
Trainieren wir den Kopf nicht
stirbt er ab
sagt der Kaplan
Er ist ein Abtrünniger
beinahe schon
exkommuniziert
Frau Frölich
Zuerst war es
der Innenminister
dann war es der Außenminister
dann der Kanzler
dann der Vorsitzende des Vereins
der Inlandspresse
dann der Korrespondent des Corriere della Sera
Lassen Sie mich nachdenken
der Operndirektor
schließlich haben sie den Bankdirektor Merz erschossen
und nach Merz Honsig
und nach Honsig Taus
und nach Taus Müllner
und nach Müllner Helmreich
und nach Helmreich Friedrich
und nach Friedrich Wallner
und nach Wallner Peter
Sie haben neunzehn Leute umgebracht Frau Frölich
und vor dem Oberst
wen haben sie vor dem Oberst erschossen
sagen Sie
vor dem Oberst
Präsident hustet
Präsident und Masseur lachen laut auf
Wen haben sie vor dem Oberst erschossen
Sie haben zwei Tage vor dem Oberst
den Generaldirektor der Eisenbahn erschossen

Den Generaldirektor der Eisenbahn
schaut in den leeren Hundekorb
Und dich
mein Liebes
Das alles
hat sich schon viele Jahre vorbereitet
sagt der Kaplan
es ist von den Universitäten ausgegangen
die Hochschulen sind die Keimzelle Frau Frölich
Plötzlich sind ein paar hundert Studenten
verhaftet worden
dann wieder ein paar hundert
sie haben aufbegehrt
aufbegehrt Frau Frölich
sind gegen den Präsidentenpalast gezogen
Sie tun mir ja weh
passen Sie auf
gezogen
zum Palast
deutet auf das Fenster
von diesem Fenster habe ich gesehen
wie sie hergezogen sind
Hunderte zuerst
dann Tausende
Zehntausende Frau Frölich
Dann ist Gewalt angewendet worden
Gewalt angewendet
Und unter den Verhafteten
war unser Sohn
Der Kaplan hat mit ihm gesprochen
er ist nach Amerika
wir haben ihn in ein Flugzeug
nach Amerika
von Amerika ist er wieder nach Europa zurück
schon nach sechs Wochen
In Paris ist er gesehen worden
Präsident und Masseur lachen laut auf
Dann nach Rom
Weil er doch Archäologe ist Frau Frölich
Er schreibt ein Buch
er ist gescheiter als sein Lehrer

er ist heute so weit wie sein Lehrer
niemals gekommen ist
in der Archäologie
schaut in den leeren Hundekorb, dann zum Fenster
Die Massen
Die Massen sind hermarschiert
auf den Palast zu
Hinter den Vorhängen habe ich beobachtet
wie die Massen hermarschiert sind
Mit Steinen haben sie uns die Fenster eingeschlagen
Viele sind hingerichtet worden Frau Frölich
hingerichtet
Dann war Ruhe
Lange Zeit war Ruhe
aber seit einem Jahr
fangen sie wieder an
sie marschieren nicht Frau Frölich
aber sie sprengen Gebäude in die Luft
und sie bringen wichtige Menschen um
die wichtigsten für den Staat bringen sie um
die Fachleute die die in ihrem Fach die Ersten sind
Frau Frölich
rücksichtslos
Es wird noch eine Zeit dauern sagt der Kaplan
dann schlägt der Präsident wieder zu
schaut auf die Badezimmertür
Mein Mann schlägt zu
Frau Frölich kämmt die Präsidentin
Dann kennt er keine Gnade
Frau Frölich
Dann gibt es an jedem Tag Hunderte Exekutionen
Frau Frölich
Diese Unmenschen Frau Frölich
die dieses schöne ruhige Land vernichten
es mutwillig zerstören
mutwillig
mutwillig
schaut in den leeren Hundekorb
Und das unschuldige Leben töten
töten
hinmorden

Aber vielleicht
beruhigen sich die Terroristen
aber die Terroristen beruhigen sich nicht
Der Kaplan sagt
daß alles noch viel schlimmer wird
Die Rücksichtslosigkeit des Terrorismus nimmt zu
nimmt zu Frau Frölich
das Elend nimmt zu
die Angst
Haben Sie denn nicht Angst vor den Terroristen
Daß Ihnen ein Anarchist auflauert
Sie glauben Sie machen ein Buch auf um zu lesen
und werden in Stücke gerissen
haben Sie nicht Angst davor
Alle haben Angst
alle
alle
in diesem Staat herrscht nurmehr noch die Angst
Die Kirche beschwichtigt
sie beschwichtigt
aber sie ist unfähig
die Kirche hat keinen Kontakt mehr
zu niemandem
nicht zu den einen
nicht zu den andern
die Kirche ist parasitär
parasitär Frau Frölich
Ich weiß alles über die Kirche
Der Kaplan verheimlicht mir nichts
In der Kirche selbst herrscht das Chaos Frau Frölich
Die Korruption
Ehrgeiz
Haß Frau Frölich
sonst nichts
schaut auf die schwarzen Kleider
Daß wir alle schon so lange Zeit nurmehr noch
in Schwarz gehen
Aber Sie selbst haben noch keinen Verwandten verloren
nicht einen
Sie haben nichts zu trauern Frau Frölich
einerseits wie infam

andererseits steht Ihnen was Sie anhaben gut
sehr gut
Rot sehr gut
Rot und lang
schaut auf ihre Knöchel
Bis zu Ihren Knöcheln hinunter
rot
Wenn ich nicht wüßte
daß dieses Kleid einmal mir gehört hat
mir Frau Frölich
stellen Sie sich vor
mir hat dieses lange rote Kleid gehört
ich habe es oft getragen
wenn ich das nicht wüßte
müßte ich glauben Sie erlaubten sich eine Ungeheuerlichkeit
indem Sie sich ein solches Kleid anziehen
von oben bis unten rot Frau Frölich
eine Ungeheuerlichkeit
eine Unverschämtheit
aber ich selbst habe Ihnen das Kleid geschenkt
ich habe es Ihnen aufgezwungen
denn sagen Sie ich habe es Ihnen aufgezwungen
aufgezwungen
Ihnen befohlen es anzuziehn
Und Sie haben es angezogen
Unter Qualen allerdings
unter den größten Qualen
Damals waren Sie noch jung
Sie hatten noch nicht diese graue Gesichtsfarbe
Die graue Gesichtsfarbe haben Sie zwanzig Jahre
also habe ich Ihnen das Kleid vor zwanzig Jahren geschenkt
Erinnern Sie sich
aufgezwungen
aus dem Kasten herausgenommen
und auf den Boden geworfen
deutet auf den Boden
Dahin Frau Frölich
Sehen Sie
Und Sie haben es aufgehoben
und angezogen
widerspruchslos

Präsident und Masseur lachen laut auf
In Wahrheit hat mein Mann Angst
die größte Angst Frau Frölich
aber er zeigt es nicht
während wir unsere Angst zeigen
auch Sie haben Angst
und zeigen sie
obwohl Sie wie Sie wissen
keine Angst haben brauchen
er zeigt sie nicht
allerdings läßt er sich ablenken
durch das strikte Einhalten der Masseurstunde beispielsweise
durch Hinundhergehen im Palast
währenddessen ihm die Gedanken kommen
oder er liest in seinem Metternich
nichts als Metternich
Metternich
Metternich Frau Frölich
oder er sitzt mit dem Oberst und spielt Schach
lacht auf
Mit dem Oberst
Dem Oberst tut nichts mehr weh
zur Frölich intim
Glauben Sie mir
der Tod des Oberst geht ihm am nächsten
die beiden waren aneinandergekettet
nicht nur im Schachspiel
nicht nur im Schachspiel
Die Zeit nimmt was man liebt Frau Frölich
es wird einem das Liebste
aus dem Herzen gerissen
schaut in den leeren Hundekorb
Rücksichtslos
erbarmungslos
Nach dem Begräbnis
gleich nach dem Begräbnis
bevor ich mich mit der Rolle beschäftige
meinen Text lerne Frau Frölich
lasse ich mich
ins Gerichtsmedizinische Institut bringen
schaut in den leeren Hundekorb

Ich will ihn noch einmal sehen
Dann muß ich mich entschließen
ob verbrennen oder nicht
verscharren oder nicht
schaut der Frölich ins Gesicht
Präsident und Masseur lachen laut auf
Was sagen Sie
sagen Sie etwas
sagen Sie doch etwas
Frau Frölich tritt einen Schritt zurück
Sie peinigen mich
Sie sind nur da
um mich zu peinigen
die einzige Aufgabe solcher Leute wie Sie ist
andere zu peinigen
ein jeder von dieser Ihrer Art hat einen
den er peinigt
Sie peinigen mich
Sagen Sie doch etwas
so sagen Sie
sagen Sie
Frau Frölich
ich befehle Ihnen
schaut in den Hundekorb
Verbrennen
ich werde ihn verbrennen lassen
der Frölich ins Gesicht
Ich muß ihn noch einmal sehen
Sie haben das Tier gehaßt
Sie haben es immer gehaßt
tief Frau Frölich
sehr tief
am tiefsten
und Sie wissen warum
Sie waren eifersüchtig
und jetzt
wo er tot ist
wo das arme Tier weg ist tot ist
hassen Sie es noch immer
Ihr Haß
Ehrgeiz

Haß
sonst nichts
Wenn Sie ihm zu essen gegeben haben
haben Sie ihn gehaßt
Wenn Sie ihn hinuntergeführt haben
haben Sie ihn gehaßt
Wenn Sie ihm den Riemen festgemacht haben
gehaßt
Wenn Sie ihm aufbetten haben müssen
gehaßt
Ehrgeiz
Haß
sonst nichts
Präsident und Masseur lachen laut auf
Auch mein Mann
hat das Tier gehaßt
aber es war ein anderer Haß
ein anderer Haß
als Ihr Haß
Und jetzt wo er tot ist
beschäftigt er sich nicht mehr mit ihm
Das wundert ihn
daß ich mit ihm noch immer spreche
schaut in den leeren Hundekorb
während er gar nicht mehr da ist
weg ist
tot ist
das wundert meinen Mann
Präsident lacht laut auf
Die Selbstgespräche
habe ich mir angewöhnt
habe ich von ihm
aber ich führe keine Selbstgespräche Frau Frölich
ich spreche mit ihm
alles bespreche ich mit ihm
Haben wir nicht alles zusammen besprochen
Zuerst habe ich i h n gefragt
War etwas zu tun
ihn gefragt
zuerst
meine allerhöchste Instanz

schaut in den leeren Hundekorb
Ich habe nichts getan
ohne ihn zu fragen
habe ich ihn nicht gefragt
ein Unglück Frau Frölich
Mein Mann hat immer den Oberst gefragt
ich habe i h n gefragt
mein Mann hatte den Oberst
ich hatte ihn
die erste Instanz meines Mannes war der Oberst
schaut in den leeren Hundekorb
meine erste und letzte Instanz
war mein Hund
schaut auf die Badezimmertür
Und jetzt haben sie uns beide weggenommen
Niedergeschossen
der Frölich ins Gesicht
Plötzlich habe ich in seinen Augen gesehen
daß er tot ist
Herzschlag Frau Frölich
Herzschlag
Das Tier hatte bei dem Schuß auf den Oberst
der Herzschlag getroffen
Diese starren fragenden Augen Frau Frölich
da habe ich ihn weggeworfen
weggeworfen
fallen lassen Frau Frölich
auf den Boden
da fiel er auf den Boden
schaut in den Spiegel
ich begriff nicht
Da war mein Mann längst weg
Da waren die Terroristen
Die Anarchisten Frau Frölich weg
ganz allein war ich dagestanden
hatte mich zu ihm hinuntergebeugt
Aber mein Mann wollte zum Denkmal des Unbekannten
                                                  Soldaten gehen
es war sein tagtäglicher Spaziergang
mit mir
mit uns

aber nicht zweimal denselben Weg gehen
sagt der Kaplan
nicht zweimal
jeden Tag
immer um die gleiche Zeit
wir hatten die Gefahr nicht erkannt
Und da wie er
mein Mann
die Schwalbe gesehen hat auf dem Denkmal des
                              Unbekannten Soldaten
zeigte er mir die Schwalbe
indem er den Stock hob
den Stock hob Frau Frölich
das hat ihm das Leben gerettet
denn hätte er den Stock nicht gegen das Denkmal des
                              Unbekannten Soldaten gehoben
wäre er das Opfer gewesen
so war der Oberst das Opfer
Sekundenschnelle Frau Frölich
Sekundenschnelle
Und der zweite Schuß in die Luft
wahrscheinlich hatten die Anarchisten Angst
weil sie den Präsidenten nicht mit dem ersten Schuß
                              getroffen hatten
schaut in den leeren Hundekorb
Der Verdacht
ist auf Ihren Sohn gefallen
Frau Frölich
der Frölich ins Gesicht
Ihr Sohn ist doch an der Universität inskribiert
nicht wahr
nicht wahr Frau Frölich
Präsident und Masseur lachen laut auf
Ein Staat
voller Angst Frau Frölich
schaut auf die Badezimmertür
Ehrgeiz
Haß
sonst nichts

Vorhang

Zweite Szene

Präsidentin mit dem Schleier über dem Kopf am Toilettetisch sitzend, Frau Frölich hinter ihr

PRÄSIDENTIN
 Ich sehe
 aber ich werde nicht gesehen
 Ich kann alles sehen
 ich sehe mich selbst
 mich selbst Frau Frölich
 im Spiegel
 selbst
 Ich sehe auch Sie
 Sie stehen mit Ihrem immer gleichen grauen Gesicht
 hinter mir
 Bald habe ich Sie eingeholt
 Dann sind wir gleich Frau Frölich
 dreht sich nach dem Badezimmer um
 Präsident und Masseur lachen laut auf
 Dieses Lachen
 hat mich schon immer abgestoßen
 in sich hinein
 wie mich an diesem Menschen schon immer alles
 abgestoßen hat
 alles
 Verstehen Sie Frau Frölich
 alles
 Weil ich ihn gehaßt habe
 weil er mich abgestoßen hat
 Ehrgeiz
 Haß
 sonst nichts
 Auf ihn haben es die Anarchisten abgesehen
 aber sie haben niemals getroffen
 noch nicht
 hören Sie Frau Frölich
 Präsident und Masseur lachen laut auf
 noch nicht
 Dann stehe ich da
 Dann bin ich die Präsidentenwitwe

Ich frage mich ja
wer ist der nächste
ist es der Präsident des Verfassungsgerichtshofs
ist es der Außenminister
ist es vielleicht der neue Außenminister
oder der neue Innenminister
Bald gibt es in diesem Staat
keinen klaren Kopf mehr
keinen klaren und keinen außerordentlichen Kopf mehr
sagt der Kaplan
hören Sie Frau Frölich
der Erzbischof wird von einer eigenen bewaffneten Leibwache
                                                          geschützt

Der Erzbischof hat seinen Spaziergang
im erzbischöflichen Palais eingestellt
er geht nicht mehr aus seinem Zimmer heraus
er hat auch Angst
Sie haben alle Angst
alle Angst hören Sie
zuerst hatten sie keine Angst
aber jetzt haben auch alle kirchlichen Würdenträger Angst
Vielleicht ist der Erzbischof der nächste
Die Anarchisten gehen nach einem genauen Plan vor
und werden die einen liquidiert Frau Frölich
schlagen die andern wieder zu
bis sie ihr Ziel erreicht haben
der Frölich ins Gesicht
Auf Ihren Sohn ist der Verdacht gefallen
Die Philosophiestudenten
sind die gefährlichsten
sagt der Kaplan
und die Theologen
die Philosophie und die Theologie
sind das Gift
vergiften den Staat
bringen ihn um
indem sie uns umbringen
Präsident und Masseur lachen laut auf
Die Freiheit
ist zu groß gewesen
sagt der Kaplan

die Zügel lockern
bedeutet Anarchie Frau Frölich
schaut in den Spiegel, mit dem Gesicht ganz an den Spiegel
Ich sehe
aber die andern sehen mich nicht Frau Frölich
Die Künstler
die ich immer unterstützt habe
die Maler die Bildhauer
die Dichter Frau Frölich
die Konzertmusiker
sie danken es nicht
Mäzenatentum ist ein Unsinn
eine Dummheit
einen Künstler zu unterstützen
Die Künstler gehören mit Füßen getreten
sagt der Kaplan
Mit Füßen getreten
die Künstler die Künste
mit Füßen getreten Frau Frölich
nach einer Pause
so
hätte mich der Professor malen sollen
so
so Frau Frölich
reißt sich den Schleier vom Kopf
nicht so
der Frölich ins Gesicht
nicht so
wirft den Schleier auf den Boden
Präsident lacht laut auf
Präsidentin kommandiert der Frölich
Heben Sie ihn auf
heben Sie den Schleier
auf
Frau Frölich hebt den Schleier auf
Nehmen Sie den Schleier
nehmen Sie den Schleier
Frau Frölich wirft sich den Schleier über
Präsidentin lacht laut auf, ruft plötzlich
Sie haben kein Recht
den Schleier zu tragen

Sie haben kein Recht dazu
kein Recht
Nehmen Sie den Schleier herunter
herunter den Schleier
herunter
ab
Frau Frölich nimmt den Schleier ab
Sie müssen Ihr wahres Gesicht tragen Frau Frölich
deutet auf den Kleiderständer
Dahin
hängen Sie den Schleier dahin
Frau Frölich hängt den Schleier auf den Kleiderständer
Präsidentin kommandiert
Kämmen Sie mich
Präsident und Masseur lachen laut auf
Präsidentin schaut auf die Badezimmertür
Dieses Lachen
daß dieser Mensch
immer lacht
immer lacht er
schaut in den leeren Hundekorb
wir haben ihn gehaßt
er hat uns gehaßt
wir haben ihn gehaßt
Ehrgeiz
und Haß
sonst nichts
Frau Frölich kämmt sie
Ihr Geruch
ist dieser Geruch
der mich an die Armut erinnert
aber Sie atmen vertrauenerweckend Frau Frölich
gleichmäßig
und vertrauenerweckend
dann wieder völlig ungleichmäßig
gehetzt
und ich weiß nicht
was in Ihnen vorgeht
Körper und Kopf beherrschen
sagt der Kaplan
Körperdisziplin

Kopfdisziplin
zur Philosophie machen
verstehen Sie
pathetisch
Ich bin von der Kopfdisziplin
des Kaplans fasziniert
Die Köpfe in der Kirche
sind anarchistische Köpfe
hat der Kaplan gesagt
Mein Mann mißtraut
der Kirche
Einen solchen fortwährend alles denkenden Kopf
aufhaben
sagt der Kaplan
einen solchen alles sezierenden Kopf
aufhaben
Er ist ein Abtrünniger
beinahe schon
exkommuniziert
Ursprünglich habe ich gegen den Kaplan
nichts als Abneigung empfunden
Nur seine Kenntnisse der französischen Sprache
bewundert
Wie er mir Zola vorgelesen hat Flaubert
schaut in den leeren Hundekorb
daß es selbst ihn gefesselt hat
dieses aufmerksame Wesen
neben mir
und Goethe hören Sie
und Marcel Proust
und schließlich Voltaire
immer wieder Voltaire
Voltaire
Voltaire
Wenn er
Voltaire
seinen Esel an der Gartenpforte antraf
auf seinem Landsitz in Ferney Frau Frölich
den Esel an der Gartenpforte antraf
sagte er
Ich bitte Sie haben den Vortritt Herr Präsident

Frau Frölich lacht laut auf
Präsidentin sie anherrschend
Sind Sie ruhig
Sie haben kein Recht
darüber zu lachen
S i e nicht
Ich bitte Sie
sagte Voltaire zu seinem Esel
wenn er ihn an der Gartenpforte antraf
Sie haben den Vortritt mein Herr Präsident
Die Aussprache des Kaplans
gerade wenn er Voltaire las
exzellent
exzellent
Er hat einen Lehrstuhl an der Sorbonne ausgeschlagen
für mich Frau Frölich
Frau Frölich massiert die Präsidentin am Hals
Die Wärme steigt
ganz leicht
nach dem medizinischen Gesetz
in den Kopf
ganz leicht
plötzlich über den Kaplan
Stellen Sie sich vor
seine Mutter hat ihn
wie er drei Jahre alt gewesen war
verstoßen
verstoßen
In Rotterdam auf einem Fischkutter
ist er in einer Hängematte gelegen
bei Pflegeeltern
in die ärmlichsten Verhältnisse hinein
hat ihn seine Mutter gestoßen
aber nur so
von ganz unten herauf
wird etwas aus einem Menschen
Aus der Armut heraus wachsen dann diese Köpfe
die die hervorragendsten Köpfe sind
Eine solche grauenhafte Kindheit
die auf einmal zum Genie wird Frau Frölich
Wie der Kaplan Marcel Proust sagt

ist genial
Die fürchterlichste Kindheit
ist das größte Kapital Frau Frölich
Das ist auch von ihm
jeden Tag sagt er wenigstens
einen bedeutenden Satz
Aber wenn er alle diese Sätze
die die bedeutendsten Sätze sind
nicht aufschreibt
gehen sie verloren
Was der Geschichte verlorengeht
Frau Frölich
wenn der Kaplan nichts aufschreibt
Zu einem späteren Zeitpunkt sagt er
schreibt er dann alles auf
was ihm bedeutend genug erscheint
aufgeschrieben zu werden
zu einem späteren Zeitpunkt
Der Zeitpunkt ist noch nicht gekommen
Und ich mache mir Mühe
Notizen zu machen über das
was er sagt
aber ich verliere diese Notizen
Das Genie sagt der Kaplan
kommt von ganz unten herauf
Und Pascal sagt
es genügt zu sein
plötzlich kommandierend
Jetzt die Beine
massieren Sie mir die Beine
streckt das rechte Bein aus
Frau Frölich massiert ihr rechtes Bein
Man muß schon so weit gekommen sein
wie der Kaplan
der alle Erdteile kennt
alle Erdteile Frau Frölich
um in dieser bedeutenden Weise
denken zu können
Die äußeren Erdteile
wie die inneren Erdteile
Das was außen ist

und das was innen ist
die ganze äußere Geographie kennen
und die ganze innere
Und denken wie ein Chirurg
verstehen Sie
Eine Professur aufgeben an der Sorbonne
um mir Zola vorzulesen
und Flaubert
und Marcel Proust
Mein Mann haßt ihn
Auch von Geschichte
versteht er am meisten
Das ist kein hinausgeworfenes Geld
sich einen solchen bedeutenden Geist zu engagieren
schaut in den leeren Hundekorb
Und ihn liebte er
über alles
Er brachte ihm immer etwas mit
Selbst Schinken
selbst Schinken Frau Frölich
Erdnüsse
Bananen
Sandwiches Frau Frölich
Sandwiches
nach und nach
hat er ihm einmal
streckt ihr linkes Bein zum Massieren aus
Frau Frölich massiert ihr linkes Bein
die zwölf Sandwiches
die kostbarsten Sandwiches
die ich jemals gemacht habe
ihm in den Mund gesteckt
ihm
schaut in den leeren Hundekorb
ihm
nach und nach
ganz musikalisch Frau Frölich
ganz nach dem musikalischen Gesetz
daß ich gestaunt habe
Was der Kaplan über Pascal sagt
trifft auf ihn selbst zu

Seine eigenen Gedanken
haben die Qualität der Pensées
Aber was rede ich für Zeug mit Ihnen
Ich rede mit Ihnen
und Sie verstehen nicht
was ich mit Ihnen rede
Präsident und Masseur lachen
Soviel Sicherheit
andererseits Unsicherheit
ist in der Nähe
eines Genies
Ein denkender Kopf wie der Kopf des Kaplans
beruhigt einerseits
beunruhigt andererseits
Das ist das Schöpferische
zieht das linke Bein ein
Frau Frölich steht auf
Und dazu ist ein solcher Mensch auch noch vornehm
Wenn Menschen
oder besser wie er sagt Köpfe Frau Frölich
nur antippen brauchen an ein Thema
und sie begreifen
Präsident und Masseur lachen laut auf
Ich habe überlegt
ob ich die Zuwendungen an die Künstler
streiche
weil die Künstler auch Keimzelle der Anarchie sind
wie mein Mann sagt
und der Kaplan bestreitet das nicht
aber ich streiche die Zuwendungen nicht
Die Zuwendungen an die Künstler
werden nicht gestrichen
Wo haben Sie denn die Rede
die der neue Oberst für meinen Mann aufgesetzt hat
Frau Frölich ab und kommt mit der Rede herein
Präsidentin nimmt die Rede, liest
und daß dieses Verbrechen gesühnt werden muß
wo wir jetzt hier
am offenen Grabe stehen
Ein guter Freund
ein treuer Bürger

zur Frölich
Ist es nicht grotesk
daß der neue Oberst
die Grabrede für seinen Vorgänger schreiben muß
hat das nicht tragische Züge an sich
Frau Frölich
liest vor
stehen wir am offenen Grabe
dieses uneigennützigen Menschen
dieses tapferen Offiziers
der für sein Vaterland
Vaterland
Vaterland
Vaterland
legt die Rede auf den Toilettetisch, streckt die Zunge heraus
Vaterland
zur Frölich
Wenn Sie meinem Mann den Hustensaft geben
geben Sie mir auch von dem Hustensaft
merken Sie sich
zwei Löffel für meinen Mann
zwei Löffel für mich
vielleicht hilft es mir
im Erlernen der Rolle
für die Kindervorstellung
Wie Sie wissen spiele ich seit zwanzig Jahren
die Hauptrolle
widerwillig in den letzten Jahren
widerwillig
aber man bestürmt mich
und ich spiele wieder
Ich frage mich
ob es sich schickt
daß ich jetzt
in dieser fürchterlichen Zeit
in welcher soviel Leid geschieht
mitspiele
Was sagen Sie
Daß ich mitspiele
wo wir doch eine solche grauenhafte Zeit haben
In einem Theaterstück spiele

während ich jeden Tag auf den Friedhof gehen muß
um am Grabe eines teuren ermordeten Menschen zu stehn
Es fällt mir schwer
am offenen Grabe zu stehen Frau Frölich
und stehe ich am offenen Grabe
sehe ich selbst mich nicht am offenen Grabe
sondern auf der Guckkastenbühne
und ich spreche meinen Text
diesen lustigen Kindertext Frau Frölich
Und ich frage mich
wann ich die Beherrschung verliere
Und wie leicht ist es möglich
daß ich auf einmal am offenen Grabe
anstatt in Trauer versunken zu sein
meinen Text spreche
diesen lustigen Text Frau Frölich
diesen lustigen Text
Präsident und Masseur lachen laut auf
Ich frage mich
warum ich Sie
in die Kunst der Massage eingeweiht habe
Frau Frölich massiert die Präsidentin wieder am Hals
Von innen nach außen
Frau Frölich
Immer an Drainage denken
Und so zaghaft wie selbstsicher
Die Krankheitserreger aus einem Körper
wie dem meinigen
hinausmassieren
Diese Bilder
diese Ideen die ich habe
wenn Sie mich massieren
Ich frage mich
was sehen Sie
was denken Sie
wenn ich Sie massiere
Plötzlich wird soviel Verschüttetes freigelegt
Präsident und Masseur lachen
Natürlich
Sie brauchen keinerlei Angst zu haben
Die Anarchisten tun

Ihnen nichts
Aber es könnte ja sein
irrtümlich
irrtümlich
wenn Sie irrtümlich
schaut in den leeren Hundekorb
Wie er getötet worden ist
tot
Wenn ich denke wie er den Kopf
auf den Korbrand gelegt hat
Das treue Tier
hat mich stundenlang beobachtet
wenn ich Flaubert gelesen habe
oder Zola
oder Albert Camus verstehen Sie
die großen Franzosen
von welchen für mich immer
die größte Faszination ausgegangen ist
Was in einem solchen
unschuldigen Geschöpf
vor sich geht
wir wissen es nicht
Er hat sein Geheimnis
mit ins Grab genommen
schaut auf die Badezimmertür
Ihn hätten sie töten wollen
Ihn zu töten
ist ihre Absicht gewesen
schaut in den leeren Hundekorb
Das arme Tier
haben sie getötet
Der Kaplan sagt
es handelt sich
um Verrückte
junge Menschen
die in einer ausweglosen Situation sind
in ihrem Kopf
Frau Frölich
Das Proletariat ist es nicht
Frau Frölich
die Intellektuellen sind es

Präsident lacht laut auf
Mein Mann
hat auch Angst
aber er zeigt es nicht
er darf die Angst nicht zeigen
Ich darf die Angst zeigen
wir ja
Und wie
der Frau Frölich ins Gesicht
Und wie Sie Ihre Angst zeigen
die Sie gar nicht haben brauchen
Sie brauchen keine Angst haben
I c h muß Angst haben
Sie nicht
Es ist alles darauf angelegt
daß i c h Angst haben muß
sagt der Kaplan
und in Ihnen
alles
daß Sie nicht die geringste Angst
haben müssen
ihr ins Gesicht
Nur irrtümlich
Frau Frölich
Meine Strümpfe sind locker
*streckt das rechte Bein aus und die Frölich zieht an ihrem
rechten Strumpf und streckt das linke Bein aus und die Frölich
zieht an ihrem linken Strumpf*
Aber daß mir die Anarchisten
mein Liebstes genommen haben
Aber die Welt versteht nicht
sie will nicht verstehen
sie kann nicht verstehen
*Frau Frölich steht auf, nachdem die Präsidentin ihre Beine
zurückgezogen hat*
Wie viele Leichenreden
der alte Oberst geschrieben hat
in letzter Zeit
nicht fehlerfrei Frau Frölich
nicht ohne Phrase
nur seine eigne nicht

Er hätte seine eigne schreiben können
seine eigne Frau Frölich
nimmt die Rede vom Toilettetisch, liest vor
Und diesen treuen Menschen
übergeben wir der Heimaterde
die wir um ihn herumstehen
und trauern fragen uns
wofür dieser treue Diener des Staates
sein Opfer gebracht hat
aber wir wissen wofür
er sein Opfer gebracht hat
wirft die Rede auf den Toilettetisch
zur Frölich
Wissen Sie wofür
der Oberst sich selbst geopfert hat
Wissen Sie es
Ich frage Sie
wissen Sie es
sich selbst geopfert
hat der Oberst sich selbst geopfert
schaut auf die Badezimmertür
Präsident lacht
Sie denken seit mehreren Jahren
an nichts anderes
als ihn zu beseitigen
plötzlich laut
Schonungslos gegen die Anarchisten vorgehen
schonungslos
kurzen Prozeß machen
den kürzesten Prozeß
sagt der Kaplan
andererseits
sucht etwas
Wo habe ich nur die Haarnadel
die lange Haarnadel Frau Frölich
Präsident dreht die Brause auf
Die Haarnadel
Frau Frölich
Frau Frölich bückt sich und sucht die Haarnadel
Der Kaplan ist für den kürzesten Prozeß
einerseits

andererseits
Aber der Kaplan ist nicht die Kirche
Präsident hustet
Frau Frölich hat die Haarnadel gefunden, steht auf
Präsidentin nimmt die Haarnadel in den Mund
Frau Frölich zieht ihr die Haarnadel aus dem Mund
Sie haben recht
erinnern Sie mich nur immer wieder
an diese Unart
Die Haarnadel in den Mund stecken
eine solche Unart
eine solche weitverbreitete entsetzliche Unart
die Haarnadel in den Mund stecken
der Frölich direkt ins Gesicht
diese Unart
Dann muß ich
gleich nach dem Begräbnis
in die Firma Frau Frölich
erinnern Sie mich
Frau Frölich will etwas sagen
Sagen Sie nichts
Gleichzeitig muß ich
in die Firma
und in das Gerichtsmedizinische Institut
schaut in den leeren Hundekorb
und meine Rolle lernen
meinen Text
für die Kindervorstellung
plötzlich
Wo ist der Oberst eigentlich aufgebahrt
FRAU FRÖLICH
  Im Heeresmuseum
PRÄSIDENTIN
  Im Heeresmuseum
  von dort
  der Kondukt
  auf den Zentralfriedhof
FRAU FRÖLICH
  Auf den Zentralfriedhof
PRÄSIDENTIN
  Das wird eine gewaltige Demonstration

gegen den Anarchismus Frau Frölich
sagt der Kaplan
PRÄSIDENT *zum Masseur*
Reiben Sie mich gut ab
gut abreiben
gut
so
lacht
PRÄSIDENTIN
Wenn die Firma so groß ist
wie meine Firma
die ich so wie sie ist
in die Ehe mitgebracht habe Frau Frölich
verliert man den Überblick
zeitweise Frau Frölich
Kursschwankungen
Pensionierungen
Ehrungen
Und die Diebstahlsaffairen Frau Frölich
Frau Frölich bückt sich
Präsidentin schaut zu Boden
Da muß sie sein
da
da
Frau Frölich steht mit einer Haarnadel auf
Und nicht in den Mund stecken
nicht in den Mund stecken
Eine solche Firma wie die unsrige
verführt die Leute naturgemäß zum Diebstahl
Wenn Sie wüßten wieviel Angestellte
schon beim Diebstahl ertappt worden sind
Oft kommen wir erst nach Jahren darauf
aber wir kommen auf diese Diebstähle
Daß sie gefaßt werden die Diebe
schaut in den leeren Hundekorb
Was hast du mit allen diesen weltpolitischen Unsinnigkeiten
                                                        zu tun
neigt sich zum Hundekorb hinunter
Du
mein Liebes
was hast du damit zu tun

zur Frölich
Daß Sie mir das Halsband
nicht mit verbrennen
Sie müssen das Halsband zurückbringen
Das Halsband
das schöne Halsband
mit den zwei Goldknöpfen
in den leeren Hundekorb hinein
Sie haben dich mir weggenommen
mir weggenommen
die Anarchisten
dich
zur Frölich
Haben Sie gehört
Das Halsband
und nehmen Sie es ihm vorsichtig ab
mit gesenktem Kopf
Mir graut vor dem
was ich in den Gerichtsmedizinischen Instituten
gesehen habe
der Frölich ins Gesicht
Stellen Sie sich vor
den Oberst haben sie
schaut in den leeren Hundekorb
mit ihm
zusammen
ins Gerichtsmedizinische Institut gebracht
Präsident kommt aus dem Bad herein, hinter ihm der Masseur
Präsidentin plötzlich, so, daß es alle deutlich sehen, die Frölich
am Handgelenk packend und das Handgelenk der Frölich fest
drückend, zu ihrem Mann
Wenn ich Sie nicht hätte
läßt das Handgelenk der Frölich aus
Präsident hat nur ein Handtuch um den Bauch gewickelt
Frau Frölich mit einer langen Unterhose zum Präsidenten
MASSEUR *verneigt sich vor dem Präsidenten und sagt*
Ich danke Herr Präsident
auf Wiedersehen Herr Präsident
verneigt sich vor der Präsidentin
Auf Wiedersehen Frau Präsident
ab

60

PRÄSIDENT *ruft ihm nach, während die Frölich dem Präsidenten in*
die lange Unterhose hineinhilft
Vergessen Sie nicht
den Melissensaft mitzubringen morgen
Den Melissensaft
Präsident setzt sich an den Toilettetisch
PRÄSIDENTIN *zur Frölich*
Zeigen Sie meinem Mann
die Rede
nimmt die Trauerrede, die der neue Oberst geschrieben hat,
vom Toilettetisch, gibt sie der Frölich, die gibt sie dem Präsidenten
Ein guter Stil
glaube ich
was der neue Oberst schreibt
dein neuer Beschützer
Adjutant
nur die Alten
die kurz vor der Pensionierung stehen
werden zu dir abkommandiert
zum Präsidenten
PRÄSIDENT *liest die Rede durch*
Hoffentlich erschöpft sich die Arbeit
des neuen Obersten nicht
im Abfassen von Grabreden
Frau Frölich zieht dem Präsidenten, während er die Rede liest,
zuerst den linken, dann den rechten Strumpf an
Die Frölich hat dir die schwarze Binde gebügelt
Blutet die Wunde noch
Präsident greift sich an den Kopf
Präsidentin steht auf und geht zu ihm hin
Die Wunde blutet nicht mehr
Ein Streifschuß
kaum ein Streifschuß
küßt ihn auf die Stirn
zeigt auf den Redetext
Da siehst du
gesühnt werden
muß gesühnt werden
lacht laut auf und geht zum Toilettetisch zurück, setzt sich
Gesühnt werden

sagt der Kaplan
ist eine ganz und gar
dumme Formulierung
Präsident nachdem ihm die Frölich beide Strümpfe
angezogen hat
Die Umstände haben es nicht gestattet
daß ich mich meiner Lieblingsbeschäftigung gewidmet habe
der Naturwissenschaft
mein Sohn widmet sich
nein
nein nein
PRÄSIDENTIN
Sag doch zur Frölich
daß du im Jahre vierunddreißig
die Wahl gehabt hast zwischen zwei Gesandtschaftsposten
es interessiert sie nicht
nicht mehr
wie es mich nicht mehr interessiert
Weil du im entscheidenden Moment
in die Hauptstadt gegangen bist
und alles in die Hand genommen hast
Frau Frölich kämmt dem Präsidenten das nasse Haar
Eine zufällige Bekanntschaft
eine einflußreiche Persönlichkeit
nach dem unglücklichen Ausgang des Krieges
kopiert ihren Mann
Dann habe ich angefangen
mich nurmehr noch mit Metternich zu beschäftigen
und nurmehr noch Metternich zu lesen
Über den dynastischen Charakter
Über den slawischen Bundesstaat etcetera
Über Doppelmächte
Über Wesen mit zwei Köpfen
wovon einer immer
der aktivere Teil ist etcetera
Über den Geschichtseinschnitt
Identität etcetera
Ich halte dafür
daß man die Leute ruhig reden lassen solle
was sie wollen
solange sie uns machen lassen

was wir wollen etcetera
vorsichtig und
pessimistisch
zur Frölich
Hören Sie meinen Mann
er sagt immer das gleiche
ich höre was er sagt
immer höre ich was er sagt
seit dreißig Jahren höre ich
immer das gleiche
Herrschaftsvölker
Reichshälften
Konzessionen
und dann
Die verhängnisvollste Tat etcetera
und dann
gegen vier Uhr nachmittags
während er vorgibt
sich mit mir zu unterhalten
mich zu unterhalten
über den Staatskanzler Kaunitz
Frau Frölich zieht dem Präsidenten das Unterhemd an, dann das Überhemd, bürstet den Cut aus, während der Präsident sein Überhemd zuknöpft
Präsidentin sich schminkend, in den Spiegel schauend
Bald haben sie alle
guten und klaren Köpfe
umgebracht
PRÄSIDENT
Der neue Oberst
ist ein hervorragender Offizier
PRÄSIDENTIN
wie der alte Oberst
der unfähig gewesen war
dich zu schützen
Er hätte dich warnen müssen
Er hätte sagen müssen
nicht mehr zum Denkmal des Unbekannten Soldaten
denn er hätte sich ausrechnen müssen
daß die Anarchisten
zuschlagen

in den leeren Hundekorb hineinschauend
Bald haben sie alle guten
und klaren Köpfe umgebracht
sagt der Kaplan
blickt zum Fenster
Hinunterschauen
und Angst haben
in den Spiegel schauend
Das letztemal
daß ich in der Kindervorstellung mitspiele
Plötzlich ist mein Kopf leer
ich weiß kein Wort
da stehe ich
und weiß kein Wort
nichts
und die Schauspieler starren mich fragend an
PRÄSIDENT
Mir hat immer gefallen
wenn du in dem Kinderstück aufgetreten bist
Du hast dein Talent
nicht entwickelt
Du hättest es zu einer großen Schauspielerin bringen können
Wohlgemerkt
Frau Frölich zieht dem Präsidenten die Cuthose an
Mich haben die Frauen
mit schauspielerischem Talent
immer angezogen
die von Shakespeare begeistert sind
von Molière
Mich selbst interessiert nur die Oper
ruft aus
Schauspiele
PRÄSIDENTIN
Wo triffst du sie
PRÄSIDENT
In Madrid
PRÄSIDENTIN
In Madrid
Ist das nicht umständlich
sie in Madrid zu treffen
Du könntest sie gleich mitnehmen

PRÄSIDENT
   Kein Aufsehen mein Kind
   nur kein Aufsehen
   streckt das rechte Bein aus und läßt sich von der Frölich den
   rechten Schuh anziehen
   Nur kein Aufsehen
   streckt das linke Bein aus
   Frau Frölich zieht ihm den linken Schuh an
   Sie ist schon in Madrid
   Wenn ich nicht auf das Begräbnis müßte
   wäre ich auch schon dort
   eine elegante Stadt
   zur Frölich
   Da sollten Sie einmal hinfahren
   und sich ein Paar Schuhe kaufen
   Frau Frölich
   die elegantesten Schuhe
   bekommen Sie in Madrid
   und in Lissabon
   Frau Frölich richtet dem Präsidenten das Überhemd
   Präsident zur Frölich
   Sie tragen noch immer
   die Schuhe
   Ihrer verstorbenen Mutter
   Frau Frölich
   schaut auf ihre Schuhe
   Die sind schon ganz aus der Mode gekommen
   Da fahren Sie einmal hin
   nach Madrid
PRÄSIDENTIN *in den Spiegel schauend*
   Einmal noch
   dann nicht mehr
   niemehr
   das letztemal
   daß ich mitwirke
   mitwirke
   das letztemal
   in den leeren Hundekorb schauend
   Aber wenn man einmal angefangen hat
   sich in eine solche Sache einzulassen
   kann man nicht mehr heraus

PRÄSIDENT
　Hast du gewußt
　daß das Drama
　auf einer Idee des Erzbischofs beruht
　Die erste Skizze dazu
　war vom Erzbischof
PRÄSIDENTIN *in den leeren Hundekorb schauend*
　Mein kleiner Theaterkritiker du
　mein armes Kleines
　Immer hast du zugeschaut
　wenn ich
　vor dem Spiegel
　die Rolle einstudierte
　hast zugeschaut
　und zugehört
　er hatte ein so feines Gehör
　zum Präsidenten
　dann sah ich sofort
　es ist etwas falsch
　Der Tonfall
　oder die Ausdrucksweise
　In einer solchen Rolle
　ist alles Psychologie
　sagt der Kaplan
　schaut in den leeren Hundekorb
　Weil du so ein schwaches Herz hattest
　Die Anarchisten
　haben dich getötet
　Die Staatsfeinde
　Wenn sie i h n getroffen hätten
　d i c h haben sie getroffen
　den Oberst und
　weil du ein so schwaches Herz hattest
　dich
　aus dem Hinterhalt
　Ehrgeiz
　Haß
　sonst nichts
　zur Frölich
　Wickeln Sie die Binde vorsichtig
　um den Kopf meines Mannes

vorsichtig
PRÄSIDENT
 Sehr vorsichtig
 Frau Frölich
PRÄSIDENTIN
 Sofort tot
 Der Schuß
 und er war tot
 Das arme Tier
 ich habe gar nicht gesehen
 daß der Oberst getroffen war
 ich glaubte
 das Tier sei erschossen worden
 Herzschlag
 schaut in den leeren Hundekorb
 mein Liebes
 in meinem Arm
 dreht sich um und zeigt es
 so
 habe ich ihn fallen lassen
 so
 auf den Boden
 das Tier ist tot
 habe ich bemerkt
 und habe das Tier fallen lassen
 zur Frölich
 Verstehen Sie
 zu Boden geworfen
 wie er tot war
 leblos
 zeigt noch einmal den Vorgang
 So
 so
 schaut wieder in den Spiegel
 Er war noch ganz warm
 Wir sind mit dem Schrecken davongekommen
DIENSTMÄDCHEN *tritt ein*
 Der Herr Oberst
PRÄSIDENTIN
 Der Herr Oberst soll hereinkommen
 schaut auf die Uhr

Gleich zehn
Dienstmädchen ab
Wann ist das Begräbnis Frau Frölich
FRAU FRÖLICH
Um elf
Frau Präsident
PRÄSIDENT
Alle Begräbnisse
sind um elf
jedes Staatsbegräbnis
Oberst tritt mit einer Aktenmappe ein, verneigt sich vor der Präsidentin, dann vor dem Präsidenten
Kommen Sie Herr Oberst
Kommen Sie
PRÄSIDENTIN *zum Oberst*
Haben Sie die Attentäter
OBERST
Nicht Frau Präsident
PRÄSIDENTIN
Nicht
nicht
PRÄSIDENT
Noch nicht
Präsident bedeutet dem Oberst, er solle die Akte zeigen
OBERST
Begnadigungen
Herr Präsident
Drei Begnadigungen
Der Kanzler hat die Begnadigungen
schon unterzeichnet
PRÄSIDENTIN *sich schminkend*
Der Kanzler hat unterzeichnet
Der Kanzler hat unterzeichnet
aber der Präsident unterzeichnet nicht
mein Mann unterzeichnet nicht
zum Präsidenten heftig
Keine Begnadigung
Keine Begnadigung
Frau Frölich mit dem schwarzen Kleid vor der Präsidentin
Keine Begnadigung
Was sind das für Leute

OBERST *während der Präsident die Akten durchsieht*
Sogenannte Lebenslängliche
Frau Präsident
sogenannte Lebenslängliche
PRÄSIDENTIN
Also schwere Fälle
OBERST
Sehr schwere Fälle
PRÄSIDENTIN
Diese Weihnachtsamnestien
sind mir immer verhaßt gewesen
Kaum ist es November
kommen diese Begnadigungsvorschläge
zum Präsidenten
Unterstehe dich
und unterschreibe
Niemand wird begnadigt
Keine Begnadigung
Oberst klappt die Aktenmappe zu
Das ist nicht der richtige Zeitpunkt
für Begnadigungen
keine Gnade
keine Gnade
zur Frölich
Was stehen Sie da
ziehen Sie mir doch das Kleid über
*Frau Frölich zieht der Präsidentin das Kleid über,
währenddessen Präsidentin*
Die Begnadigungen habe ich immer gehaßt
Jetzt nicht
nicht jetzt
in den Spiegel hinein
Niemals
hat sie das Kleid an, dreht sie sich zum Präsidenten um
Keine Begnadigung
Unglaublich
dreht sich nach dem leeren Hundekorb um und schaut hinein
Wo man mir
mein Liebstes genommen hat
zum Oberst
Sie können gehen

Gehen Sie
Und übrigens
Ihre Rede ist ein Meisterwerk
die Rede auf Ihren Herrn Vorgänger
ein Meisterwerk
Oberst geht, während er sich immer wieder verneigt, ab
Präsidentin ihm nachrufend
Ein Meisterwerk
ein Meisterwerk
in den Hundekorb hinein
ein Meisterwerk
zum Präsidenten
Diese Begnadigungen sind ein Anachronismus
ein Anachronismus
ein Anachronismus
streckt das rechte Bein aus
Frau Frölich zieht ihr den rechten Schuh an
Ein Anachronismus
streckt das linke Bein aus
Frau Frölich zieht ihr den linken Schuh an
Wir hätten nicht
zum Denkmal des Unbekannten Soldaten gehen sollen
zum Präsidenten direkt
Dich aufzufordern
Lebenslängliche zu begnadigen
zu diesem Zeitpunkt
schaut in den leeren Hundekorb
ist eine Geschmacklosigkeit
Präsident strafft sich die Hosenträger über die Schultern
Weil mir
der Einfall gekommen ist
zum Denkmal des Unbekannten Soldaten zu gehn
hinunter
schaut zum Fenster hinüber
während ich doch eigentlich
die Absicht gehabt habe
mir einen neuen Hut zu kaufen
zur Frölich
Keinen schwarzen Hut Frau Frölich
glauben Sie nicht
einen schwarzen Hut

nichts Schwarzes
In die Stadt zu gehen
in das Hutgeschäft
aber anstatt in das Hutgeschäft
bin ich in die Präsidentschaftskanzlei
zum Präsidenten
und habe dich in den Park mitgenommen
zum Denkmal des Unbekannten Soldaten
schaut in den leeren Hundekorb
Wie sich das Tier gefreut hat
ausgelaufen ist er
gleich ausgelaufen weit
um das Denkmal herum
Plötzlich der Schuß
Ich habe das Tier weggeworfen
zeigt es
so habe ich das Tier weggeworfen
so

PRÄSIDENT
Der Oberst ist
auf der Stelle
tot gewesen
nur zwanzig Schritte von dem Punkt
an welchem vor zwanzig Jahren
der Kanzlermord geschehen ist

PRÄSIDENTIN
Der Zeitpunkt ist da
in welchem alles umgedreht wird
sagt der Kaplan
In einem jeden Menschen
ist ein Anarchist
ist der Kopf ein klarer Kopf
ist er ein anarchistischer Kopf
Vielleicht
sagt der Kaplan
ist es schon die Revolution
zur Frölich
Überziehen Sie das Bett meines Mannes
es muß täglich frisch überzogen sein
er macht alles blutig
In der Nacht

ohne Binde
zum Präsidenten
Nur eine leichte Schramme
am Kopf
so leicht
daß man sie gar nicht mehr sehen kann
aber
Präsident feilt sich die Fingernägel und schmiert sich dann
das Gesicht mit einer Hautcreme ein
Frau Frölich kämmt die Präsidentin
Sie haben mich beobachtet
wie ich mit dem Fleischhauer
Das haben Sie gesehen
auf einmal reden Sie
zu dem richtigen Zeitpunkt reden Sie
bis jetzt
aber dann
mein Mann weiß von dieser Geschichte
und um ganz ehrlich zu sein
es ist die Idee des Kaplans gewesen
Wenn sich mein Mann
mit drittklassigen Schauspielerinnen herumtreibt
in der Nacht
Er weiß was ich tue
wir haben keine Geheimnisse
hüten Sie sich aber meinem Mann
auch nur die geringste Andeutung zu machen
Wie gut Sie in diesem Kleid aussehen
Wie ein Kind der Revolution
Was ich ablege
steht Ihnen ausgezeichnet
Sie tragen meine abgelegten Kleider so gut
zum Präsidenten
Findest du nicht
daß sie in meinen abgelegten Kleidern
ganz ausgezeichnet aussieht
zur Frölich
Es ist Ihr Los
in abgelegten Herrschaftskleidern
aufzublühen Frau Frölich
Was für eine ungeheure Differenz zwischen uns

schaut in den leeren Hundekorb, dann
Keinen Hund mehr
kein Hund mehr
Sie haben so feine Hände Frau Frölich
packt die Frölich plötzlich an der Hand und tut ihr weh
Präsident dreht sich nach der Szene um
Präsidentin läßt die Frölich wieder los
Ein so hartes Gesicht
und so feine Hände
Wie eine Herrschaft
Aber es ist etwas Abstoßendes in der Art
wie Sie mich kämmen
wie Sie mir beim Anziehen behilflich sind
Wie Sie bei der Tür hereinkommen
Wenn Sie hereinkommen
denke ich jedesmal
Warum kommt sie jetzt herein
Sie erklären aber nichts
zwanzig Jahre
haben Sie nichts erklärt
nimmt immer wieder Schmuckstücke und legt sie zurück auf den Toilettetisch
Sie quälen mich
wie ich Sie quäle
dreht sich nach dem Präsidenten um
und beide quälen wir ihn
Sie tun es unbewußt
ich bewußt
nach einem ganz bestimmten Plan
Und er quält alle
nimmt das Hundebildnis und stellt es wieder auf den Toilettetisch
alle verstehn Sie
er hat die Macht
alle zu quälen
Alles Qual
Ehrgeiz
Haß
sonst nichts
Der Kaplan sagt
es ist nichts

>   als die Absurdität
>   zwischen den Menschen
> PRÄSIDENT
>   Der Oberst
>   bekommt ein Ehrengrab
> PRÄSIDENTIN
>   Wie sonst nur Künstler
>   Dichter Tonsetzer
>   weltberühmte Künstler
>   *streckt die Zunge heraus*
>   *Präsident hustet*
>   Die Straßen
>   durch die der Kondukt geht
>   sind abgesperrt
>   und aus allen öffentlichen Gebäuden
>   hängen die schwarzen Fahnen
>   Und es ist schulfrei
>   Frau Frölich
> PRÄSIDENT
>   Um ein Haar
> PRÄSIDENTIN
>   Um ein Haar
>   und der Präsident wäre tot gewesen
>   Theatralisch
>   pathetisch
>   politisch
>   *zur Frölich*
>   Ich bin ermattet
>   ermattet
>   Die Rücksichtslosigkeit des Protokolls
>   Es ist nicht leicht
>   die Frau des Präsidenten zu sein
>   Und erst der Präsident selbst
>   *Präsident hebt seinen Kragen vom Boden auf und befestigt ihn*
>   *am Hemd*
>   Seit Mitte Oktober
>   haben wir nurmehr noch schwarze Kleider an
>   und jeden zweiten Tag sind die Hauptstraßen
>   für einen Staatskondukt gesperrt
>   Und bald sterben sie zu Hunderten
>   sagt der Kaplan

    die weltlichen
    und die kirchlichen Würdenträger
    Weil die Natur ihr Recht fordert
    Erntezeit
    sagt der Kaplan
    Erntezeit
    richtet sich vor dem Spiegel auf
    Aber Schwarz steht mir gut
    gut
    sehr gut
FRAU FRÖLICH
    Schwarz steht Ihnen
    Frau Präsident
PRÄSIDENTIN
    Sie wissen genau
    was ich hören will
    Das sind S i e
    daß Sie mir immer sagen
    was ich hören will
    und daß Sie mich quälen
    packt eine Hand der Frau Frölich und hält sie fest
    man kann
    läßt die Hand der Frölich los
    aber nicht immer
    in Trauerkleidung herumrennen
PRÄSIDENT
    Der Oberst war ein feiner Mann
    alle fünf Söhne
    hat er zu mir gesagt
    schickt er auf die Militärakademie
PRÄSIDENTIN *nimmt eine Eintrittskarte vom Toilettetisch*
    Die Gesellschaft der Musikfreunde
    schickt mir immer noch Karten
    für die Philharmonischen Konzerte
    Die Kunst der Fuge Frau Frölich
    Johann Sebastian Bach
    gibt der Frölich die Karte
    Die Proletarierin
    die auf dem Präsidentenplatz sitzt
    Aber verlieren Sie die Karte nicht
    Eine Ihrer Kolleginnen

hat einmal eine Karte verloren
Frau Frölich steckt die Karte in ihr Kleid
Die Leute kommen
vom Land
in die Stadt
weil sie sich eine Erfrischung erhoffen
aber die Stadt erfrischt nicht
sie erfrischt nicht
zum Präsidenten
sie erfrischt nicht die Stadt
zur Frölich
Sie sehen ja selbst
wie traurig es jetzt
in den Städten ist
Und bald herrscht tatsächlich
Anarchie
sagt der Kaplan
Sie erinnern sich
es hat eine Zeit gegeben
da haben Sie abwechselnd
mich
und den Hund gekämmt
auf meinen Befehl
PRÄSIDENT
Ein riesiges Papierkomplott
haben wir gegen uns
alle Zeitungen
einfach alle
ein ungeheures Papierkomplott
Frau Frölich bürstet den Zylinder des Präsidenten
PRÄSIDENTIN *schaut in den leeren Hundekorb*
Jetzt fehlst du mir
aber dein Geruch ist noch da
ich kann dich riechen
zur Frölich
Ihr Erzfeind
ist tot
tot
schaut in den Spiegel
meine Stimme ist schon wieder
ganz ausgetrocknet

Hustensaft
Hustensaft
zur Frölich
Wenn Sie meinem Mann Hustensaft geben
geben Sie mir auch Hustensaft
zum Präsidenten
Von den vielen Leichenreden
hast du die heisere Stimme
zu sich in den Spiegel hinein
Und dann
plötzlich
den Text verlieren
Wozu diese Kindervorstellungen
aber alle werden wir
alt
und weich
zum Präsidenten
Von dem Erlös werden vier Krankenstühle gekauft
fahrbare
Frau Frölich wickelt von jetzt an dem Präsidenten langsam
die schwarze Kopfbinde um den Kopf
aus Deutschland
In Deutschland sind die Krankenstühle
am allerentwickeltsten
Die Kinderlähmung
kommt wieder
und die Lungentuberkulose
plötzlich
nimmt das Hundebildnis und stellt es wieder auf den
Toilettetisch zurück
werden sie wieder alle
von der Lungentuberkulose
und von der Kinderlähmung befallen
Die Heilstätten sind überfüllt
Deine Schauspielerin
das Fräulein Gerstner
hat habe ich gehört
eine Rolle bekommen
in einem klassischen Stück
eine Nebenrolle allerdings
streckt die Zunge heraus, hängt sich eine Perlenkette um

Jetzt ist wieder Lustspielzeit
Kaum werden die Tage düster
spielen die Theater Lustspiele
Aber man sollte ihnen verbieten Lustspiele zu spielen
in einer Zeit wie der jetzigen
Hätte der Oberst nicht in aller Stille begraben werden können
Ein Staatsbegräbnis
Weil es dem Staat so paßt
Der Kaplan sagt
es gibt nichts Peinlicheres als Staatsbegräbnisse
oder überhaupt solche pompösen Begräbnisse
wie sie die Prominenz veranstaltet
In aller Stille
nimmt die Perlenkette wieder ab und legt sie auf den
Toilettetisch
Jetzt kenne ich bald
alle Friedhöfe
Und alle Reden
Die Rede des neuen Oberst
ist wie die Reden vom alten Oberst
Glaubst du nicht
die Anarchisten
sollen nur abwarten
untätig zusehen
weil die die sie umbringen wollen
von selbst absterben
sterben ab
sterben ab
hält die Perlenkette wieder an sich
Reihenweise
stirbt die politische Prominenz
man braucht sie nicht mit Gewalt umbringen
sie stirbt von selbst
legt die Perlenkette endgültig auf den Toilettetisch
Frau Frölich hat dem Präsidenten die Weste und den Rock
angezogen, der Präsident steht auf, die Frölich bürstet ihn
von oben bis unten ab, setzt ihm den Zylinder auf

PRÄSIDENT
Wo ist die Rede
Frau Frölich
Frau Frölich gibt ihm die Rede, er steckt die Rede ein

PRÄSIDENTIN *steht auf, nach einem Blick in den leeren*
Hundekorb
Reihenweise
stirbt die Prominenz
sie stirbt von selbst
Präsident und Präsidentin in die Mitte
Frau Frölich holt den Schleier vom Kleiderständer und legt ihn
über die Präsidentin
Präsident und Präsidentin umarmen sich
Mit einem großen Stein wird ein Fenster eingeworfen
Alle erschrocken stehenbleibend
Die Tür wird aufgerissen
OBERST *tritt ein und sagt*
Der Kondukt wartet
Herr Präsident

Vorhang

Dritte Szene

Hotel Inglaterra
Präsident und Schauspielerin an einem Tisch lachend
Kellner tritt auf und serviert ab
Präsident und Schauspielerin lachen auf
PRÄSIDENT *wischt sich mit der Serviette den Mund ab*
Wie du gelaufen bist
barfuß
über Stock und Stein
Unten im Tal hat der Oberst
auf uns gewartet
er glaubte ein Unglück
Erinnerst du dich
auf der Bank bei den Steinzwergen
hast du deine Rolle aufgesagt
aufgesagt
SCHAUSPIELERIN *schlägt mit der Hand auf die Tischplatte*
Aufgesagt

   aufgesagt
PRÄSIDENT *zigarrerauchend*
   Memoriert
   Meine Füße
   du kannst dir nicht vorstellen
   meine Füße
   aber ich habe die Schuhe nicht ausgezogen
   nicht
SCHAUSPIELERIN
   Wer immer Stiefel anhat
   und Schuhe nicht gewohnt ist
   den schmerzen die Schuhe
   wenn er über Stock und Stein geht
PRÄSIDENT
   Gehen muß
   muß
   muß mein Kind
   gehen muß
   Präsident und Schauspielerin lachen auf
   Kellner öffnet eine Flasche Champagner, nachdem er mehrere
   solcher Flaschen unter den Tisch gestellt hat
   Die Zeit mein Kind
   kann man nicht zurückdrehen
   zitiert Voltaire
   Nichts ist länger
   als die Zeit
   denn sie ist das Maß
   der Ewigkeit
   Nichts ist kürzer
   denn sie fehlt uns
   bei allen unseren Unternehmungen
   nichts vergeht langsamer für den
   der wartet
   und nichts schneller für denjenigen
   der genießt
   Kellner schenkt der Schauspielerin, dann dem Präsidenten ein
   sie kann sich bis ins unendlich Große ausdehnen
   und läßt sich bis in das unendlich Kleine teilen
   alle Menschen halten sie
   für unwichtig
   jedoch bedauern alle

ihren Verlust
nichts kann ohne sie geschehen
sie läßt alles in Vergessenheit versinken
was der Nachwelt nicht würdig ist
mit hocherhobenem Kopf
aber allem Großen
verleiht sie Unsterblichkeit
zum Kellner
Sie können gehen
Lassen Sie uns jetzt allein
allein
Kellner mit dem abgeräumten Geschirr ab
Präsident küßt die Schauspielerin auf die Wange
Erinnerst du dich
dann sind wir nach Estoril
zu Fuß
Der Oberst
hatte sofort an ein Unglück gedacht
Diese Leute denken sofort an ein Unglück
bin ich nicht pünktlich
denken sie
ein Unglück
darauf sind sie gedrillt
der alte Oberst
hat sich in Oporto verliebt
der Alte
der neue Oberst war noch nie am Atlantik
Diese Leute die zum erstenmal
den Atlantik sehen
hier an der Südwestküste Portugals
sind sofort überwältigt
von dem Anblick
hebt plötzlich das Tischtuch auf
Es ist derselbe Tisch
Hier
siehst du
es ist derselbe Tisch
zeigt der Schauspielerin eine Stelle der Tischplatte
Hier habe ich
etwas eingeritzt
Unsere Initialen

das letztemal
Du warst betrunken mein Kind
da habe ich
dich beobachtend
wie du eingeschlafen warst
schlafend mein Kind
du warst eingeschlafen
vor Müdigkeit
wie wir von Sintra gekommen sind
unsere Initialen eingeritzt
tatsächlich
es ist derselbe Tisch
läßt das Tischtuch fallen
Ich habe gesagt
es muß derselbe Tisch sein
Sie hätten ja behaupten können
es sei derselbe Tisch
ist aber nicht derselbe Tisch
es ist derselbe Tisch
Diese Hotels sind die vorzüglichsten
in ganz Europa
straff und streng geführt
Dieser Luxus mein Kind
Wozu leben wir
wenn wir diesen Luxus nicht
genießen können
immer wieder einmal mein Kind
einen solchen Luxus
ungestört
beide trinken
Ich wünschte mit dir
in dem gleichen Appartement
lacht
und an demselben Tisch
mit dir zu essen
Die eingeritzten Buchstaben beweisen
es ist derselbe Tisch
ruft gegen die Tür
Herr Oberst
OBERST *erscheint in der Tür*
Herr Präsident

PRÄSIDENT
Gehn Sie schlafen
Herr Oberst
Ich brauche Sie nicht mehr
wir brauchen Sie nicht mehr
zur Schauspielerin
Nicht wahr mein Kind
wir brauchen den Oberst nicht mehr
Gute Nacht Herr Oberst
Morgen um neun beim Präsidenten
hören Sie
klopfen Sie um halb acht
Sie werden staunen Herr Oberst
über das portugiesische Protokoll
gute Nacht Herr Oberst
OBERST *verneigt sich*
Gute Nacht Herr Präsident
ab
PRÄSIDENT
Und so etwas nennt sich
Leibwache
Leibwache
Schauspielerin lacht
Und wie wir zum Stierkampf sind
nicht in die Stadtarena
aufs Dorf
Die töten den Stier nicht
in Portugal
und sie kämpfen vom Pferd herunter
nicht zu Fuß wie in Spanien
Ich habe dem Protokoll
ein Schnippchen geschlagen
der Präsident hat sehr gelacht mein Kind
wie ich ihm von meiner Eskapade
von unser beider Eskapade berichtet habe
der portugiesische Staatspräsident mein Kind
hat sehr darüber gelacht
küßt sie auf die Wange
Das Kind vom Land
das in die Stadt kommt
und den Präsidenten glücklich macht

das kleine Landkind
das Landkind das kleine
aus dem kalten finsteren Gebirgsdorf
Weil es Talent hat
und Energie
Wie ich auch Talent gehabt habe
und Energie
Das wichtigste ist
daß der Mensch im entscheidenden Augenblick
früher oder später
aber niemals zu spät
Talent hat
und daß er
das ist das wichtigste mein Kind
nicht über dem einundzwanzigsten Jahr erkennt
daß er Talent hat
und daß ihm bestätigt wird
daß er Talent hat
auch die Außenwelt muß das Talent sehen
mein Kind
daß ein solcher talentierter Mensch
ein ganz bestimmtes Talent hat
denn er hat sich
auf ein ganz bestimmtes Talent
zu konzentrieren
Und daß ein solcher Mensch
mit Energie alles daran setzt
um sein gerade erkanntes und bestätigtes Talent
zu verwirklichen
Auf die Verwirklichung kommt es an
Keine Prozeduren mein Kind
fortwährend nur darauf bedacht
das Talent zu verwirklichen
kommt ein solcher Mensch weiter
Nur nicht und niemals irritieren lassen
muß ein solcher sich sagen
der sein Talent erkannt hat
gar ein Menschenkind wie du
das als erstes zu erkennen hat ich muß weg
weg von den Eltern
weg aus dem Gebirge

weg in die Stadt
und möglicherweise gleich auf die Bühne
dahin wo sich ein solches Talent entwickeln kann
Die Schauspielkunst
ist eine Kunst
die sich nicht langsam entwickelt mein Kind
sie ist eine Kunst ohne Umschweife
Das Talent ist erkannt und verwirklicht
alles andere Unsinn mein Kind
Ich selbst komme
wie alle Welt weiß
von ganz unten herauf
wenn auch nicht vom Land
aber von ganz unten herauf
Wie du von ganz unten herauf
ich habe schon weit unter zwanzig erkannt
worin ich Talent habe
und nicht nur Talent mein Kind
politisches Talent mein Kind
ich bin noch keine zehn gewesen
da habe ich erkannt
ich bin eine politische Begabung
ein durch und durch politisches Talent
Während in dir schon das Künstlertum gewesen war
und du hast dieses Künstlertum in dir
rechtzeitig erkannt
Die Energie aufgebracht die Widerstände
aus dem Weg zu räumen
mit der dir angemessenen Methode
Zuerst muß der Kopf klar sein
Klarheit in den Kopf verstehst du
Und die Rücksichtslosigkeit die notwendig ist
um die Klarheit im Kopf haben zu können
vor allem die Rücksichtslosigkeit gegen sich selbst
Trennung von den Gewohnheiten
von dem Althergebrachten
es ist kein Tempelhüpfen
von allem was das Talent hindert
sich zu entfalten
zur Kunst zu werden
Kunst zu werden mein Kind

Denn das Talent darf von dem Augenblick
in welchem es erkannt ist
keine Zeit verlieren in der Entfaltung des Talents
Und der Mut
die Umwelt vor den Kopf zu stoßen
alles vor den Kopf zu stoßen
ist die unerläßliche Notwendigkeit
Du mußt auf einmal
wozu du vorher nicht imstande gewesen bist
über Leichen gehn
für dein Talent
für die Erschaffung deiner Kunst
Und keine Sentimentalität mein Kind
Und keine Ruhe mein Kind
Und keine Zauberei
Keine Zauberei
trinkt das Glas leer und schenkt sich ein
Und es muß einem solchen Menschen alles gleich sein
was sonst um ihn herum vorgeht
alles
verstehst du
alles
Und die Willenskraft
Wie ich auf einmal die Idee gehabt habe
politisch
ein politischer Mensch zu werden
und mit dieser Idee in die Menschen hinein gegangen bin
und mit nichts als mit dieser Idee allein unter die Menschen
Und du hast dir gesagt
ich werde Schauspielerin
naturgemäß eine große eine berühmte eine weltberühmte
                                      Schauspielerin
die Wege in der Politik sind die gleichen Wege
wie die Wege in der Kunst
sie sind mit Rücksichtslosigkeit
und mit Brutalität gepflastert
und du kommst an das größte und an das berühmteste und
an das angesehenste Theater mein Kind
küßt ihre Wange
Das Ziel kann nicht hoch genug gesteckt sein
immer das höchste Ziel

kein Ziel unter dem höchsten Ziel mein Kind
immer das höchste
Wenn Politiker
dann Präsident
Staatspräsident
Diktator
Wenn Schauspielerin
dann die größte
die größte
die größte
diese Faszination
die eine tödliche Faszination sein kann
diese Ungeheuerlichkeit für die Umwelt
diese Unbegreiflichkeit für die Umwelt
aber was sind Menschen
was ist Umwelt
muß ein solcher Mensch denken
was ist das alles gegen mein Talent
und gegen meine Willenskraft
was ist das alles was um mich herum ist
und sei es die ganze Welt
gegen mein Ziel
trinkt das Glas aus, steht auf und öffnet eine Flasche
Staatspräsident
mein Kind
schenkt sich und der Schauspielerin ein
Die eigene Fähigkeit feststellen
und sie gegen die eigene Unfähigkeit einsetzen
mit der eigenen Fähigkeit die eigene Unfähigkeit zerstören
                                                       vernichten
und immer die Fähigkeit gegen die Unfähigkeit
Durch den politischen wie durch den künstlerischen Unrat gehen
immer durch den Unrat gehen
Die Welt ist ein Unrat
sonst nichts
Und durch diesen Unrat gehen wie durch eine große
                                                       Bewußtlosigkeit
gehen und gehen und gehen mein Kind
Daß ich in so jungen Jahren
Minister geworden bin
Offizier

Minister
und diese wohlhabende Frau geheiratet habe
gefunden und geheiratet habe
und mit ihr ihre Gesellschaftskreise geheiratet habe
Das war nur eine Vorstufe
eine Vorstufe war das
und dann bekommt das Leben einen immer schwierigeren
                              Schwierigkeitsgrad mein Kind
Ich selbst habe mit dem Kassieren von Mitgliedsbeiträgen
unserer Partei angefangen
wie du in der Operette angefangen hast
auf dem Provinztheater
auf welchem das Genie
sich erkennt
Und dann Metternich
Metternich
Metternich
Und du Shakespeare
und immer wieder Shakespeare
und Goethe
In einem ungeheizten Zimmer
immer das Ziel vor Augen
zehn Jahre Schlaflosigkeit
und gegen alle Welt mein Kind
Das Talent
oder gar das Genie
sei es ein politisches oder ein künstlerisches
hat immer die ganze Welt gegen sich
und es handelt immer gegen alle Vernunft
es hört was gesagt wird
aber es tut etwas anderes
es hört
und es sieht
und es geht immer
in die andere Richtung
Wie du selbst ja auch gegen alle Vernunft gehandelt hast
küßt ihre Wange
Alle haben dich gewarnt
wie sie mich fortwährend gewarnt haben
trinkt sein Glas aus
Wenn du auch nicht hundertprozentig anerkannt bist

für mich bist du die Größte
Du bist die Duse unserer Zeit
Darauf trinken wir
darauf daß du die Duse unserer Zeit bist
schenkt beiden ein
hebt sein Glas
Austrinken
austrinken
austrinken mein Kind
trinken ihre Gläser aus
schenkt beide Gläser ein
Auf die Duse unserer Zeit
Und ich selbst darf mich ja auch
als einen nicht unbedeutenden Mann bezeichnen
Ich habe alle oder fast alle Orden die es gibt
Ich habe den päpstlichen Sylvesterorden
ich habe alle päpstlichen Orden
SCHAUSPIELERIN
Du bist der größte
unter allen Staatsmännern
Politikern
PRÄSIDENT
Staatsmännern
Politikern
SCHAUSPIELERIN
Der Größte
PRÄSIDENT
Und du bist die größte Schauspielerin
unserer Zeit
Wenn dieses Land
nur größer wäre als es ist
dann wäre dieses Land
dann wäre dieser Staat
meiner Kapazität angemessen
hebt sein Glas und trinkt
SCHAUSPIELERIN
Du hast alles erreicht
was auf deinem Gebiet zu erreichen ist
PRÄSIDENT
Die Politik
ist die höchste Kunst mein Kind

sie ist höher als alle anderen Künste zusammen
man sieht sie nicht
aber sie verändert die Welt ununterbrochen
Gleich darauf kommt die Schauspielkunst
SCHAUSPIELERIN
Und darauf
PRÄSIDENT
Darauf kommt die Malerei
Rembrandt
Rubens
Delacroix
SCHAUSPIELERIN
Und darauf
PRÄSIDENT
Die Dichtung mein Kind
die Dichtung
Und die Musik
die Musik mein Kind
Aber ich habe
in den Künsten
keinerlei Kompetenz
Was mich betrifft
ist die höchste und größte Kunst
die politische Kunst
Caesar
Napoleon
Metternich mein Kind
hebt sein Glas
Metternich
auf Metternich
Schauspielerin hebt ihr Glas
Auf Metternich
trinken
Und man muß mein Kind
immer und immer gleichzeitig
Praktiker und Theoretiker sein
Was mich betrifft
so hätte ich zweifellos
in eine ganz andere Epoche gehört
in eine Zeit
in welcher ich hätte verwirklichen können

wozu ich bestimmt bin
in dieser Zeit kann ich nicht verwirklichen
was in meinem Kopf ist
SCHAUSPIELERIN
Du bist ein Diktator
PRÄSIDENT
Ein Diktator
ein Diktator
Das Land ist mir zu klein
der Staat ist mir zu klein
alles ist mir zu eng und zu klein
da tritt eine Kapazität wie ich auf der Stelle
Alles in meinem Kopf
muß verkümmern
SCHAUSPIELERIN
Diktator
PRÄSIDENT
Dieses Land verdient meinen Mann gar nicht
hat meine Frau
zu dem mexikanischen Botschafter gesagt
Ich wünschte ich wäre
in ein ganz anderes Land hineingeboren
und in einem ganz anderen Land Präsident geworden
trinkt
Aber jetzt
plötzlich
Die Anarchisten mein Kind
Auf der Hut sein
Ich lebe lebensgefährlich
alle leben lebensgefährlich
SCHAUSPIELERIN
Lebensgefährlich
PRÄSIDENT
Weil ich die Zügel
zu locker gelassen habe
Die Kirche
Die Pfaffen
Das Gesindel
Das Volksgesindel mein Kind
Wie leicht hätte der Oberst davonkommen
ich aber das Opfer sein können

Viele Versuche mein Kind
mich zu beseitigen
Aber bevor sie mich beseitigen
werden noch viele von den Anarchisten beseitigt
Beseitigt
beseitigt
trinkt aus, schenkt sich wieder ein
Die Gesellschaft schreit förmlich
nach einem solchen Mann
der Ordnung macht
Ordnung mein Kind Ordnung
das ist es
nichts als Ordnung mein Kind
aus dieser ungeheueren Unordnung
die jetzt um sich greift
und alles vergiftet
alles vergiftet
Ordnung machen
Andererseits
sind wir glücklich
küßt ihre Wange
daß wir jetzt Ruhe haben
Hier haben wir Ruhe
Die atlantische Küste
und die atlantische Küstenluft
plötzlich
Sie haben die Attentäter noch immer nicht
Was ist das für eine Polizei
SCHAUSPIELERIN
Immer mehr Terrorakte
PRÄSIDENT
Verstehst du mein Kind
das ist eine Fatalität
Was ist das für ein Innenminister
Sind die Attentäter nicht bis morgen früh dingfest gemacht
dingfest mein Kind dingfest
werde ich den Innenminister und den Polizeipräsidenten
auswechseln lassen
auswechseln
SCHAUSPIELERIN
Auswechseln

PRÄSIDENT
Auswechseln
die ganze Regierung auswechseln
Eine andere Regierung
eine neue Regierung
hebt sein Glas
fordert die Schauspielerin auf, ihr Glas zu heben
beide heben das Glas
Um ein Haar mein Kind
und ich wäre jetzt nicht in Estoril
Das Attentat ist der Grund
warum ich da bin
Du hast einen Schock erlitten
hat meine Frau gesagt
fahr nach Estoril
hat sie gesagt
Und sie hat es nur gesagt
damit ich wegfahre
damit sie selbst in die Berge kann
mit ihrem Fleischhauer
Oder sie fährt mit dem Kaplan in die Berge
Mit dem Fleischhauer
oder mit dem Kaplan
es ist mir ganz gleich mit wem sie in die Berge fährt
die Hauptsache ich bin mit dir in Estoril mein Kind
trinkt
Zweitausend Polizisten allein zur Bewachung
meiner Person
Und du mein Kind
meine kleine Schauspielerin
mit dem Diplomatenpaß
und unter dem ausdrücklichen Schutz des Präsidenten
Übermorgen fahren wir nach Sintra
hochoffiziell
ergötzen uns
Wie ich dem Kellner in Sintra voriges Jahr
die Leviten gelesen habe
die Leviten
zuerst auf französisch
was er nicht verstanden hat
dann auf englisch

was er auch nicht verstanden hat
schließlich auf portugiesisch
In der Nacht schlafen wir
meine Frau und ich
nicht miteinander
seit zwanzig Jahren nicht
liegt sie in ihrem Bett
denkt sie an ihren Fleischháuer
an den Fleischhauer einerseits
an den Kaplan andererseits
die gehen beide in der Nacht durch ihren Kopf
und lassen sich in ihrem Kopf nicht vereinigen
aber sie kann auch nicht verrückt werden
in diesem Zustand
Und ist sie einmal mit mir zusammen
ist sie doch mit dem Fleischhauer
oder mit dem Kaplan zusammen
Das erklärt ihre zunehmende Nervosität
Darauf beruhen auch ihre Peinigungen
gegen die Dienerschaft
Ehrgeiz
Haß
Angst
sonst nichts
Auch der Hund ist in letzter Zeit
verstört gewesen
denn wenn sie in ihrem Kopf
den Fleischhauer und den Kaplan nicht mehr ausgehalten hat
ist sie zu ihrem Hund geflüchtet
dann sagte sie von den beiden Liebhabern
von dem Geistesliebhaber und von dem Körperliebhaber
ihr Hund sei ihr ein und alles
In diesem Alter mein Kind
ist es ein gefährliches Jonglieren mit der Perversität
und am ausgeprägtesten in einem solchen Menschen wie
                                                    meiner Frau
Jetzt ist ihr der Hund genommen
Ich habe das nutzlose Tier
immer gehaßt
ich hasse nutzloses Leben
Ich bin auch kein Tierliebhaber

weder Menschenliebhaber noch Tierliebhaber
Diese Tierkörper
die schon das Bellen verlernt haben
und nur mehr noch als Ziergegenstände herumliegen
die man füttern muß
für nichts
ruft aus
Den Hund hat der Schlag getroffen
Der Herzschlag
wie der erste Schuß gegen mich
den Oberst getroffen hat
der gleich tot gewesen war
hat ihn der Herzschlag getroffen
Zwei unschuldige Opfer
den Oberst und den Hund
ruft aus
Sie ist ins Gerichtsmedizinische Institut gelaufen
zu ihrem Hund
den Oberst
der neben dem Hund auf dem Seziertisch gelegen ist
hat sie gar nicht beachtet
Dieser widerliche Geruch
den das Tier immer ausgeströmt hat
Das Schlafzimmer ist von diesem Hundegeruch verpestet
                                                        gewesen
der ganze Palast
von dem Hundegeruch
Dieser üble Geruch
Klein und nutzlos
und ohne Stammbaum
diese widerliche Rasse
Aus dem Tierheim herausgenommen
und im Präsidentenwagen in den Palast gefahren
und tagelang und wochenlang und monatelang nur der Hund
Die ganze Küche traktiert
wegen der Hundemahlzeit
Ein Findelhund mein Kind
ein Findelhund hat zeitweise
im Präsidentenpalast geherrscht
Ihrem Mann machte sie die Hölle
aber ihren Hund verhätschelte sie

Der Tod des Oberst hat sie nicht getroffen
das erschütterte sie nicht
Wir alle müssen sterben ja
aber der Hund
Widerwillig ist sie auf das Oberstbegräbnis gegangen
in ihrem Kopf war nur die Feierlichkeit
der Hundebestattung
verbrennen
oder verscharren
ihr Problem
In dem Bewußtsein
allein gelassen zu sein unter allen Umständen
hatte sie sich mit der Zeit
ganz dem Hund
und dem Geld ausgeliefert
Und der Kaplan hat dazu Hilfestellung geleistet
mit seiner unsinnigen Philosophie
Der hat es notwendig immer
von unschuldigen Lebewesen zu sprechen
von Tragödie und Geistesgröße
und sie plappert es nach was er spricht
sie versteht nicht was er sagt
aber sie plappert es nach
sagt der Kaplan ein Hund ist ein unschuldiges Wesen
plappert sie es nach
sagt der Kaplan alle Menschen sind gleich
plappert sie es nach
sagt der Kaplan das Wort Geistesgröße
plappert sie es nach
alles was er über Sozialismus sagt
plappert sie nach
was er über Religion sagt
über Philosophie
Wissenschaft
Und steigt er auf die Berge und steht oben und schaut herunter
steigt sie mit ihm hinauf und schaut herunter
Aber zum Spion ist er zu dumm
ein kirchlicher Dummkopf
der die Weiber verrückt macht
Der Fleischhauer zieht sie mit seiner ganzen Gewöhnlichkeit an
ich habe ihn einmal gesehen

wie er durch die Hintertür
über die Diplomatenstiege hinaus ist
wie ich herein bin
um halb drei Uhr früh
nach der Ballettvorstellung
SCHAUSPIELERIN
Nach der Ballettvorstellung
PRÄSIDENT
Schwanensee
Schwanensee
es war Schwanensee
Der hatte die Fleischerjacke an
in der Fleischerjacke war er
in den Präsidentenpalast gekommen
man stelle sich vor
ins Präsidentenpalais in der Fleischerjacke
Wenn sie so langsam ißt
und fortwährend über meinen Kopf weg auf Lucas Cranach
der hinter mir hängt schaut
denkt sie immer nur an den Fleischhauer
in der Fleischerjacke
In Gesellschaft ist sie geistesabwesend
weil sie fortwährend nur den Fleischer im Kopf hat
SCHAUSPIELERIN
Oder den Kaplan
PRÄSIDENT
Oder den Kaplan
Sie weiß ich hasse den Kaplan
darum sitzt der Kaplan alle Augenblicke bei uns zum
Mittagessen

Komme ich zum Essen
sitzt der Kaplan schon da
immer ein Buch an der Brust
woraus er dann vorliest
und immer ist es eine Gemeinheit
eine kirchliche Frivolität
Dann gibt es das Ausgesuchteste Beste
Es macht sich gut
wenn am Ende der Tafel
der schwarze kirchliche Klecks sitzt
Ab und zu ist ganz unterhaltsam

was er sagt
über die Mission zum Beispiel
über den Nonnenmord in Äthiopien zum Beispiel
Ein ganz guter Überbrücker
wenn das Gespräch eingeschlafen ist
Er geht niemals
ohne von meiner Frau insgeheim einen Scheck
zugesteckt zu bekommen
Wenn ich ihm die Hand hinhalte
gebe ich ihm die Hand
knistert in seiner Brust ein Scheckpapier
Eine vier- oder fünf-
oder gegen Weihnachten sechsstellige Summe
Ein raffinierter Kerl
der noch immer mit der Armut der Kirche hausieren geht
Im Winter ist er in Sankt Moritz und mischt sich
in Zivil natürlich
penetrant unter die mondäne Welt
und meine Frau ist auch dort
und läßt sich von ihm die Skier wachsen
mit dem Kaplan einerseits
mit dem Fleischhauer andererseits
Zwischen meiner Frau und mir ist längst
alles erkaltet
pathetisch
Es ist die menschliche
die zwischenmenschliche Eiseskälte mein Kind
Alles nurmehr Fassade
und der Kaplan und der Fleischhauer
sind nichts
als Fassadenkletterer
Schauspielerin lacht laut auf
Beide lachen und wiederholen
Fassadenkletterer
Präsident steht auf und öffnet eine Flasche Champagner und schenkt ein
In Estoril ist alles erträglich
mein Kind
Den Kaplan verehrt sie
mit dem Fleischhauer legt sie sich ins Bett
Dem Kaplan hat sie

schon Hunderttausende hingeblättert
Hunderttausende
Selbst gibt sie
beinahe nichts aus
aber dem Kaplan Hunderttausende
pathetisch
Die Frau des Präsidenten der Republik
ist eine Hure
eine Hure
nach einer Pause
Eine Hure die jetzt nurmehr noch
in den leeren Hundekorb hineinstarrt
hineinstarrt verstehst du
starrt
hineinstarrt
in den leeren Hundekorb
beide trinken ihre Gläser aus
Es ist ein Spiel mein Kind
in welchem abwechselnd
die unmöglichsten Leute und Konstellationen auftreten
und möglicherweise
ist es schon die Revolution
wie der Kaplan sagt
nach vierzig Jahren
muß Revolution sein
muß sein mein Kind
Revolution
alles niedermachen
vernichten
langgezogen
vernichten
verstehst du
Ein Spiel
auf welchem gegen Abend immer
der Abschaum der Menschheit steht der sogenannte
der Abschaum
wirft sein Glas um, hebt es wieder auf
der Menschheit
schenkt sich wieder ein, plötzlich
Durchgreifen
Liquidieren

Unser Schicksal
ist ein ähnliches Schicksal
Wir wissen beide wie ein solches Leben gemacht wird
weil wir es uns selbst gemacht haben
selbst
stumpfsinnige niederträchtige Eltern einerseits
eine stumpfsinnige und niederträchtige Umwelt andererseits
Und absolute Lieblosigkeit
absolute Lieblosigkeit mein Kind
Nur ein einziges Paar Strümpfe in zwei Jahren
und jahrelang nicht das Geld
um dem Christkind schreiben zu können verstehst du
Und wie du selbst einmal gesagt hast
hebt sein Glas
sie hebt ihr Glas
wie du selbst einmal gesagt hast
an den Festtagen
an den geraden wie an den ungeraden
den Bratengeruch der Wohlhabenden
nur aus den Fenstern
Die Welt ist ein Sauhaufen
mein Kind
ein Sauhaufen
nichts als ein Sauhaufen
Schweinerei
nichts als Schweinerei
Der Mensch wird hart
und der Menschencharakter wird hart
der einen solchen Weg gegangen ist
wie wir beide gegangen sind
Und was hat der Theaterdirektor mit dir vor
eine Hauptrolle oder eine Nebenrolle
Auf die Hauptrolle kannst du verzichten mein Kind
die spielst du bei mir
spiel du im Theater nur deine Nebenrollen
küßt sie auf die Wange
bei mir spielst du die Hauptrolle
plötzlich pathetisch, hebt das Glas
Du bist die größte Schauspielerin
die ich kenne
und deshalb spielst du bei mir auch die Hauptrolle

du spielst die größte Rolle die jemals eine Schauspielerin
an irgendeinem unserer Theater gespielt hat
Duse
Duse du
Duse
schüttet ihr sein Glas ins Gesicht
Du Duse
Schauspielerin hebt ihr Glas noch höher und schüttet es ihm ins Gesicht
Meine Duse
meine Duse du

Vorhang

Vierte Szene

Nebenzimmer des Casinos
Präsident, portugiesische Offiziere, Botschafter am Tisch, der
Oberst an der Tür, durch die der Spielbetrieb hörbar ist
PRÄSIDENT *mit den andern trinkend, rauchend*
Wenn Sie sich vorstellen
plötzlich neben mir
ist der Oberst weg
weg
weg
der Mensch ist weg
aus dem Spielsaal Geräusche
Nur weil ich den Stock gegen das Denkmal
des Unbekannten Soldaten gehoben habe
Um meiner Frau eine Schwalbe zu zeigen
die auf dem Denkmal des Unbekannten Soldaten gesessen ist
Eine Rarität in dieser Jahreszeit meine Herren
Da fällt der Schuß
in die Unsicherheit hinein
verstehen Sie
Südwind
starker Südwind

überall die Atemschwäche meine Herren
Und in dem Augenblick bricht der Oberst zusammen
mein Adjutant
den Sie von vielen Besuchen hier kennen
Ein grauer Tag meine Herren
Südwind
starker Südwind
Ein zweiter Schuß in die Luft
Die Anarchisten sind weg
zieht an der Zigarre
Weg
Der Schuß aus dem Gebüsch
Und der erste Schuß
der den Oberst getroffen
und der mir gegolten hat
tötet den Hund meiner Frau
das Tier ist vom Schlag getroffen
in ihren Armen
Sie läßt sofort das Tier fallen
es ist tot
ein totes Tier im Arm haben
Geräusche aus dem Spielsaal
Augenblicklich drehe ich mich um
keine Spur von den Attentätern
Wir leben gefährlich
wir leben lebensgefährlich meine Herren
Da läuft meine Frau
und zerreißt sich im Laufen durch das Gebüsch
das Kostüm
Dann kommen die Wachen
Nur hundert Schritte vom Präsidentenpalast meine Herren
Der Oberst ist sofort tot gewesen
Herzschuß
Der Hund war vom Herzschlag getroffen
der Oberst ist mit einem Herzschuß zusammengebrochen
Der Attentäter muß aus dem Gebüsch geschossen haben
OFFIZIER
Bei uns gibt es keine Anarchisten Herr Präsident
PRÄSIDENT
Wie sie den Oberst hereingeschleppt haben in den Palast
seine blutende Leiche

man muß sich vorstellen alles voller Blut
habe ich gesehen
dem Mann ist die Brust durchschlagen
zum Botschafter
Die Brust durchschlagen diesem Mann
der einmal Ihr Attaché gewesen ist
in Ankara
BOTSCHAFTER
In Ankara Herr Präsident
PRÄSIDENT
Sie erinnern sich
eine unbestechliche Persönlichkeit
Ein Verwandter des Erzbischofs von Trier
BOTSCHAFTER
Und des Gurker Erzbischofs
PRÄSIDENT
Und des Erzbischofs von Gurk
Die Kugel meine Herren
in den Körper hinein
und durch das Herz
und wieder aus dem Körper hinaus
zieht an der Zigarre
Ich habe viele sterben gesehen
aber
Dann haben sie auch den Hund
in den Präsidentenpalast getragen
und den toten Hund
neben den toten Oberst gelegt
bis die Gerichtsmediziner gekommen sind
Meine Frau hat einen Schock erlitten
Der Gerichtsmediziner
hat zuerst den Oberst
und dann den Hund untersucht
aus dem Spielsaal Geräusche
Meine Frau hat sich mehrere Stunden
in ihrem Zimmer eingesperrt
Nicht eine halbe Stunde nach dem Attentat
habe ich mit dem Kanzler verhandelt
Wie ich vom Kanzler weggegangen bin
waren die schwarzen Fahnen aufgezogen
Ich bestimmte ein Staatsbegräbnis für den Oberst

Aber bis zur Stunde sind die Attentäter nicht gefaßt
OFFIZIER
Hier in Portugal gibt es keine Attentäter
ANDERER OFFIZIER
Anarchisten und Attentäter
gibt es hier nicht
PRÄSIDENT
Für meine Frau war das Attentat
naturgemäß ein Schock
Sie hatte die Idee
ich solle nach Estoril gehn
eine gute Idee nicht wahr meine Herren
BOTSCHAFTER
Eine ausgezeichnete Idee Herr Präsident
PRÄSIDENT
Du fährst nach Estoril
habe ich mir gesagt
ein paar Tage ins Inglaterra
meine Herren ich sage Ihnen
da können Sie hingehen wo Sie wollen
das Inglaterra ist das beste Hotel
auf der ganzen Welt
Wir haben jetzt
jeden zweiten Tag
das ist nicht übertrieben
ein Begräbnis
und jede Woche
ein Staatsbegräbnis
Um ein Haar
und es hätte mich erwischt
Und bring mir eine Flasche Portwein mit
hat meine Frau gesagt
zum Botschafter
Und der Herr Botschafter hat alles
zu meiner größten Zufriedenheit arrangiert
zu den Offizieren
Der Botschafter ist
einer unserer besten Männer
ich denke oft
einen solchen Mann
kann man nicht an der atlantischen Küste

verkommen lassen
Schauspielerin kommt aus dem Spielsaal herein
Du hast doch nicht etwa verspielt
mein Kind
zu den andern
Sie gewinnt immer
Sie ist eine große Schauspielerin
eine Heroine meine Herren
Schauspielerin küßt den Präsidenten auf die Stirn
und eine große Schauspielerin
alle lachen
Nur der Direktor Ihres Theaters
ein ziemlich ungebildeter
ein ziemlich beschränkter Geist
weiß davon nichts
daß sie ein so großes Talent hat
Immer spielt sie Rollen
die ihr nicht liegen
sie ist fortwährend
falsch besetzt
garantiert ist sie wenn sie der Direktor besetzt
falsch besetzt
Die Dramaturgie ist schuld sagt sie
Königinnen soll sie spielen
raffinierte schöne Königinnen
oder eine perverse Hure
eine perverse Hure
lacht
alle lachen
Eine Tragödin
meine Herren
in einer klassischen Tragödie
oder eine perverse Hure
in einer modernen Komödie
holt die Brieftasche aus dem Rock und nimmt mehrere
Geldscheine für Jetons heraus, die er ihr gibt
Da mein Kind
nimm mein Kind
vielleicht hast du jetzt Glück
zu den andern
Ein Glückskind meine Herren

sie ist ein Glückskind
ein Findelkind aus den Alpen
Schauspielerin küßt dem Präsidenten die Stirn
Präsident steckt die Brieftasche wieder ein
Ein Alpenfindelkind
groß meine Herren
groß
in jeder Hinsicht groß
zur Schauspielerin
Wie schön du bist
je weiter die Zeit fortschreitet
um so schöner bist du
während die andern häßlicher werden
immer häßlicher und häßlicher
in vorgerückter Stunde immer häßlicher
wirst du immer schöner
ein schönes Gesicht
nicht wahr meine Herren
ein schönes Gesicht
ganz einfach eine schöne Natur
Schauspielerin drückt die Geldscheine an ihre Brust
Autodidaktin
meine Herren
Autodidaktin
Sie hat die Schauspielkunst nicht studiert
aber wer von den großen Schauspielern
wer von den größten Darstellerinnen
hat die Schauspielkunst studiert
zur Schauspielerin
Du bist Autodidaktin
Autodidaktin bist du
zu den andern
alles an ihr ist Rhythmus
Musik
Tanz
Die Schauspielakademien ersticken die Talente im Keim
ein großes Talent wird in der kürzesten Zeit
in den Schauspielakademien erstickt
erstickt meine Herren
erstickt
Schauspielerin ab in den Spielsaal

Präsident ihr nachschauend
Ein Kunstgebilde
durchaus ein Kunstgebilde
ein sehr kunstvolles Stimminstrument meine Herren
mit einer absolut kunstvollen Technik
Voriges Jahr hat sie eine Gastspielreise nach England gemacht
und alle diese kalten und harten und tödlichen Städte
in ganz Großbritannien bezaubert
bezaubert ist das richtige Wort bezaubert
Eine Autodidaktin müssen Sie wissen
die aus den kleinsten Verhältnissen stammt
Ihr Großvater ist ein Ziegeleiarbeiter gewesen
und ihr Vater noch Ziegelei v o r arbeiter
Und ihre Mutter stammte
aus einer Kochlöffelschnitzerfamilie
lacht
Eine Kochlöffelschnitzerfamilie im Hochgebirge meine Herren
Heute ist sie
eine richtige Primadonna
Weil sie ihm einen Korb gegeben hat
hat sie der Direktor kaltgestellt
kaltgestellt meine Herren
kaltgestellt
Der Direktor unseres größten Theaters
des angesehensten Theaters in Europa hat sie kaltgestellt
kaltgestellt
Sie ist zur Untätigkeit verurteilt
weil der Direktor sie kaltgestellt hat
Nur weil der Direktor sich falsche Hoffnungen gemacht hat
auf ihren wie Sie sehen
bezaubernden Körper
Theaterkörper meine Herren
Theaterkörper
Für mich ist die Instinktlosigkeit des Direktors
ein Vorteil
spielt sie nicht auf dem Theater meine Herren
fährt sie doch mit dem Staatspräsidenten um die Welt
um die Welt meine Herren
um die Welt
Geräusche aus dem Spielsaal
Jetzt nimmt sie

an meinen Vergnügungen teil
Wir sind ja nicht hierhergekommen
auf einen staatspolitischen Disput
außerdem gibt es zwischen unseren Ländern
keine offenen Fragen
Die frische Atlantikluft ist es
Ich darf nur hoffen
die Polizei ist in der Zwischenzeit nicht untätig gewesen
Meine Frau meine Herren
liebt das Hochgebirge
ich bin in den Atlantik vernarrt
sie liebt das klassische Lustspiel
ich ziehe die große Oper vor
Carmen
und stellen Sie sich vor
meine Frau
hat in selbstgestrickten Strümpfen
ihr Geld aufbewahrt
zieht an der Zigarre
Das war immer so
in ihrer Familie
die aus der Schweiz
eingewandert ist
Sie lebt jetzt
in ständiger
und wie ich glaube
inständiger Angst vor den Anarchisten
Mit Ärzten und Geistlichen
umgibt sie sich
und glaubt auf diese Weise
der Gefahr verrückt oder krank
oder krank u n d verrückt zu werden
zu entkommen
Geräusche aus dem Spielsaal
als ob es etwas nützte
die Bekanntschaft mit Ärzten
und Geistlichen zu pflegen
in dieser Gesellschaft führt der Weg
um so schneller in die Hölle
radikaler und lächerlicher
in das Ende hinein

Mein Mißtrauen gegen die Ärzte
und gegen die Geistlichen
diese großen Spielverderber des Lebens
an welchem doch alles hängt meine Herren
ist immer das größte gewesen
Und gegen die Wissenschaft überhaupt
ganz zu schweigen von der Philosophie
falls es so etwas gibt
bin ich von Anfang an gewesen
noch dazu wenn es sich
wie das so oft und beinahe immer der Fall ist
um einen medizinischen Geistlichen
oder besser um einen Arzt als Geistlichen
und um einen Geistlichen als Arzt handelt
zieht an der Zigarre
denn tatsächlich behaupten die Ärzte
sie seien die eigentlichen Geistlichen
wie die Geistlichen behaupten
sie seien die wahren Ärzte
die Welt ist auf diese Verrücktheit gestellt
meine Herren
In Wahrheit sind diese beiden Kategorien
nichts anderes als die Zerstörer
der Körperlichkeit und der Geistigkeit
Geräusche aus dem Spielsaal
vor nichts mehr in acht nehmen
als vor Ärzten und Geistlichen
meine Herren
und das Mißtrauen das größte Mißtrauen als Brücke
zu diesen Herrschaften
ist noch eine Dummheit
Die Frauen fallen
darauf herein
und setzen sich tagtäglich
einen Kaplan ins Zimmer
und suchen wöchentlich mindestens einmal
einen Arzt auf
und nicht von dem Arzt lassen sie sich
die eigne Person zu einer verrückten Heilanstalt machen
und nicht von einem Geistlichen die Religion eintrichtern
nein

sie nehmen die Medikamente
von den Geistlichen ein
und lassen sich Himmel und Hölle
von den Ärzten beschreiben
und von beiden haben sie nichts
als die fortwährende Angst vor dem Ende
Nichts Unerträglicheres als eine alternde Frau
die mit ihrem Altern nichts anfangen kann
und andauernd Zuflucht
bei Geistlichen und bei Ärzten sucht
deren Kopf mit Heilkräutern angestopft ist
und von medizinischen Litaneien
und geistlichen Spirituosen übergeht
und die die ganze Woche die Geistlichen und die Ärzte abrennt
in der Hoffnung
den Prozeß der Zerstörung
dem sie von Natur aus unterworfen ist
und der ihr auf einmal bewußt geworden ist
gegen die eigne Natur aufzuhalten
deutet auf die Tür zum Spielsaal
Da ist so ein junges Ding
oder ein solches Wesen wie dieses
das ich aus der Tiefe von ganz unten
zu mir heraufgezogen habe
erfrischend
eine Erfrischung meine Herren
eine Erfrischung
eine Erfrischung
Geräusche aus dem Spielsaal
Höre ich etwas Unglaubliches
denke ich
es ist ein Hörfehler
aber es ist die Wahrheit
Ein solcher Mensch wie ich denkt oft
er wäre am liebsten der Unscheinbarste
er hätte nichts zu tun mit dem
mit dem er zu tun hat
mit dem was er ist
es geht ihn alles nichts an
daß er ist wovon alle sprechen
ist ihm das Fürchterlichste

aber in den Kopf zurückziehen
aus dem er einmal herausgegangen ist
kann ein solcher nurmehr noch
die allerkürzeste Zeit
er läuft gleich wieder
aus deinem eigenen Kopf davon
zieht an der Zigarre
Oder denken Sie an einen großen Künstler
oder an einen hervorragenden Wissenschaftler
auf den alle Augen gerichtet sind
aber wir haben uns
zu einem solchen gemacht
der auf dem Argwohn
und auf dem Gespött der Menge balanciert meine Herren
Da ich nicht länger
wenigstens nicht länger als auf die kürzeste Zeit
in meinem Kopf verschwinden kann
fahre ich ab und zu weg
weg
weg meine Herren
beispielsweise nach Portugal
das ich liebe
das kündigt sich schon wochenlang vorher an
Ein Gedanke ist es
weg
weg
dann auf einmal ganz vehement
an die atlantische Küste
in eine angenehme Umgebung
wenn alles das Unangenehmste ist
wo es sich gefahrlos
ohne fortwährend mit dem Erschießen
rechnen zu müssen
gehen und essen läßt
gut essen und gut trinken
trinkt
und unter Umständen aus der Gegenwart
auch noch ein hochpersönliches Lustspiel zu ziehen ist
Was haben Sie hier noch
für unbeschwerte Landstriche meine Herren
von dem politischen Massenwahnsinn

ganze unbeschmutzte Stadtviertel
während ganz Mitteleuropa
auf den philosophisch-politischen Kopf gestellt ist
amüsieren Sie sich hier noch auf die Weise
wie man sich vor fünfzig Jahren auch noch in Mitteleuropa
amüsiert hat
meine Herren
Geräusche aus dem Spielsaal
amüsiert meine Herren
amüsiert
da wo ich herkomme meine Herren
hat man vergessen
daß das Leben sehr wohl
mit der großen Oper zu tun hat
die Welt ist nicht philosophisch meine Herren
ich höre Stimmen von der Bühne herunter
ich sehe ganz große Auftritte
Chöre meine Herren
und einige wenige nennenswerte Solisten
und ich denke
der Hintergrund der Welt
ist ein durchaus widerstandsfähiger Schnürboden
Ein Mensch in einer solchen ganz ausschließlichen
                                                        Geistesverfassung
ist für überhaupt nichts mehr
nurmehr für sich selbst meine Herren
der Politiker ist wie der Künstler
nurmehr für sich selbst
nur seinen eigenen Weg gegangen
wo er durchgegangen ist
weiß er nicht mehr
Geräusche aus dem Spielsaal
Dem über seinen eigenen Weg Erschrockenen
ist nicht zu helfen
Er hat so viele mitgerissen
daß er es gar nicht sagen kann
mitgerissen meine Herren
mitgerissen
mitgerissen
Weil es in diesem Land
überhaupt keinen Krieg gegeben hat meine Herren

eruptionslos meine Herren
absolut eruptionslos
Und weil Sie hier alles
so gut in der Hand haben
Sie leisten sich keine Anarchisten meine Herren
*Schauspielerin kommt aus dem Spielsaal herein, zeigt mit den
Händen, daß sie alles verloren hat*
*Präsident zieht sofort die Brieftasche und nimmt ein Bündel
Geldscheine heraus und hält sie in die Luft*
ruft aus
Mein ganzes Vermögen meine Herren
*Schauspielerin zu ihm hin, nimmt ihm die Geldscheine ab, küßt
ihn auf die Stirn, ab in den Spielsaal*
Sie leisten sich keine Anarchisten
meine Herren
Die große Anzahl Ihrer Gefängnisse
garantiert Ihnen
Ruhe und Ordnung
Geräusche aus dem Spielsaal
Wenn es dem Volk zu gut geht
wird es größenwahnsinnig
und die Verrückten
zünden den Staat an
Das Volk wird größenwahnsinnig
und verliert den Verstand
Dann kann man es nicht mehr eindämmen meine Herren
und a l l e s begünstigt das Chaos
Die Geschichte beweist alles
meine Herren
das muß dem dümmsten Dummkopf klarwerden
daß die Geschichte alles beweist
aber was beweist die Geschichte
Das Volk meine Herren
muß von der Geschichte abgelenkt werden
damit es keine Beweise in die Hände bekommt
Geräusche aus dem Spielsaal
Ein Dilettant
der das nicht begreift
meine Herren
ein Dilettant
und dann hat sie

meine Frau
fortwährend Angst
ihr eigener Sohn
erschießt mich
oder er erschießt die eigene Mutter
Ja unser Sohn
ist unter die Anarchisten gegangen
und einer von den gefährlichsten
tatsächlich muß ich fürchten
daß mich mein eigener Sohn
eines Tages
zu einem bestimmten Zeitpunkt meine Herren
niederknallt
oder erschlägt meine Herren
In der Nacht spricht meine Frau davon
daß unser Sohn
unser Mörder ist
sein ganzes Leben war nichts anderes
als diese Drohung
Die Eltern machen einen Sohn
und ziehen ihn auf
und erkennen
sie haben ihren Mörder aufgezogen
Ein Mensch der solche exakte Kenntnisse
seiner Eltern hat
und der naturgemäß meine Herren
seine Erzeuger haßt
Unser Sohn ist prädestiniert
prädestiniert dazu
uns umzubringen
zieht an der Zigarre
Was ist in einem solchen Menschen
frage ich mich
daß er sich plötzlich vernichten will
daß er sich nicht entwickeln
sondern vernichten will
indem er weggeht
und es ist ihm gleich wohin
er bringt sich urplötzlich um
aus Angst
oder er bringt die Eltern um

aus Angst
oder er taucht unter
um vernichtet zu werden
denn in jedem Falle wird ein solcher vernichtet
dem nicht zu helfen ist
Wenn wir selbst die Kraft haben
unser Sohn hat sie nicht
wenn wir selbst Ordnung gemacht haben
unser Sohn hat sie nicht gemacht
wenn wir selbst glücklich gewesen sind
mit der Zeit
denke ich
unser Sohn ist es nicht geworden
Wenn wir selbst alles nach und nach in den eigenen
schmerzhaften Kopf genommen haben
unser Sohn hat es nicht getan
Wenn wir selbst aufgewacht sind
unser Sohn hat nichts dazu getan
wie ein solcher weggeht
und untergeht
denke ich in der Nacht
und wir wissen nicht wo
plötzlich ist er da
und vernichtet uns
und vernichtet sich selbst
in der Nacht denke ich
er wird es tun
er wird es tun
er wird es tun meine Herren
steht auf und sagt
Zurückgewinnen
In den Spielsaal meine Herren
ruft aus
zurückgewinnen
zurückgewinnen was ich verloren habe
wirft sein volles Glas an die Wand und geht in den Spielsaal hinein, alle schauen ihm nach

Vorhang

Fünfte Szene

Große Halle
Trauermusik von Beethoven
Der Präsident ist aufgebahrt
Sein Gesicht ist in einem großen Sargfenster zu sehen
Zwei Leichendiener unter Aufsicht eines Offiziers stellen zwei Leuchter am Katafalk ab
EINER DER LEICHENDIENER *zieht noch am schwarzen Tuch*
So
so
DER ANDERE
So
so
beide Leichendiener ab
OFFIZIER *laut, pathetisch*
Die Aufbahrung ist freigegeben
Die Tür wird aufgemacht
Die Präsidentin, verschleiert, gestützt auf den Kaplan, kommt herein und bleibt vor dem Präsidenten stehen und schaut hin und geht nach links ab
Nach der Präsidentin die Regierung
Nach der Regierung die Diplomaten
Nach den Diplomaten das Volk

Ende

Die Berühmten

BASSIST
   Ich habe alles erreicht
   ich habe alle großen Partien
   an allen großen Opernhäusern gesungen
   Den Ochs unter Kleiber
   mit der Schwarzkopf als Marschallin

Die Puppen

RICHARD MAYR
RICHARD TAUBER
LOTTE LEHMANN
ALEXANDER MOISSI
HELENE THIMIG
MAX REINHARDT
ARTURO TOSCANINI
ELLY NEY
SAMUEL FISCHER

Die Schauspieler

BASSIST, *ein Baron*
TENOR
SOPRANISTIN
SCHAUSPIELER
SCHAUSPIELERIN
REGISSEUR
KAPELLMEISTER
PIANISTIN
VERLEGER
ERSTER DIENER
ZWEITER DIENER

Sommersitz des Bassisten

Erstes Vorspiel
Die Perfidie der Künstler

Kalte weiße Halle
Alle, jeweils ein Schauspieler und das dazugehörige Vorbild
als Puppe, bis auf die Sopranistin, deren Sessel neben der Lotte
Lehmann leer ist, um einen großen runden Tisch sitzend,
gebratene Fasane und Enten essend und trinkend
Erster Diener links, zweiter Diener rechts servierend
Ein Bösendorferflügel
Eine Standuhr
Lautes Gelächter, wenn der Vorhang aufgeht,
dann
BASSIST
Kopfüber
kopfüber
KAPELLMEISTER
Kopfüber
ALLE *durcheinander*
Kopfüber
VERLEGER
Kopfüber
BASSIST
In den Orchestergraben
SCHAUSPIELER und SCHAUSPIELERIN
Kopfüber
Bassist läßt sich vom ersten Diener einschenken
In dem Augenblick
in welchem er den Taktstock hebt
kopfüber
SCHAUSPIELERIN und PIANISTIN
Kopfüber
BASSIST
Und ausgerechnet
Falstaff
Stellen Sie sich vor
Falstaff
Alle lachen laut auf
Falstaff
kopfüber in den Orchestergraben

Das war das Ende seiner Karriere
natürlich
ERSTER DIENER *zum Bassisten*
Kann noch gegeben werden Herr Baron
BASSIST
Aber natürlich
selbstverständlich
Die Diener servieren noch einmal Fasanen- und Entenbraten
Das war das Ende seiner Karriere
natürlich
Eine Begabung erster Klasse
die sich nicht durchsetzen konnte
KAPELLMEISTER
Eine unerhörte Begabung
VERLEGER
Ein wahrer Künstler
REGISSEUR
Aber ein Unglücksrabe
BASSIST
Ein Unglücksrabe
wahrhaftig ein Unglücksrabe
KAPELLMEISTER
Und ein ehrenwerter Mann
ehrenwert
REGISSEUR
Ehrenwert
BASSIST
Durchaus ehrenwert
TENOR
Lebenslänglicher Diabetiker
BASSIST
Das kommt noch dazu
daß er lebenslänglich Diabetiker gewesen ist
Eine Unglücksnatur
ausgesprochen eine Unglücksnatur
schaut auf die Uhr
Die liebe Gundi
hebt sein Glas und läßt sich vom ersten Diener einschenken
und ich
haben unter ihm
Maskenball einstudiert

Maskenball stellen Sie sich vor
unter ihm
in Antwerpen
Das letztemal habe ich unter ihm
in Glyndebourne gesungen
eine verunglückte Vorstellung
nimmt sich ein großes Fasanenstück
Der alte Klemperer
hat von ihm gesagt
er sei so musikalisch wie eine Milchkuh
trinkt
eine Milchkuh
Das war das letztemal
daß ich Schuricht gesehen habe
Ebert das letztemal
Auch eine Unglücksnatur wie unser lieber Freund
Siebenunddreißig
der Höhepunkt
KAPELLMEISTER
Der absolute Höhepunkt
REGISSEUR
Ebert Schuricht Busch Kleiber Klemperer
Das ist durchaus unwiederholbar
zur Pianistin
Haben Sie damals nicht auch
einen Mozartabend gegeben
Das war der Abend vor der Unwetterkatastrophe
Bassist hält sein Glas hin und der erste Diener schenkt ihm ein
Die Cosi ist buchstäblich ins Wasser gefallen
KAPELLMEISTER
Da hat es die Helletsgruber erwischt
Lungenentzündung aus
BASSIST
Vor Hitler
alles vor Hitler
VERLEGER
Nietzsche hat das alles vorausgesehen
Auf Sils Maria hätte die Menschheit hören müssen
REGISSEUR
Heute ist auch Glyndebourne
nurmehr noch eine Musikfabrik

>   wenn auch nicht ganz so gigantisch
>
> **BASSIST**
>   Heute wird vom Fließband gesungen
>   alle singen und schauspielern vom Fließband
>   *nimmt einen Fasanenknochen in die Hände*
>   eine einzige riesige Massenfabrikation
>   pseudomusikalisch
>   *schaut auf die Uhr*
>   Die Gundi läßt mich sitzen
>   Eine Aufsehenerregerin
>   Man singt nicht ungestraft
>   zum zweihundertstenmal den Ochs
>   zum zweihundertstenmal
>   Zwischen Salzburg und Bayreuth
>   wird alles langsam aber sicher
>   kaputtgemacht
>   Ich sag ja immer zur Gundi
>   sei vernünftig
>   aussteigen aus dem Vertrag
>   auf einmal ist die Stimme kaputt
>   aber die ist unbelehrbar
>
> **VERLEGER**
>   Und eine charmante Person
>
> **BASSIST**
>   Eine durch und durch
>   krankhafte Natur
>   Und je größer das Talent
>   desto totaler seine Vernichtung
>   *nimmt einen zweiten Fasanenknochen und nagt ihn ab*
>   Die Menschheit hat es
>   auf das Genie abgesehen
>   Schauen Sie sich alle diese Talente an
>   hochbegabte Talente
>   so hochbegabte Talente wie niemals vorher
>   alle kaputtgemacht
>   die vor zehn Jahren aufgetaucht sind
>   Keine Ausdauer
>   keine Ökonomie
>   kein Ethos
>
> **TENOR**
>   Disziplin ist heute ein Fremdwort

BASSIST
Absolut
VERLEGER
Ein Fremdwort Herr Baron
Das Wort Disziplin ist heute ein Fremdwort
BASSIST *zur Elly Ney*
Meine liebe Elly Ney
wohin wären Sie gekommen
wenn Sie nicht täglich
Ihre acht bis zehn Stunden geübt hätten
zu Toscanini
Mein hochverehrter Maestro Toscanini
wem sage ich das
Überhaupt die ganze Auffassung von Musik
Heute wissen die jungen Leute ja nicht einmal mehr
was Musik ist
Sie machen ein Musikstudium
und schließen es ab
aber sie wissen überhaupt nicht
was Musik ist
Fühlen Sie einmal einem von den jungen Karrieristen auf den Zahn
Sie erleben Ihre Wunder
alle sind sie perfekt
perfekt
REGISSEUR
Heute ist alles perfekt
BASSIST
Perfekt
aber von Musik haben die keine Ahnung
zu Tauber
Mein lieber Tauber
Hand aufs Herz
schaut in die Runde
aber ich will niemanden beleidigen
Schubert singen
na ja
Die Sänger singen sich ihre Noten auf ihr Bankkonto
und die Instrumentalisten genauso
Aber es könnte sein daß die Gesellschaft
diesem Zustand

dieser perversen Vermögensbildung auf dem Konzertpodium
und auf dem Theater
daß die Gesellschaft diesem Spuk
über kurz oder lang
ein Ende macht
Ein Ende meine Damen und Herrn
trinkt aus und läßt sich gleich wieder einschenken
ein plötzliches Ende
Die Kunst insgesamt ist heute
nichts anderes
als eine gigantische Gesellschaftsausbeutung
und sie hat mit Kunst so wenig zu tun
wie die Musiknoten mit den Banknoten
Die großen Opernhäuser wie die großen Theater
sind heute nur große Bankhäuser
auf welchen die sogenannten Künstler tagtäglich
gigantische Vermögen anhäufen
VERLEGER
Ein wahres Wort Herr Baron
BASSIST
Aber ein ungeheuerlicher Bankkrach
also ein ungeheurer Opernhäuserkrach und Theaterkrach
steht unmittelbar bevor
nimmt sich einen neuen Fasanenknochen
Aber die sogenannten großen Protagonisten ahnen das
weil sie in Wirklichkeit nichts anderes als Spekulanten sind
und bringen ihre Schäfchen ins trockene
Das Volk ist ein einziger aufgeblähter Dummkopf
zu Toscanini
mein lieber Maestro Toscanini
ich habe mir heute Ihre Cosiaufnahme
aus dem Jahr siebenunddreißig angehört
und habe sie mit der Aufnahme die unser unglücklicher
verunglückter Freund gemacht hat verglichen
ich muß sagen
Aber die Toten sollen ruhn
hebt sein Glas und läßt sich vom ersten Diener einschenken
Das Engagement in Buenos Aires
ist sein erstes Engagement gewesen
nach seinem fürchterlichen Autounfall bei Barcelona
Knappertsbusch vermittelte es noch

der alte Knappertsbusch
Er hatte sich darauf verlassen
daß er sich auf einen Sessel
oder wenigstens auf einen Hocker setzen kann
der Arme
weil er nach der Rückgratverletzung
nicht mehr stehend dirigieren konnte
er war ja auch schon viel zu schwer gewesen
viel zu schwerfällig
nagt auffällig am Knochen
KAPELLMEISTER
Das hat man seinen Tempi angemerkt
schwerfällig
sehr schwerfällig
BASSIST
Mozart ist das nicht gut bekommen
Aber ich habe im Jahr zweiundfünfzig
eine gute Zauberflöte von ihm gehört
in Mannheim
trinkt
Glatteis bei Barcelona
eine Seltenheit
nagt auffällig am Knochen
PIANISTIN
Ich selbst habe einmal
Glatteis erlebt in Barcelona
BASSIST
Da gibt es ja auch
macht einen kräftigen Schluck
so eine Gesellschaft der Musikfreunde
Spanien hat mich nie gereizt
Ich hätte schon oft nach Madrid fahren können
und dort den Ochs singen
Mit Spanien ist das so eine Sache
VERLEGER
Wo Sie doch ein solcher Kunstfreund
und Kunstkenner sind
BASSIST
Die Alhambra wäre fällig ich weiß
nagt auffällig am Knochen
Der Wagen rutschte ab

und überschlug sich
und stellen Sie sich vor
beide Taktstöcke waren
in der Mitte auseinandergebrochen
er hatte immer zwei Taktstöcke mit
REGISSEUR
Ein böses Omen
BASSIST
Seine Frau
eine Pschorr
wie die Frau von Richard Strauss
ist mit einer Gehirnerschütterung davongekommen
Er versuchte es halt
mit zwei Taktstöcken
Spaß beiseite
der Mann mußte zweieinhalb Jahre in den Gips
nagt auffällig am Knochen
Das hat natürlich sein ganzes Vermögen verschlungen
von sich aus reiche Leute
Wiener Cottage
Geblieben ist ihnen nur die kleine Holzmühle
am Wallersee
die Sie ja alle kennen
wir haben schon als Kinder immer gesagt
Die Kunstmühle
weil in dieser Holzmühle
immer Künstler Kunst gemacht haben
zu Toscanini, nachdem er ausgetrunken hat
In dieser Holzmühle mein lieber Maestro
habe ich Sie kennengelernt
ich war zweiundzwanzig
Auch Georges Szell war da
Sie erinnern sich
Sie haben unserem Unglücksraben
nagt auffällig am Knochen und wirft ihn in den Teller
vorgemacht
wie man Macbeth dirigiert
Ich hatte unserem Freund
einen Rosenkavalierauszug zurückbringen wollen
ein trüber gewittriger Nachmittag
Szells Rolls Royce stand vor der Mühle im Moor

nimmt sich ein Stück Fasan
Die Vorhänge waren zurückgezogen
ich traute meinen Augen nicht
der große Toscanini machte unserem Freund
Macbethtempi vor
Diese kleinen vergitterten Mühlenfenster
PIANISTIN
Ist das hübsch auf dem Land
BASSIST
Sie können sich vorstellen
ich war wie vor den Kopf gestoßen
Toscanini in der Mühle
Sie zeigten ihm die Macbethtempi
es war mir sofort klar gewesen
daß es sich um Macbeth handelt
Mehrere Male stampften Sie auf dem Mühlenboden auf
weil Sie unser Freund nicht begriffen hat
Er dirigierte ja dann Macbeth an der Oper
er versuchte nachzumachen
was Sie ihm vormachten
aber er machte alles fortwährend falsch nach
einmal war er zu schnell
dann wieder zu langsam
Sie stampften tatsächlich mehrere Male auf dem Mühlenboden auf
nagt auffällig am Knochen
Die ganze Mühle erzitterte
wie der große Toscanini aufstampfte
Aber er begriff nichts
Ich beobachtete jede Einzelheit durch das Mühlenfenster
Am Ende gaben Sie auf
Sie schleuderten den Taktstock
offensichtlich war es der Taktstock unseres Freundes
auf die Ofenbank
und setzten sich auf die Ofenbank
und Sie zerrauften sich die Haare
trinkt
Zuerst hatte ich Scheu gehabt einzutreten
In diese Szene hinein
aber dann hatte ich Mut und trat ein
PIANISTIN
In diese entzückende kleine Mühle

BASSIST
Toscanini kennenzulernen
eine Ungeheuerlichkeit
SCHAUSPIELERIN
Ein Höhepunkt
BASSIST
Ein absoluter Höhepunkt
zweifellos
Und noch etwas ist mir in Erinnerung
wie Szell der große Georges Szell
zu Toscanini
wie Sie unserem Freund die Macbethtempi vormachten
im Hintergrund
neben dem Kachelofen in der Ecke steht
vollkommen unbeweglich im Hintergrund
schleckt sich die Finger ab
Toscanini und Szell
und unser Freund
und ich
trinkt
Szell rührte sich einfach nicht
Da trat ich ein
und es war etwas Merkwürdiges eingetreten
zu Toscanini direkt
Sie haben mich überhaupt nicht zur Kenntnis genommen
mein hochverehrter Maestro Toscanini
Sie haben zum Fenster hinausgeschaut
Sie waren vollkommen erschöpft
mit Ihren zerrauften Haaren
schaut in die Runde und lacht und nagt wieder am Knochen
Und dann verabschiedeten Sie sich
aber Sie würdigten mich keines einzigen Wortes
Das war der Beginn unserer Freundschaft
mein lieber Maestro
zu Richard Mayr
Am Abend berichtete ich Richard Mayr
von meinem Erlebnis
Er sang damals den Ochs zum letztenmal
zu Richard Mayr direkt
Ihr letzter Sommer
zu Toscanini direkt

Sie haben sich mit unserem Freund wahrlich Mühe gegeben
aber ein originaler Kapellmeister
ist aus ihm doch nicht geworden
Zweifellos hatte Szell
von Ihrer Unterweisung in Macbeth profitiert
nagt am Knochen
VERLEGER
Das Genie soll sich hüten
der Mittelmäßigkeit etwas beibringen zu wollen
REGISSEUR
Da haben Sie recht
da haben Sie vollkommen recht
Verleger lacht
Bassist nagt am Knochen
Nach der Rückgratverletzung
hat er nicht mehr stehen können beim Dirigieren
nur sitzend
SCHAUSPIELERIN
Der Arme
BASSIST
Aber da war kein Sessel
nicht einmal ein Hocker war da
nichts
PIANISTIN
Er hätte sich selbst vergewissern müssen
TENOR
Natürlich selbst
BASSIST
Selbst
selbst
man muß sich immer selbst vergewissern
Und gar in Südamerika
Er wollte den Taktstock heben
und sich hinsetzen
das heißt er hat den Taktstock gehoben
und sich hingesetzt
und ist kopfüber in den Orchestergraben gefallen
kopfüber
REGISSEUR *laut auflachend*
Kopfüber

VERLEGER
Kopfüber
TENOR *auflachend*
Kopfüber
ALLE *zusammen auflachend und rufend*
Kopfüber
BASSIST *in das Lachen hinein*
Der erste Auftritt nach drei Jahren
davon zweieinhalb Jahre in Gips
von Knappertsbusch vermittelt
Regisseur lacht laut auf
Verleger lacht laut auf
Pianistin lacht laut auf
Alle lachen
Bassist in das Lachen hinein brüllend
und da fiel der Mann in den Orchestergraben
bei Falstaff
KAPELLMEISTER
In Südamerika aufzutreten
ist immer ein Risiko
BASSIST *zum Kapellmeister*
Da könnte ich Ihnen viele Geschichten erzählen
trinkt aus und läßt sich sofort wieder einschenken
alle
oder wenigstens die meisten
mit tödlichem Ausgang
schaut auf die Uhr
Da singe ich zum zweihundertstenmal den Ochs
und alle feiern wir diesen Umstand
und wer nicht da ist
ist sie
REGISSEUR
Ein typisches Kind unserer Zeit
hochtalentiert
BASSIST
Aber vollkommen undiszipliniert
KAPELLMEISTER
Aber was für eine Fiordiligi
Sie ist meine Entdeckung
ich habe sie als ganz junges Mädchen
in der Wallfahrtskirche zu Mariazell gehört

Meerstern ich dich grüße
eines der schönsten Marienlieder hat sie gesungen
Da war ich wie elektrisiert
ich schickte sie auf meine eigenen Kosten zuerst
zu unserer verehrten Hilde Güden
Das Weitere wissen Sie
eine unglaubliche Karriere
BASSIST
Aber gefährdet
das müssen Sie zugeben
nagt am Knochen
KAPELLMEISTER
Allerdings
Bassist trinkt aus und läßt sich einschenken
VERLEGER *zu Samuel Fischer*
Mein lieber Kollege Samuel Fischer
ist ein Onkel von ihr
REGISSEUR
Sie sehen die bedeutenden Künstler
sind alle untereinander verwandt
die berühmtesten
mit allen andern berühmtesten
Die Ausnahmen bestätigen die Regel
VERLEGER
Im übrigen ist unsere verehrte Abwesende
auch eine Verwandte von Thomas Mann
und dieser ist
wie ich gerade herausgefunden habe
mit James Joyce verwandt
PIANISTIN *ausrufend*
Mit Joyce
mit Joyce
was Sie nicht sagen
SCHAUSPIELERIN *fast hysterisch*
Tatsächlich mit Joyce
VERLEGER
Tatsächlich mit Joyce
Joyce und Mann
sind Verwandte
Und Joyce habe ich entdeckt
ist mit Rilke verwandt

PIANISTIN
　Dann ist ja auch Mann
　mit Rilke verwandt
　wenn Joyce mit Mann verwandt ist
　und Rilke mit Joyce
VERLEGER
　Das ist eine Sensation
SCHAUSPIELERIN
　Eine Sensation
REGISSEUR
　Sensationell
KAPELLMEISTER
　Unglaublich
VERLEGER
　Und mit Rilke sind so viele verwandt
　daß gar nicht gesagt werden kann
　mit wie vielen Rilke verwandt ist
　zum Bassisten
　Jedenfalls kommt Ihre Freundin
　in unserer neuen Rilkebiografie vor
　die ich für den Herbst plane
　und in der neuen Joycebiografie auch
　und auch in der neuen Wittgensteinbiografie
　die ich plane
　Ich selbst schreibe an einem Buch
　über die berühmtesten Künstler
　meiner Zeit
BASSIST
　Die Schriftsteller
　auch wenn sie Wissenschaftler sind
　sind Übertreibungsspezialisten
　Übertreibungsspezialisten
　hebt sein Glas und schaut auf die Uhr und läßt sich das
　Glas anfüllen
　Es gibt Künstler
　vornehmlich Musikkünstler
　oder Theaterkünstler
　die im Grunde ja alle Tonkünstler sind
　die stürzen von einem Unglück in das andere
　wie unser lieber Kollege

KAPELLMEISTER
  Nehmen Sie Patzak
  erinnern Sie sich an Patzak
  ein absoluter Publikumsliebling
  eine Stimme
REGISSEUR
  Wie ein krächzender Hahn
VERLEGER
  Was ist das Kriterium für Berühmtheit
REGISSEUR
  Eigentlich eine einschneidend häßliche Stimme
KAPELLMEISTER
  Aber eine solche Faszination
  ist von Patzaks Stimme ausgegangen
  wie von keiner zweiten
REGISSEUR
  Patzak und die Ferrier
  ein absoluter Höhepunkt
KAPELLMEISTER
  Natürlich unter Walter
REGISSEUR
  Faszination geht immer
  von den Verkrüppelten aus
VERLEGER
  Das absolut Schöne fasziniert nicht
REGISSEUR
  Von dem Verkrüppelten geht immer
  eine Faszination aus
  in jeder Kunstgattung
  ist es die Malerei
  ist es die Literatur
  ja selbst in der Musik
  fasziniert uns das Verkrüppelte
VERLEGER
  Sehen Sie
  Patzak mit seiner Verkrüppelung
  die tatsächlich häßliche einschneidende krächzende Stimme
                                                            einerseits
  gleichzeitig die geschulteste perfekteste faszinierendste Stimme
                                                            andererseits

REGISSEUR
Diese häßliche krächzende Stimme
und diese verkrüppelte Hand
da ist einem kalt über den Rücken gelaufen
KAPELLMEISTER
Mit Patzak Fidelio zu machen
das war schon ein Vergnügen
und mit der Flagstad
Patzak hatte die außerordentlichste Stimme
die ich jemals gehört habe
aber nicht die schönste
nicht die schönste
TENOR
Die exakteste
BASSIST
Die exakteste
KAPELLMEISTER
Patzak war der exakteste Sänger überhaupt
Der exakteste Sänger mit der exaktesten Stimme
und mit dem exaktesten musikalischen Gehör
REGISSEUR
Der exakteste zweifellos
VERLEGER
Seine verkrüppelte Körperhaltung
*Bassist winkt den ersten Diener heran und läßt sich
einschenken*
hervorgerufen von seiner verkrüppelten Hand
hat Patzak zu der außerordentlichsten Künstlerschaft befähigt
Bassist schaut auf die Uhr
REGISSEUR
Immer ist es eine Verkrüppelung
die den Anstoß gibt
für die Faszination
VERLEGER
Das Genie
ist eine Verkrüppelung
Bassist nagt an einem Knochen
Über Patzak
und vornehmlich über Patzaks Verkrüppelung
ist ein zwanzig Seiten langer Aufsatz von Adorno
in dem Buch von Adorno

das ich im Herbst herausbringe
die Musikgeschichte aller Musikgeschichten
Adorno untersucht die Verkrüppelung Patzaks
und die geistige Beschränktheit Patzaks
und kommt zu fulminanten Ergebnissen
Die Verkrüppelung
der Hand Patzaks
ist notwendig gewesen für Patzaks Künstlertum
Patzak wäre nichts gewesen
ohne seine verkrüppelte Hand
ruft aus
Kein Großer etwas ohne seine Verkrüppelung
ist sie nun sichtbar oder nicht
Alle Großen sind verkrüppelt
alles Große ist verkrüppelt

REGISSEUR
Die Kunst der Verkrüppelten ist die höchste
die außergewöhnlichste

KAPELLMEISTER *ruft dazwischen*
Die Verkrüppelten haben ein hohes Harmonieverhältnis

REGISSEUR
Wie sie ein außergewöhnliches Verhältnis
zur Natur haben

VERLEGER
Und also ein ungeheueres Kunstverhältnis und
                                                Kunstverständnis

REGISSEUR
Die Großen die Bedeutenden die Berühmten
sind immer Verkrüppelte gewesen

VERLEGER
Adorno weist diesen Tatbestand nach
Bassist wirft seinen Knochen in den Teller
Es kann sich
wie Adorno nachweist
um eine Körperverkrüppelung
aber auch um eine Geistesverkrüppelung handeln
Goethe Schiller Heine Schopenhauer Kant
alles Verkrüppelte durch und durch Verkrüppelte
auch das politische Genie verkrüppelt
das Genie immer verkrüppelt
Bassist läßt sich einschenken

Denken Sie nur an Shakespeare
an Dostojewskij
an Flaubert Proust etcetera
BASSIST
Beethoven
VERLEGER
Beethoven selbstverständlich
Mozart Bach Händel Wagner
REGISSEUR
Aber auch alle großen Interpreten
denken Sie an Paderewski Paganini Chopin
Furtwängler Casals Cortot
KAPELLMEISTER
Nikisch Walter
VERLEGER
Die größten Kapellmeister immer Verkrüppelte
Geisteskrüppel oder Körperkrüppel
KAPELLMEISTER
Furtwängler ist ein Musterbeispiel dafür
seine Interpretationen alle aus seiner Verkrüppelung heraus
REGISSEUR
Das ist klar
nur dem Verkrüppelten öffnet sich der wahre Genius
VERLEGER
Es kann gesagt werden die Künstler
die größten Künstler sind unter sich
wenn wir sagen die größten Krüppel sind unter sich
Eine einzige Notenschrift der Verkrüppelung
wenn wir die Notenschrift der Genies verfolgen
REGISSEUR
Bach ist man darauf gekommen
war verkrüppelt
VERLEGER
Leonardo war es
KAPELLMEISTER
Wenn diese Verkrüppelungen auch nicht sofort gesehen
                                                     werden
sie sind da
Der Außerordentliche ist immer verkrüppelt
Was in ihm vorgeht
eine Verkrüppelung

VERLEGER
   Das ist keine These
   das ist eine Tatsache
   Die Ursache des Schöpferischen überhaupt
   eine Körperverkrüppelung oder eine Geistesverkrüppelung
BASSIST
   Wann kann man denn Adornos Buch lesen
VERLEGER
   Ich bringe es noch diesen Herbst auf den Markt
   Ein Opus magnum
   es ist das Opus magnum der zweiten Hälfte dieses Jahrhunderts
BASSIST *klatscht den ersten Diener herbei, ruft aus*
   Wenn die Frau Kammersänger kommt
   möglicherweise durch den Garten
   führen Sie sie sofort herein
   sofort
   Diener schenkt dem Bassisten ein
   Sie sägt an dem Ast
   auf dem sie singt
   sie sägt auf dem Ast
   auf dem sie singt
VERLEGER
   Sie ist bewunderungswürdig
BASSIST
   Die Gundi hat sich sicher
   etwas ausgedacht
   zu dieser kleinen Feier
   etwas ausgedacht sicher
   trinkt
   Aber es war i h r e Idee
   Sie alle heute einzuladen
   zur Feier meines zweihundertsten Ochs
   Zweihundertmal der Ochs
   Aber es ist eine schöne Partie
VERLEGER
   Der Faust Hofmannsthals
   Hofmannsthals Faust
BASSIST
   In Amerika ist der Ochs am beliebtesten
   Sie hat sich etwas ausgedacht
   etwas Raffiniertes

etwas Absonderliches sicher
etwas Außergewöhnliches die Gundi
Hoffentlich ist sie nicht wieder betrunken
Dann betrinkt sie sich
wenn sie nicht mehr auftreten muß
wenn die Oper abgespielt ist
Eine raffinierte Person
VERLEGER
Und ebenso charmant
BASSIST
Eine kleine Katze
Sie kennen sie nicht ganz
nicht ganz meine Herrschaften
eine Katze ist sie eine Katze
Sie hat sich sicher
nagt auffällig an einem Knochen
etwas Raffiniertes ausgedacht
Unser Unglücksrabe ist ihr nach
aber sie hat ihm einen Korb gegeben
einen Korb
trinkt
einen Korb
diesem hochmusikalischen Unglücksraben
Das Rückgrat gebrochen in Barcelona
KAPELLMEISTER
Das Erstaunliche dieser Karriere ist gewesen
daß sie immer wieder ein neues Unglück heraufbeschworen hat
und immer ein größeres Unglück
BASSIST
Man hätte meinen können
der Mann ist immer nur engagiert worden
um in ein neues Unglück hineinzustürzen
aber gerade diese Unglücksnaturen
geben nie auf
REGISSEUR
Ein wahres Wort
BASSIST *trinkt*
Ich habe eine Kollegin gekannt
die hat sich immer wieder die Finger gebrochen
Raten Sie was sie war
Pianistin natürlich

Schauspielerin lacht
Spielen Sie doch nicht immer Bach
Sie hatte es mit der Kunst der Fuge
hatte ich immer zu ihr gesagt
aber sie war die Hartnäckigste
Da brichst du dir immer wieder die Finger
Und sie hat sich immer wieder die Finger gebrochen
VERLEGER
Manche Künstler gehen mit offenen Augen
auf den Abgrund zu
und stürzen hinein
KAPELLMEISTER
Diese Leute ziehen das Unglück an
Von allen Seiten werden diese Leute gewarnt
aber sie tappen immer hinein
BASSIST
Für die Witwe war es das Katastrophalste
Er hatte den Wunsch
in Henndorf am Wallersee begraben zu sein
und Buenos Aires ist schließlich nicht die kürzeste Entfernung
Aber er ist schließlich doch
in nächster Nähe seiner kleinen Holzmühle begraben worden
REGISSEUR
Wir alle haben es ermöglicht
SCHAUSPIELER
Wir alle
ALLE *durcheinander*
Wir alle
KAPELLMEISTER
Ich hielt die Grabrede
Es ist nicht leicht
das richtige Wort zu finden

Vorhang

Zweites Vorspiel
Die Künstler entledigen sich ihrer Vorbilder

Wie vorher
BASSIST *ruft aus*
  Es gibt keine Zufälle
  läßt sich vom ersten Diener einschenken
REGISSEUR
  In einer mathematisch vollkommen ausgeklügelten Welt
  die dazu auch noch durch und durch die Natur ist
  kann es keinen einzigen Zufall geben
VERLEGER
  Wo wir doch fortwährend
  von Zufällen überrascht
  um nicht sagen zu müssen
  überrannt sind
KAPELLMEISTER
  Der schöpferische Mensch
  der zeitlebens nur in der Einbildung leben muß
  Aber die Wahrheit ist eine andere
  Die Witwe weiß
  was sie tat
  indem sie ihren Mann
  über den Atlantik schickte
  zur Elly Ney
  Aber kannten Sie den Kollegen nicht viel besser
  als ich
  liebe Elly Ney
TENOR
  Was macht sie denn überhaupt
  die Witwe
  Hat sie nicht auf der Harfe dilettiert
KAPELLMEISTER *bricht in Gelächter aus*
  Auf der Harfe
  auf der Harfe
  Sie spielte sogar einmal
  im Großen Musikvereinssaal
  unter ihrem Mann
REGISSEUR
  Es gibt nichts Fürchterlicheres

Abstoßenderes
  als die Künstlerehe
BASSIST *nagt an einem Knochen*
  Ein wahres Wort
REGISSEUR
  Der eine
  vernichtet den andern
  Der Stumpfsinn geht mit dem Schwachsinn
  die Ehe ein
KAPELLMEISTER
  Lauter gescheiterte Künstlerehen
  Lauter von ihren Frauen lächerlich gemachte Größen
REGISSEUR
  Sind es zwei Talente
  wie groß immer
  vernichten sie sich
  zuerst das eine das andere
  und dann umgekehrt
  Entweder die Frau unterwirft sich
  oder sie wird vernichtet
  oder der Mann unterwirft sich
  oder er wird vernichtet
  in jedem Fall sind die Partner vernichtet
  Beide erreichen immer
  was sie vorgehabt haben
  die Vernichtung des Ehepartners
  die Bloßstellung die Verleumdung der Kunst
VERLEGER
  Die Selbstvernichtung der Künstlerehen
  ist eine totale
BASSIST *ausrufend*
  Ein wahres Wort
REGISSEUR
  Der Künstler hat allein zu sein
  gegen alle Welt allein
  einsam zu sein
  gegen alle und gegen alles
VERLEGER
  Er muß sich ununterbrochen verletzen lassen
KAPELLMEISTER
  Aber Künstler die sind am verletzbarsten

BASSIST
  Ein wahres Wort
REGISSEUR
  Künstler sind die wahren Gesellschaftsopfer
VERLEGER
  Und die Künstlerehe
  das lächerlichste
REGISSEUR
  Die Künstlerehe
  ist ein Talentbegräbnis
KAPELLMEISTER
  Der Tod des Genies
BASSIST
  Schaljapin mußte wegen der vielen Darmverschlüsse seiner Frau
  andauernd absagen
KAPELLMEISTER
  Ich hatte einen Kollegen
  der hat eine Kollegin geheiratet
  wir waren zusammen auf der Akademie
  Diese Kleinstädte vernichten die jungen Menschen
  treiben sie zuerst in Verzweiflung
  und dann in eine Ehe hinein
  und vernichten sie
  Der Mann der mit zweiundzwanzig Jahren
  an der Oper Cenerentola dirigiert hat
  eine Sensation
  Er verehelichte sich
  und von da an ist es bergab gegangen mit ihm
  Meistens eine Krankheit
  eine Todeskrankheit
  als Folge der Verrücktheit der Verehelichung
  alles unglücklichste Verhältnisse
  die aber nicht eingestanden werden
  Darüber wird nicht gesprochen
  über die Fürchterlichkeit
  In Bad Segeberg
  zwischen Hamburg und Kiel
  treffe ich den Kollegen nach Jahren
  er suchte einen Evangelisten für die Passion
  tatsächlich gab es seinerzeit nur einen einzigen Evangelisten in
  Europa

den Helmut Krebs
will schon herauslachen und unterdrückt es
stell dir vor
sagte der Kollege ganz aufgeräumt
gerade habe ich den Krebs engagieren wollen
und der Arzt sagt mir ich hab ihn schon
Alle lachen auf
Hab ihn schon
hab ihn schon
Alle lachen
BASSIST
Sagt der Arzt
KAPELLMEISTER
Sagt der Kollege
BASSIST
Hab ihn schon
schaut auf die Uhr
Unser schönes Kind
ist unerhört
KAPELLMEISTER *zu Toscanini*
Plötzlich verlangsamen
ganz plötzlich verlangsamen wissen Sie
urplötzlich wissen Sie Toscanini
VERLEGER *zitierend*
Der Ernst muß heiter
der Schmerz ernsthaft schimmern wissen Sie
Hat die Musik nicht etwas
von der kombinatorischen Analysis
und umgekehrt
Zahlenharmonien
Zahlenakustik
gehört zur kombinatorischen Analysis
BASSIST
Ich kenne keinen Menschen
der ehrgeiziger ist als die Gundi
KAPELLMEISTER
Die Eigenwilligste zweifellos
BASSIST
Die Gundi ist eigenwillig
KAPELLMEISTER
Und die Begabteste

>   Sie erreicht
>   was sie will
>   Sie hat eine ganz genaue Vorstellung von dem
>   das sie will
> BASSIST *zur Lotte Lehmann*
>   Immer sagt sie
>   daß Sie verehrte Lotte Lehmann
>   Ihr Vorbild sind
>   Jeden Tag mindestens einmal
>   hört sie eine Schallplatte
>   mit Ihrer Stimme
>   Ihre Verehrung für Sie
>   ist die höchste
> REGISSEUR
>   Was für den Schriftsteller
>   zweifellos Shakespeare
>   Dostojewskij
>   Heinrich von Kleist
>   ist für den Interpreten
>   immer der höchste schöpferische Interpret
>   der jeweilige höchste
> KAPELLMEISTER
>   Der jeweilige höchste
> BASSIST
>   Für die Gundi war
>   und ist
>   Lotte Lehmann die höchste
>   *zur Lotte Lehmann direkt*
>   Selbst im Schlaf
>   im Traum
>   redet sie von Ihnen Verehrteste
> VERLEGER
>   Während dem gewöhnlichen Menschen
>   sein Erkenntnisvermögen
>   die Laterne ist
>   die seinen Weg beleuchtet sagt Schopenhauer
>   ist es dem Genialen die Sonne
>   welche die Welt offenbar macht
> BASSIST
>   Sicher hat sie sich
>   etwas Raffiniertes ausgedacht

für diesen Tag
KAPELLMEISTER
Harmonie
in einer Welt voller Disharmonie
BASSIST *zu den Dienern*
Auftragen
einschenken
Die Diener tragen auf und schenken ein
REGISSEUR
Die Schönste
zugleich die Kunstvollste
VERLEGER
Die Zähler
sind die mathematischen Vokale
die Zahlen
sind Zähler
an alle
Novalis
Die kombinatorische Analysis
führt auf das Zahlenphantasieren
und lehrt die Zahlenkompositionskunst
den mathematischen Generalbaß
Pythagoras
Leibniz
Die Sprache ist ein mathematisches Ideeninstrument
Der Dichter
Rhetor und Philosoph
spielen und komponieren grammatisch
BASSIST
In zehn Jahren
habe ich alles erreicht
was Sie hier sehen
ausschließlich
mit meinem Talent
und mit meiner Ausdauer
und mit meiner Unnachgiebigkeit
zu den Dienern
Bedienen Sie die Herrschaften
Die Diener bedienen
Mit meinem Talent
mit meiner Energie

zu Richard Mayr
Von einem Bassisten
noch dazu wenn er ein schwarzer Baß ist
wird das Höchste gefordert
Ich habe alles erreicht
ich habe alle großen Partien
an allen großen Opernhäusern gesungen
Den Ochs unter Kleiber
mit der Schwarzkopf als Marschallin
schaut auf die Uhr
Die Gundi hats in sich
die laßt mich sitzen

KAPELLMEISTER

Eine angestrengte Person
hypernervös
in der höchsten
in der allerhöchsten Konzentration

REGISSEUR

Ein paar Gläser Wein
weil die Oper abgespielt ist

BASSIST

Abgespielt
abgespielt

KAPELLMEISTER

Sie müssen ihr
einen Umweg gestatten Herr Baron
ein kleines Auslassen Nachlassen Gehenlassen

VERLEGER

Die Künstler müssen
vor allem die angestrengtesten
immer wieder eine Zeit allein sein

REGISSEUR

Möglicherweise schreibt sie jetzt den Brief
an ihre Mutter

BASSIST

Die Gundi hat immer eine Ausrede
Aber heute
wo ich mich so auf diese kleine Feier gefreut habe
Das ist nicht alltäglich
daß einer den zweihundertsten Ochs singt

KAPELLMEISTER
 Den besten Ochs
 den allerbesten Ochs
BASSIST
 Sie beschämen mich
 schaut auf die Uhr
KAPELLMEISTER
 Wahrscheinlich macht sie ihren obligaten Umweg
BASSIST
 Den obligaten Umweg
REGISSEUR
 Sie hat sich für heute
 etwas Besonderes ausgedacht Herr Baron
BASSIST
 Ausgedacht
 ausgedacht
KAPELLMEISTER *klopft mit einem Messer an sein Glas und steht auf und hebt sein Glas auf den Bassisten*
 Also noch einmal Baron
 mein lieber Freund
 zu Ihrem zweihundertsten Ochs
 Zweihundertmal den Ochs
 Alle heben ihr Glas
 Er lebe hoch
 hoch
ALLE
 Hoch
 Alle durcheinander
 hoch
 hoch
 hoch
 Alle trinken aus
KAPELLMEISTER
 Sie sind nicht nur der Berühmteste
 Sie sind auch der Größte
REGISSEUR
 Der Größte
VERLEGER
 Zweifellos
BASSIST
 Sie beschämen mich

KAPELLMEISTER
Keine Worte mehr
Es ist nicht leicht
das richtige Wort zu finden
zum Bassisten direkt
Die Welt der Oper
kann sich glücklich schätzen
mit Ihnen
BASSIST
Sie beschämen mich
zu Lotte Lehmann und Richard Mayr
Aber der absolute Höhepunkt
was den Rosenkavalier betrifft
sind doch Sie beide gewesen
Lotte Lehmann und Richard Mayr
Das hat sich nicht wiederholt
Aber ich kann sagen
daß ich mein bescheidenes Talent
ganz gut entwickelt habe
zu Mayr direkt
Unter einem solchen großen Vorbild zu singen wie Sie
verehrtester Richard Mayr
Ich stamme ja auch aus einer Bierbrauerfamilie
Mein Großvater ist vierspännig
in die Oper nach München gefahren
vierspännig
Wagnerianer natürlich
er war ein Vetter der Frau von Richard Strauss
auch ein Pschorr
ein Opernnarr
Wagnerianer natürlich
Keine zweite Woche
in welcher er nicht
vierspännig vierspännig in die Oper gefahren wäre
Zuerst hatten wir Kinder keinen Geschmack an der Oper
aber ich wäre nicht der Enkel meines Großvaters gewesen
und nicht aus einer Bierbrauerfamilie
wenn nicht eines Tages die Leidenschaft für die Oper
aus mir herausgebrochen wäre
im wahrsten Sinne des Wortes
aus mir herausgebrochen

zu dem gleichen Zeitpunkt natürlich
in welchem ich meine Stimme entdeckt habe
während eines Sonntagsausfluges am Starnbergersee
am Starnbergersee
so war es
Mein Großvater hat davon Strauss erzählt
und Strauss hat ihm gesagt
mein Großvater solle mich zu ihm schicken
und so bin ich zu Strauss
zu Mayr direkt
Und Strauss hat mich Ihnen empfohlen
und Sie haben aus mir gemacht was ich heute bin
Ich glaube ich habe
einiges erreicht
KAPELLMEISTER und REGISSEUR *zusammen*
  Das kann man wohl sagen
TENOR
  Selbst ein Vorbild
  Der Herr Baron ist selbst ein Vorbild
VERLEGER *ruft aus*
  Ein Vorbild Herr Baron ein Vorbild
KAPELLMEISTER
  Ich kenne keinen besseren Figaro
REGISSEUR
  Und Ihr Jago
TENOR
  Und sein Rocco
KAPELLMEISTER
  Besser als Edelmann
BASSIST
  Edelmann habe ich gut gekannt
  durch Emmanuel List habe ich Edelmann kennengelernt
  bei Frieda Leider in Berlin
  ich glaube es war neunundfünfzig
  Die einzige wirklich gelungene Oper nach Mozart
  ist doch der Rosenkavalier
VERLEGER
  Ein musikalisches Opus magnum
  ein Opus magnum der Musik
  zum Kapellmeister
  Habe ich nicht recht

KAPELLMEISTER
Das kann man wohl sagen
BASSIST
Aber man darf nicht zu alt sein
für den Ochs
nicht zu jung
aber auch nicht zu alt
zu Richard Mayr
Da waren Sie fünfunddreißig
auf dem Höhepunkt
wie Sie den Ochs gesungen haben
auf dem Höhepunkt
VERLEGER
Das Talent fordert von der Gesellschaft
die höchste Aufmerksamkeit
wie die Gesellschaft die höchste Aufmerksamkeit
vom Talent
BASSIST *ruft pathetisch aus*
Aber Talent ist nicht alles
KAPELLMEISTER
Mit dem Talent ist es so eine Sache
BASSIST
Knappertsbusch hat gesagt
Talent hat jeder
talentiert ist ein jeder
VERLEGER
Im Gegenteil muß zuerst
das Talent vernichtet werden
damit der Künstler entstehen kann
Die Vernichtung des Talents im Künstler
ist seine Voraussetzung
REGISSEUR
Das Talent hindert
das Talent v e r hindert
VERLEGER
Ein wahres Wort
BASSIST
Bei meinem ersten Vorsingen
hier
im Festspielhaus
Neunundfünfzig stellen Sie sich vor

alle waren da
alle
Krauss Szell Klemperer Krips undsoweiter
Da habe ich zum erstenmal die Lisa della Casa gehört
da bin ich so beeindruckt gewesen
Das war mein Olympia müssen Sie wissen
mein Olympia
nach den ersten zwei Takten bin ich ohnmächtig geworden
Zauberflöte
In diesen heiligen Hallen stellen Sie sich vor
schon nach den ersten zwei Takten ohnmächtig
ich weiß gar nicht mehr
wie ich hinausgekommen bin
Da habe ich hinaufgeschaut in den Schnürboden
und die Bühnenarbeiter haben auf mich heruntergeschaut
von ganz hoch oben Sie kennen das
die haben alle auf mich heruntergeschaut
da bin ich ohnmächtig geworden
Das war ja auch wahnsinnig
vor diesen berühmten Leuten vorzusingen
und vollkommen unausgegoren
unausgegoren
plötzlich habe ich meinen Begleiter nicht mehr gehört
der saß an die dreißig Meter weit weg am Flügel
nicht mehr gehört nichts mehr gehört
und ich habe hinaufgeschaut
und die Bühnenarbeiter haben heruntergeschaut
da bin ich ohnmächtig geworden
Alles war aus aus aus aus
Draußen vor der Tür da sagte der Krips zu mir
junger Mann werdens Fleischhauer
Fleischhauer Fleischhauer
Als ob ich jetzt hörte Fleischhauer Fleischhauer
Der vernichtete mich total damit
total
einem jungen Menschen zu sagen
er solle Fleischhauer werden
in einem solchen Augenblick
der sensible Mozartdirigent
suspekt
suspekt

So vernichtet man Talente meine Damen und Herren
KAPELLMEISTER
Aber Ihr Talent konnte Krips nicht vernichten
das Ihre nicht Herr Baron
BASSIST
Niedergeschlagen war ich
vernichtet
VERLEGER
Sie selbst sind der Beweis
wie unrecht Krips hatte
BASSIST
Der ging über Leichen
zum Kapellmeister
Da hat mich dann Ihr unglücklicher Kollege
Gott hab ihn selig
beiseite genommen und zu mir gesagt
ich solle zum Trost in seine Mühle hinauskommen aufs Land
in die kleine Holzmühle
PIANISTIN
In die Mühle mit den hübschen kleinen Fenstern
BASSIST
Es sei alles halb so schlimm
und ich bin in die Mühle hinaus mit ein paar Klavierauszügen
und er hat einen ganzen Nachmittag mit mir
die Winterreise musiziert
Er war ja wirklich ein hervorragender Begleiter
KAPELLMEISTER
Er wäre einer der besten Korrepetitoren gewesen
einer der allerbesten
BASSIST
Entgegen der Meinung des Herrn Krips
sei ich ein ganz und gar außerordentliches Talent
hat Ihr Herr Kollege zu mir gesagt
Wenn es nach ihm ginge
sei ich vom Fleck weg engagiert
aber er hätte keinerlei Einfluß auf irgendein Opernhaus
Damals hatte er sich gerade ein Bein gebrochen
in Sankt Moritz
VERLEGER *ruft aus*
In Sankt Moritz

BASSIST

Und stellen Sie sich vor
hat er damals zu mir gesagt
der Unglücksrabe
ich habe mir vor dem Nietzschehaus in Sils Maria
das linke Bein gebrochen
vor dem Nietzschehaus

VERLEGER

Vor dem Nietzschehaus
vor dem Nietzschehaus

BASSIST

Er hätte mich sofort engagiert
zu Richard Mayr direkt
Sie werden lachen hat er zu mir gesagt
Sie sind der ideale Ochs
zum Kapellmeister
Also ganz hatte mir Krips die Oper
und die Singerei nicht austreiben können
ich bin wochenlang
der deprimierteste Mensch gewesen
Immer wenn ich Krips höre denke ich
der hätte bald dein Leben vernichtet
Und stellen Sie sich vor meine Herrschaften
zwei Tage nachdem Krips in Genf gestorben war
überholte ich ihn auf der Autobahn
auf einmal überholte ich einen Luxusleichenwagen aus Genf
und in dem Luxusleichenwagen war Krips
der tote Krips
der tote Krips
Das kann doch kein Zufall sein
durchaus kein Zufall
kein Zufall

VERLEGER

Wo wir doch fortwährend
von Zufällen überrascht
um nicht sagen zu müssen
überrannt sind

BASSIST

Ob es nun Krips gepaßt hat
oder nicht
ich bin berühmt geworden

KAPELLMEISTER
Das kann man wohl sagen
VERLEGER
Berühmt
tatsächlich berühmt
REGISSEUR
Eine Berühmtheit
BASSIST *lacht auf*
Ich bin eine Berühmtheit
lacht auf
REGISSEUR
Aber natürlich
gibt es auch Verkrüppelte
deren Künstlerschaft nicht die höchste ist
VERLEGER
Naturgemäß
REGISSEUR
Die mit ihrer Verkrüppelung
nicht über die Mittelmäßigkeit hinauskommen
die mit ihrer Verkrüppelung nichts anfangen können
VERLEGER
Die kein Kapital aus ihrer Verkrüppelung herausschlagen
 können
wie unser Freund der zeitlebens
mittelmäßig geblieben ist
zu Toscanini
Auch die Unterweisung
die Sie verehrter Maestro unserem Freund in der alten kleinen
 Holzmühle gegeben haben
hat ihm nichts genützt
offensichtlich
REGISSEUR
Die Mittelmäßigkeit ist eine Zwangsjacke
in welcher die Mittelmäßigen zeitlebens eingesperrt sind
wie das Genie zeitlebens
in die Zwangsjacke des Genies
BASSIST *zu Toscanini*
Und Sie mein verehrtester Maestro Toscanini
alle diese Höhepunkte an der Scala
und in Amerika
von den Höhepunkten hier in Salzburg ganz zu schweigen

sind Ihnen ja auch nur unter den größten Schmerzen
>	möglich gewesen
blickt um sich
Jeder von uns hat seine Verkrüppelung
Die Künstler schweigen sich über ihre Verkrüppelung aus
aber ohne Verkrüppelung keine Kunst
keine Musikkunst keine Theaterkunst jedenfalls
VERLEGER
Und keine Literatur ohne Verkrüppelung
BASSIST *zu Max Reinhardt*
Und Sie lieber Reinhardt
zu Helene Thimig
Und Sie liebe Helene Thimig
zu Alexander Moissi
Und Sie mein lieber Moissi
zu Lotte Lehmann
Und Sie meine verehrteste Lotte Lehmann
Alle verkrüppelt
jeder hat seine Verkrüppelung
Nur wird sie nicht zugegeben
der Künstler gibt seine Verkrüppelung nicht zu
aber er schlägt Kapital aus seiner Verkrüppelung
Ganz abgesehen von unserer verehrten Elly Ney
und von unserem verehrten Richard Mayr
unserem unvergeßlichen Ochs von Lerchenau
zu Samuel Fischer
Sie können ein Lied singen über das
wovon ich spreche
REGISSEUR
Wenn die Künstler
gleichgültig ob es sich um die
sogenannten schöpferischen
oder die sogenannten interpretierenden
die ja im Grunde auch schöpferische sind handelt
tot sind
tot sind meine Herrschaften
wenn sie tot sind
kommt zum Vorschein
was sie zeitlebens verschwiegen haben verheimlicht haben
ihre Verkrüppelung
im Geiste oder im Körper das ist gleich

Das Genie ist ein durch und durch krankhafter und
>   verkrüppelter Mensch
und ein durch und durch krankhafter und
>   verkrüppelter Charakter
ruft aus
Fragen Sie die Ärzte
was zum Vorschein kommt
wenn sie an die Leiche eines Künstlers gehen mit
dem Skalpell
BASSIST *schaut auf die Uhr*
Die Gundi
läßt uns alle sitzen
Die berühmtesten Leute
läßt sie sitzen
VERLEGER
Sie ist ein Star Herr Baron
der jüngste absolute Star Herr Baron
BASSIST
Sie hat mir versprochen
pünktlich zu sein
Zum zweihundertstenmal den Ochs singen
das ist doch etwas
KAPELLMEISTER
Sie haben keine Ahnung von Sopranistinnen Baron
die ein Star sind
BASSIST
Wahrscheinlich betrinkt sie sich mit ihrem Impresario
nachdem die Cosi abgespielt ist
VERLEGER
Ein Star
spannt alle Welt auf die Folter
damit müssen Sie sich abfinden Herr Baron
BASSIST *schaut auf die Uhr und sagt dann zur Elly Ney*
Jetzt darf ich aber
auch wenn die Gundi nicht da ist bitten
unsere hochverehrte Künstlerin Elly Ney bitten
Es ist der Wunsch aller Anwesenden
steht auf
Elly Ney zu hören
hebt sein Glas auf Elly Ney
ruft aus

auf Elly Ney
auf Elly Ney
Alle trinken auf Elly Ney
Bassist ruft aus
Ein langes Leben
unserer Elly Ney
unserer größten Klavierkünstlerin
trinkt sein Glas aus und geht zur Elly Ney und hilft ihr aus dem Sessel und führt sie vorsichtig und langsam an den Bösendorferflügel und man sieht, daß Elly Ney eine Puppe ist, während er sagt
Unser größtes Vorbild
ist immer
die Elly Ney gewesen
PIANISTIN *hysterisch aufschreiend*
Mein größtes Vorbild
BASSIST
Wie Richard Mayr mein größtes Vorbild
TENOR
Wie Richard Tauber mein größtes
REGISSEUR
Wie Max Reinhardt mein größtes
SCHAUSPIELER
Wie Alexander Moissi mein Vorbild
SCHAUSPIELERIN
Wie Helene Thimig mein Vorbild
VERLEGER
Wie Samuel Fischer mein Vorbild
KAPELLMEISTER
Mein Vorbild war immer Toscanini
BASSIST *legt die Hände der Elly Ney auf die Klaviertasten und sagt*
Schumann
natürlich Schumann
VERLEGER
Schumann natürlich
PIANISTIN *pathetisch*
Eine Sternstunde
daß ich das noch erleben darf
Elly Ney spielt leise Schumanns
Fantasie opus 17

VERLEGER
Es ist
wie wenn Schumann selbst
mit den Händen der Elly Ney spielte
Das Genie Schumanns
mit den Händen der größten Klaviervirtuosin aller Zeiten
REGISSEUR *zu Max Reinhardt*
Eine ergreifende Szene Herr Reinhardt
nicht wahr
VERLEGER
Wenn das Hofmannsthal sehen könnte
wenn Hofmannsthal das erleben könnte
SCHAUSPIELERIN *zu Helene Thimig*
Frau Thimig
ist das nicht der Höhepunkt
KAPELLMEISTER
Der Höhepunkt
SCHAUSPIELER
Absolut
VERLEGER *zu Lotte Lehmann*
Ganz wie Sie es in Ihren Memoiren beschreiben
ein Jahrhundertbuch
ein Opus magnum
PIANISTIN
Ganz anders als Clara Haskill
SCHAUSPIELERIN
Schumann ist immer
meine große Liebe gewesen
Sopranistin kündigt sich polternd und laut schreiend an
BASSIST *erschrocken*
Die Gundi
*Alle, während die Elly Ney ungehindert weiterspielt,
erschrocken auf die Tür schauend*
Die Gundi
SOPRANISTIN *mit halbvoller Champagnerflasche laut, drohend
in der Tür*
Wo ist sie
wo
wo denn
entdeckt die Lotte Lehmann am Tisch
Da sitzt sie ja

die Lotte Lehmann
Mein großes Vorbild Lotte Lehmann
lallend
Mein Vorbild
Lotte Lehmann
Die Marschallin
ruft aus
Die Marschallin
Da sitzt sie ja
geht auf die Lotte Lehmann zu und schlägt der Lotte Lehmann die Champagnerflasche auf den Kopf, der knallend auf die Tischplatte fällt, und schlägt mehrere Male mit der Champagnerflasche auf den auf der Tischplatte liegenden Kopf der Lotte Lehmann
Da hast du die Marschallin
da hast du die Marschallin
Alle zutiefst erschrocken, während die Elly Ney gleichmäßig und ruhig weiterspielt
Sopranistin alle musternd
Was wartet ihr
was wartet ihr
schreit
Auf was wartet ihr
Die Berühmten
Ihr Scheusale
holt zu einem neuen Schlag gegen den Kopf der Lotte Lehmann aus und ruft ermunternd
Schlagt doch zu
zuschlagen
schlagt zu
Erschlagt sie
eure Vorbilder
schlagt sie zusammen
zusammen
schlägt auf den Kopf der Lehmann und schreit
so
so
Schauspielerin nimmt einen großen Kerzenleuchter vom Tisch und erschlägt damit wortlos die Helene Thimig
Alle getrauen sich plötzlich, ihr Vorbild zu erschlagen
Zuschlagen

zuschlagen
schlagt zu
Los schlagt zu
schlägt auf den Kopf der Lotte Lehmann
Regisseur zieht blitzartig ein Messer und stößt es Max Reinhardt in den Rücken
Tenor würgt und erwürgt den Richard Tauber
gleichzeitig erschlägt der Kapellmeister mit einem einzigen Faustschlag Toscanini
Verleger zieht eine Pistole und schießt Samuel Fischer in das Genick
Pianistin springt auf und bekommt einen Schreikrampf und stürzt sich auf die immer noch gleichmäßig spielende Elly Ney und packt ihren Kopf von hinten und schlägt ihn mit beiden Händen mehrere Male auf den Bösendorferflügel, während der
BASSIST *schlägt auf Richard Mayr und sagt dann*
Du Hund
Die Diener an der Wand, die Szene anstarrend
Bassist zum ersten Diener, ihn mit beiden Händen am Hals packend
Kapellmeister zum zweiten Diener, ihn am Hals packend
Weg mit den Zeugen
die Zeugen weg
Weg mit ihnen
Bassist und Kapellmeister würgen die Diener so lange, bis sie zusammenbrechen
Verleger ist aufgesprungen und zur verschlossenen Tür, dreht sich um und starrt auf die Szene, macht dann ein paar Schritte zu Samuel Fischer zurück, dessen Kopf auf der Tischplatte liegt und gibt ihm noch einen Genickschuß

Vorhang

Erste Szene
Die Perfidie der Künstler

Salon, große offene Terrasse
Die Vorbilder als Gemälde an den Wänden
Alle Schauspieler, jeder unter dem Portrait seines Vorbildes,
in Fauteuils
Erster und zweiter Diener treten ein
ERSTER DIENER
 Es kommt Regen Herr Baron
BASSIST *mit umgehängtem Fernglas*
 Regen
 Achwas Regen
ZWEITER DIENER
 Ein Gewitter
BASSIST
 Achwas
 ist doch der schönste Tag draußen
 schaut hinaus
 Diese Helligkeit
 Windstille
 Nichts rührt sich
 in der Natur
 nichts
ERSTER DIENER
 Das ist es ja gerade Herr Baron
BASSIST
 Achwas
 zu den andern
 Immer diese Schwarzmacherei
 Schon in aller Frühe
 die Unkenrufe dieser Leute
 steht auf und geht auf die Terrasse hinaus und streckt den
 Zeigefinger in die Luft
 ruft herein
 Nichts
 absolut nichts
 Die Vorstellung findet statt
 Ich habe mich selten geirrt
 selten

Wenn sich jemand irrt
dann irren sich die Meteorologen
Die Meteorologen irren sich immer
Sagen die Meteorologen
es wird regnen
kann man sicher sein daß die Sonne scheint
Das ist Wahnsinn
auf die Meteorologen hören
zu den Dienern
Bringen Sie doch meinen Gästen
etwas zum Trinken
die sitzen ja alle ohne Getränke da
Ein so schöner Tag
und nichts zu trinken
das muß ja traurig stimmen
Also machen Sie schon
klatscht in die Hände und atmet tief ein
Sommerluft
beinahe schon Herbstluft
die Sommerluft
die beinahe schon die Herbstluft ist
KAPELLMEISTER
Wir sind alle ziemlich erschöpft
Sechs Konzerte in vier Tagen
BASSIST
Und erst die Gundi
geht zur Gundi und küßt sie auf die Stirn
Mein armes Kind
Aber jetzt
nichts wie weg
weg
Ortswechsel
SOPRANISTIN
Ich bin den Betrieb gewöhnt
Übermorgen ist alles vorbei
BASSIST
Noch die heutige Vorstellung
dann ist alles vorbei
An einem solchen herrlichen Tag
findet die Vorstellung natürlich statt
Ich hasse diese Freiluftopern

SOPRANISTIN
   Palmen Zypressen Bauern Esel
   sonst nichts
   und vor den Fenstern die unendliche Weite des Ozeans
BASSIST
   Das wird dir guttun Gundi
   setzt sich
   Wenn ich die Augen zumache
   glaube ich
   ich bin schon da
   Meeresluft
   Keine Oper
   kein Operndirektor
   keine Statisten
   kein Publikum
   zum Kapellmeister
   Und Sie sind wieder in Sankt Moritz
KAPELLMEISTER
   Heuer nicht
   ich muß mich einer Rückgratoperation unterziehn
BASSIST
   Ihr altes Leiden nicht wahr
KAPELLMEISTER
   Einmal kriegen einen die Ärzte
   Ein Zürcher Spezialist
   Rückgratspezialist
VERLEGER
   In Zürich sind die Rückgratspezialisten zuhause
KAPELLMEISTER
   Und die Nierenspezialisten
VERLEGER
   Die Nierenspezialisten
   und die Rückgratspezialisten
KAPELLMEISTER
   Dann mache ich Plattenaufnahmen
   Rheingold in Berlin
   gleichzeitig Cosi in Paris
   und gleichzeitig Maskenball in Chikago
SOPRANISTIN
   Wenn das aufgeht

KAPELLMEISTER
  Es wird ja tatsächlich
  überall alles kaputtgemacht
SOPRANISTIN *zum Kapellmeister*
  Haben Sie denn momentan Schmerzen
KAPELLMEISTER
  Ich bin keinen Augenblick schmerzfrei
  Der Arzt sagt
  dirigieren sei Wahnsinn für mich
BASSIST
  So deutlich habe ich die Berge
  noch nie gesehn
  zeigt hinaus
  Sehen Sie
  da
  der Untersberg
  jeder Felseinschnitt ist zu sehen
  man meint man könne
  die Bäume zählen
  schaut durchs Fernglas
  Mit dem Fernglas kann ich sehr gut
  die Gemsen beobachten
  stundenlang
  dann sitze ich hier im Ohrensessel
  ein Erbstück meiner Großmutter mütterlicherseits
  und beobachte die Gemsen
  dazu heißen Tee
  dabei vergesse ich alles andere
  Zu keiner Gelegenheit
  regeneriere ich mich besser
  als in Beobachtung der Gemsen
  An diesem Platz leben zu können
  ist ein Gottesgeschenk
  Aber natürlich verdirbt eine solche schöne Gegend
  den Verstand
  Und das Genie wird in solcher Landschaft verstümmelt
  nimmt das Fernglas ab
VERLEGER *mit geschlossenen Augen*
  Körper Seele Geist
  sind die Elemente der Welt
  wie Epos Lyra und Drama die des Gedichts

BASSIST
   Von Schopenhauer
   wenn ich nicht irre
VERLEGER
   Das sagt Novalis
BASSIST
   Natürlich Novalis
   natürlich
   steht auf und geht auf die Terrasse hinaus und schaut durchs
   Fernglas und nimmt das Fernglas wieder ab
   Bei einiger Anstrengung
   ist es durchaus möglich
   die Gemsen mit freiem Auge zu sehn
   Da gehn Bauersleute
   Ich kann Bauersleute am Fuß des Untersbergs sehn
   Sie haben Rucksäcke
   Stöcke und Rucksäcke
   Zwei Marmorbrucharbeiter sehe ich
   mit ihrem Werkzeug
   Eine Gemse
   streckt die Hand aus und zeigt in die Ferne
   Alle schauen hinaus
   Da
   da
   die Gemse
   da
   jetzt ist sie weg
   schaut wieder durchs Fernglas
   Erster und zweiter Diener treten mit Getränken ein und
   bedienen
   Es ist schon ein Hochgefühl
   jeden Morgen
   die Milch von den Kühen vor dem Hause zu trinken
   von völlig unverpatzten Kühen
   eine vollkommen unverpatzte Milch trinken
   und Käse und Brot dazu essen von den Bauern vor mir
   atmet tief ein
   Ich genieße diesen Zustand
   die Lungenflügel brauchen diese Luft
   die Lungenflügel von einem Bassisten
   die gehn ohne diese Luft vor die Hunde

atmet tief ein
Es ist wie wenn ich mit jedem Atemzug
die ganze Natur einatmete
hebt den Zeigefinger in die Luft
Vollkommene Windstille
tritt in den Salon
zur Sopranistin
Ich bin sicher
die Vorstellung findet statt
Die Spekulation mit dem Unwetter
geht heute nicht auf
Ich hasse nichts so sehr
als diese Freiluftopern
KAPELLMEISTER
Die sind überall in Mode gekommen
BASSIST
Abgesehen davon
daß sich über die Freiluftmusik
streiten läßt
sie ist in jedem Fall minderwertig
der Wind zerzaust die Musik in der Luft
KAPELLMEISTER
Immer wieder nur der krankhafte Wille
originell sein zu wollen
Es gibt schon bald keinen Hinterhof mehr in dieser Stadt
in welchem nicht eine Oper aufgeführt wird
REGISSEUR
Im Freien ist es kein Kunstwerk
KAPELLMEISTER
Es hat sich eingebürgert
jeden Winkel der Stadt zu bespielen
Erster und zweiter Diener servieren Sandwiches
BASSIST *zum ersten Diener*
Was haben wir denn da
nachdem er sich ein Sandwich genommen hat
Die besten Sandwiches
die es gibt
von der Gräfin persönlich gemacht
jeden Tag frisch gemacht von der Gräfin
KAPELLMEISTER *nachdem er sich ein Sandwich genommen hat*
Großartig

BASSIST
    Eine Gewohnheit
    am Nachmittag Lachssandwich
    Lachssandwich am Nachmittag
    Das war mein letzter Ochs gestern abend
    Emmanuel List hat ihn fünfhundertmal gesungen
    Ich habe den Ochs allein an der Metropolitan
    einhundertdreißigmal gesungen
    mit den berühmtesten Partnerinnen
    Reining Schwarzkopf etcetera
KAPELLMEISTER
    Bing sagte
    Sie seien der beste Ochs gewesen
    den er je an der Met gehört habe
    Und Bing ist unbestechlich
    der beste Operndirektor den es je gegeben hat
    zum Verleger
    Bings Memoiren sind ein Standardwerk
    Verleger zuckt die Achseln
    Kapellmeister zum Bassisten
    Wenn man selbst ein Baron ist
    ein echter Baron wie Sie
    und den Ochs singt
    das ist Authentik
REGISSEUR
    Ein echter Baron
    der noch dazu in allem dem wirklichen Ochs von Lerchenau
    der tatsächlichen historischen Figur
    vollkommen und durch und durch verwandt ist
KAPELLMEISTER *zum Bassisten*
    Tatsächlich ist es eine ganz und gar verblüffende
    Ähnlichkeit
    zwischen Ihnen Baron
    und der historischen Figur
BASSIST
    Es heißt ja
    ich sei mit dem echten Lerchenau verwandt
    aber bewiesen ist nichts
    es heißt so
    die Historiker sind sich nicht einig
    Der Lerchenau war ja auch aus einer Bierbrauerfamilie

wie ich
der Lerchenau ist keine Erfindung Hofmannsthals
er ist echt historisch bewiesen durch und durch
KAPELLMEISTER *zum Bassisten*
Wie haben Sie denn diesen herrlichen Sommersitz gefunden
Wann haben Sie sich hier angekauft
BASSIST
Neunundsechzig
Damals ging das noch
mit der Gage
für achtunddreißigmal Ochs an der Met
Ein Glücksfall
Aber vergessen Sie nicht
das Ganze war wie ich es gekauft habe
eine Ruine
eine Ruine
sinniert
Von Siepi weiß ich
daß er für einen einzigen Abend
zwanzigtausend Dollar bekommen hat
hier
in Salzburg
Die Direktion hat es ihm bar ausbezahlt
er hat es so verlangt
Der konnte leicht locker singen
Aber das war ja auch einmalig
REGISSEUR
Der bescheidene Künstler
ist ein Volksmärchen
Der große Künstler fordert
und er kann nicht genug fordern
denn seine Kunst ist absolut unbezahlbar
Es ist keine Summe zu hoch
um einen bedeutenden Künstler zu honorieren
ganz zu schweigen von den größten
von den bedeutendsten von den außerordentlichsten
von den berühmtesten
Der Staat jammert
Aber was ist der Staat ohne die Kunst
ohne die hohe Kunst
Dreck ganz einfach Dreck sonst nichts

VERLEGER *zitierend sinnierend*
Im Staat ist alles Schauhandlung
im Volk alles Schauspiel
Das Leben des Volkes ist ein Schauspiel
BASSIST
Man braucht nur einen Verleger im Haus haben
und sofort wird die Welt zur Geisteswelt
REGISSEUR
Der Staat existiert
aber er lebt nur durch seine Künstler
KAPELLMEISTER
Ein schönes Wort
REGISSEUR
Aber die politischen Dummköpfe
und die journalistischen Querulanten
begreifen das nicht
oder wollen es nicht begreifen
KAPELLMEISTER
Die politischen Dummköpfe begreifen nichts
REGISSEUR
Die Politiker die den Staat beherrschen
sind ganz eigentlich die Totengräber des Staates
Die Abgeordneten bringen den Staat um
das ist die Wahrheit
Das Volk wählt alle vier Jahre
seine Totengräber ins Parlament
es wählt brav Dummköpfe als Totengräber ins Parlament
Die höchstbezahlten Totengräber
sitzen im Parlament
KAPELLMEISTER
Die Politiker sind von Natur aus
gegen die Künstler
eine lebenslängliche Feindschaft von innen heraus
müssen Sie wissen
Die Künstler durchschauen die Politiker
und durchschauen nichts als Dummköpfe
aufgeblähte Dummköpfe
VERLEGER
Aber die Macht haben die Politiker
REGISSEUR
Die Politiker haben die Macht

den Staat zu ruinieren
die Politiker ruinieren den Staat wer sonst
Jede dieser Kreaturen wird Politiker
um den Staat zu ruinieren
Das Parlament ist eine Mördergrube
eine Mördergrube
Wo ein Politiker auftritt
tritt ganz eigentlich ein Totengräber des Staates auf
Was die Künstler und die Wissenschaftler aufgebaut haben
ruinieren die Politiker
Die Künstler erschaffen an jedem Tag die Welt
und die Politiker ruinieren sie
BASSIST
Ein wahres Wort
VERLEGER *zitiert*
Nur ein Künstler kann
den Sinn des Lebens erraten
BASSIST *zum Verleger*
Novalis nehme ich an
VERLEGER
Natürlich Novalis
wer sonst
BASSIST *durch das Fernglas schauend*
Diese stillen lautlosen Nachmittage
in welchen sich absolut nichts rührt
sind ganz für die Meditation
streckt die Beine aus
Die Beine ausstrecken
ganz ausstrecken
nimmt das Fernglas ab und schließt die Augen
und das Leben
oder die Existenz rekapitulieren
ein durch und durch mathematischer Vorgang
Und die Kunst
mit geschlossenen Augen
sich selbst Musik zu machen
alles spielen und singen lassen
das ganze Instrumentarium
REGISSEUR *mit geschlossenen Augen*
Das Schließen der Augen bewirkt oft
eine vollkommene Durchdringung der Welt

der ganzen Materie
VERLEGER *mit geschlossenen Augen*
Den Mut haben
alles zu durchdringen
das ganze Schauspiel
BASSIST
Von meinem Großvater
den ich wie keinen andern Menschen geliebt habe
und der mir zeitlebens der wichtigste Mensch geblieben ist
habe ich die Fähigkeit
mich von Zeit zu Zeit abzusetzen
von der Welt
Ich bin ganz einfach weg
SOPRANISTIN
Wenn er seinen Großvater nicht gehabt hätte
was wäre unser Freund für ein natürlicher Mensch
BASSIST
Das Talent
die Mathematik
die Physik
die Geophysik
die ganze Natur
von ihm
SOPRANISTIN
In unserem Haus am Meer
redet er selbst in der Nacht
von seinem Großvater
REGISSEUR
Er ist eben
aus einer durch und durch schöpferischen Familie
KAPELLMEISTER
Die Bierbrauerfamilien sind die schöpferischsten
Denken Sie nur an die Familie Strauss
oder an Richard Mayr
Beinahe alles dankt die Musikgeschichte
den Bierbrauern
BASSIST *steht auf und geht auf die Terrasse*
Da hätten sie mir voriges Jahr
beinahe ein Hochhaus hingebaut
Die Stadt hätten sie gerade hier
vor meinem Haus erweitert

Im letzten Augenblick habe ich
die Katastrophe verhindern können
Da waren schon Vermessungsleute da
dreht sich um
Ein Hochhaus stellen Sie sich vor
zweiundvierzig Stockwerke hoch
zwischen meinem Sommersitz und dem Untersberg
Noch heute wache ich oft auf in der Nacht
von diesem Alptraum
Ich war gerade an der Met
mein erster Jago mit der Freni
da schreibt mir der Hausmeister
daß ein Hochhaus gebaut werden soll vor meinen Fenstern
Sechs Wochen in New York festgehalten
und ununterbrochen
auch während meiner Auftritte die Vorstellung
vor meinen Fenstern wird ein zweiundvierzigstöckiges
                                                  Hochhaus gebaut
bei meiner Rückkehr
habe ich alles verhindern können
zeigt hinaus
Ich habe den Bürgermeister
und das Stadtratskollegium bestechen können
auch den Bundeskanzler habe ich eingeschaltet
selbst den Bundespräsidenten
Ich habe die Festspieldirektion erpreßt
wenn das Hochhaus gebaut wird habe ich klargemacht
singe ich keinen Ton mehr
Das Hochhaus ist nicht gebaut worden
Da habe ich in aller Deutlichkeit gesehen
wie mächtig ein Künstler sein kann
KAPELLMEISTER
  Was wären die Festspiele ohne Sie Herr Baron
REGISSEUR
  Nur die Mittelmäßigkeit wäre möglich
BASSIST *plötzlich, durch das Fernglas schauend*
  Da da
  da
  zeigt mit der Hand in die Ferne
Alle blicken hinaus, stehen auf und gehen auf die Terrasse
Bassist in die Ferne zeigend

Der Adler
da dort der Adler
der Adler kreist
sehen Sie da
der Adler
Alle sehen den Adler

KAPELLMEISTER
Tatsächlich

REGISSEUR
Das ist ja ein riesiger Vogel

SCHAUSPIELER und TENOR *gleichzeitig*
Der König der Lüfte

SCHAUSPIELERIN
Wirklich ein Adler

SOPRANISTIN
Daß es noch Adler gibt

VERLEGER
Zum erstenmal sehe ich
einen Adler
ich kannte den Adler bis jetzt nur
aus dem Naturgeschichtsbuch
Alle schauen zum Adler in die Höhe

BASSIST
Bei Windstille
kreist der Adler
vor dem Untersberg
hebt den Zeigefinger in die Luft
Windstille
absolute Windstille

KAPELLMEISTER
Wie deutlich man alles sieht

SCHAUSPIELERIN
Jeden Baum

SOPRANISTIN
Alles ist deutlich

REGISSEUR
Überdeutlich

BASSIST
Ich bin lange genug herumgefahren
um diesen Platz zu finden
zuerst habe ich daran gedacht

selbst zu bauen
aber dann
wegen meiner Verpflichtungen
habe ich mich entschlossen
ein altes Gebäude zu kaufen
Da habe ich dieses Schloß gefunden
Es war einmal fürsterzbischöflicher Besitz
aus dem achtzehnten Jahrhundert
allergrößte Tradition
der Besitz steht unter Denkmalschutz
blickt sich um
Und mit allen diesen Kunstwerken hier
die Sie sehen Kostbarkeiten
hat es mich nur eine durchschnittliche Halbjahresgage gekostet
Aber diese Zeiten sind jetzt vorüber
VERLEGER *zitierend*
Wer jetzt kein Haus hat
BASSIST
Unser Verleger
unser Zitator
KAPELLMEISTER
Ist das der einzige Adler
den es hier gibt
BASSIST
Der einzige
er zieht immer dieselben Kreise
REGISSEUR
Immer dieselben Kreise
wie der große Künstler
immer dieselben Kreise zieht
VERLEGER
Der wahre Künstler
ist immerfort Schöpfer einundderselben Kunst
Denken Sie nur an Mozart
KAPELLMEISTER
Zwei Takte und es ist Mozart
Oder Beethoven
es ist immer dasselbe
nur ganz leicht verändert
VERLEGER
In sich verändert

Diese Beobachtung machen Sie
an allen bedeutenden Künstlern
sie schaffen alle immer nur ein einziges Werk
und verändern es immer in sich ununterbrochen unmerklich
REGISSEUR
Genau das ist ihre Größe
VERLEGER
Nur der Zweitrangige verändert sich ununterbrochen offensichtlich
und hüpft einmal dahin und einmal dorthin
Das Genie ist immer dasselbe unnachgiebig
Unbeirrbar nach außen
unnachgiebig nach innen und nach außen
BASSIST
Wie ich das Schloß gekauft habe
habe ich von der Existenz des Adlers nichts gewußt
daß hier ein Adler haust
Es ist mir von Anfang an klar gewesen
daß ich einen Landsitz haben muß
lange bevor es Mode geworden ist
auf dem Land zu leben
habe ich auf dem Land gelebt
jedenfalls sooft es mir möglich gewesen ist
Auch solche nicht umzubringenden Lungenflügel wie die meinigen
verkommen in der Großstadt
Der Baß schöpft abwechselnd die gute Luft auf dem Land
und läßt seine Stimme in den großen Opernhäusern der Welt verströmen
KAPELLMEISTER
Was für ein Panorama
Als ob es schon Geschichte wäre
BASSIST
Emmanuel List hat zu mir gesagt
gehen Sie das halbe Jahr auf das Land
und singen Sie das andere halbe Jahr in der Großstadt
um Geld zu scheffeln
Aber setzen wir uns doch wieder
Alle gehen in den Salon zurück und setzen sich
Am schönsten ist es hier
nach dem Ende der Festspiele

wenn der ganze Rummel vorbei ist
Wenn ich mit meinen Dienern allein bin
hier kann ich ungestört meine Partien einstudieren
auf und ab gehen hier im Salon und auf der Terrasse
Die schwierigsten Partien ganz leicht in dieser Umgebung
sehen Sie
zeigt auf die Gemälde der Vorbilder
Hier unter allen diesen Vorbildern an der Wand
zeigt auf das Portrait Richard Mayrs
Der bedeutendste Ochs
und der bedeutendste Bassist seiner Zeit
zeigt auf Lotte Lehmann
Lotte Lehmann
die größte Marschallin aller Zeiten
Berlinerin Deutsche
wie alle Wiener Opernlieblinge

REGISSEUR

Auch die großen Burgschauspieler
waren Deutsche

BASSIST

Auch unsere verehrte liebe und jüngste Kammersängerin
ist Deutsche
wenn auch nicht aus Berlin
so doch aus Küstrin
zur Pianistin
Und unsere reizende Klaviervirtuosin
ist ja auch Deutsche
aus Mecklenburg
schaut auf die Terrasse hinaus
Dreizehn Millionen
hat man mir geboten
ein amerikanischer Millionär
wollte das Ganze absolut kaufen
Aber dieser Besitz ist unverkäuflich
Während der Adler über mir kreist
gehe ich im Marmorsteinbruch hin und her
und studiere meine Partie
oder ich spaziere an die Salzach hinunter

REGISSEUR

Diese Stadt hat ganz einfach
eine magische Anziehungskraft

VERLEGER
  Magisch
KAPELLMEISTER
  Es ist das Fluidum
BASSIST
  Eigentlich habe ich
  Schauspieler werden wollen
  und ich habe ja auch mit der Schauspielerei angefangen
  auf dem Theater in der Josefstadt
  Aber dann
REGISSEUR
  Dann waren Sie ganz einfach zu intelligent
  um sich als Schauspieler entwickeln zu können
  Der Schauspieler hat intelligent zu sein
  aber er darf nicht z u intelligent sein
  Ist er
  was er unter Umständen nicht verhindern kann
  plötzlich
  aufeinmal Wissenschafter
  ist er als Schauspieler nicht mehr gut genug
  Der gute Schauspieler ist zeitlebens ein Naturtalent
  verliert er sein natürliches Talent
  sein Naturtalent
  ist er als Schauspieler verloren
  Dann versuchen Sie sich als Regisseure wie ich
  Wenn der Schauspieler seine Unschuld verloren hat
  versucht er sich als Regisseur
  Die größten Schauspieler haben bis ins hohe Alter
  ihre Unschuld nicht verloren
BASSIST
  Die Schauspieler verachten die Opernsänger
  und umgekehrt
  gleichzeitig bewundern die Einen die Andern
SCHAUSPIELER
  Ganz ohne Vorurteil hinein in einen poetischen Text
  wie in einen unbekannten Wald hinein
  in eine solche geheimnisvolle Natur hinein
  auf der Suche nach der Lichtung
REGISSEUR
  Das ist eine ganz feine Charakterisierung
  Wer die Natur aufgibt

entfernt sich auch von der Kunst
der hochkünstlerische Mensch ist ein ganz natürlicher
Das Genie kann nicht erklären was es ist
Wir hören und fühlen gleichzeitig
und von dem Einen mehr als von dem Andern
KAPELLMEISTER
Ganz früh habe ich Schauspieler werden wollen
aber mein Vater der Arzt
hat es nicht erlaubt
selbst daß ich mich für die Musik entschieden habe
hat er zeitlebens nicht überwinden können
Musik hat mein Vater immer gesagt
ist kein Hauptberuf
ist eine Nebenbeschäftigung
eine Nervenberuhigung
SCHAUSPIELER
Berühmt sein
das ist es
BASSIST
Alle die wir hier sitzen
sind berühmt
wir sind vielleicht sogar die Berühmtesten
wir s i n d die Berühmtesten
VERLEGER *zitiert*
Alles ist Zauberei
oder nichts
Vernunftmäßigkeit der Zauberei
BASSIST
Ein jeder von uns
hat das Höchste erreicht
ERSTER DIENER *eintretend*
Telefon Herr Baron
BASSIST *steht auf*
Entschuldigen Sie
geht hinaus
SOPRANISTIN *mit geschlossenen Augen*
Unter uns gesagt
eine Neuigkeit
die ich heute erfahren habe
Er ist zum Professor ernannt worden
Vom Bundespräsidenten zum Professor ernannt

Er darf es nicht wissen
Heute noch nicht
Er regt sich zu sehr auf
das ist die größte Überraschung
nach einer Pause
Alles hat er
aber Professor ist er noch nicht
KAPELLMEISTER
Ehrenhalber
REGISSEUR
Seit wann wissen Sie das
VERLEGER
Ehrenhalber
SOPRANISTIN
Seit gestern
REGISSEUR *zum Kapellmeister*
Sind Sie nicht schon vor drei Jahren
Professor geworden
SOPRANISTIN
Und wie ich weiß
ernennt ihn der Bürgermeister
zum Ehrenbürger
VERLEGER
Ehrenbürger dieser Stadt
die ihm so viele Höhepunkte verdankt
SOPRANISTIN
Aber bitte
nur unter dem Siegel der Verschwiegenheit
schaut auf das Portrait der Lotte Lehmann
Die Lotte Lehmann hat mir einmal gestanden
ihr größter Stolz sei es
schon mit fünfzig zum Professor ernannt worden
zu sein
ehrenhalber
TENOR
Ich bitte Sie
jeder bessere Mensch
ist in diesem Land Professor
VERLEGER
Professor ehrenhalber

SOPRANISTIN *legt den Zeigefinger auf den Mund*
  Pssssst
BASSIST *kommt zurück*
  Es war nur der Dachdecker
  setzt sich und streckt die Beine aus
  nach einer Pause
  Die Leute werfen mir vor
  das sei Luxus
  Aber für einen weltberühmten Bassisten
  Denken Sie an Reinhardt
  der sich Leopoldskron gekauft hat
  sinniert
  Da auf der Terrasse sitzend
  Milch trinkend Brot essend
  mit einem guten Buch
  zum Verleger
  Ich bin ein guter Abnehmer Ihrer Erzeugnisse
  Ich habe fast alle Ihre Veröffentlichungen gelesen
  Joyce Heinrich Mann etcetera
  Ich habe schon eine Ahnung von der Weltliteratur
KAPELLMEISTER
  Das ist außergewöhnlich
  daß ein Sänger
  noch dazu ein Bassist
  ein Vertrauter der Literatur ist
BASSIST
  Denken Sie nur an Proust
  Das muß man gelesen haben
  Ich habe alles von Proust gelesen
  zur Sopranistin
  Die Gundi versorgt mich mit dem Wichtigsten
KAPELLMEISTER
  Denken Sie an Walter an Nikisch
  die haben alle viel gelesen
  hochgebildete Leute
  Schuricht zum Beispiel
BASSIST
  Die Unbildung ist eine Voraussetzung
  für den Sänger wird gesagt
VERLEGER
  Aber die Ausnahme bestätigt die Regel

REGISSEUR
　Alle kochen mit Wasser
　Es wird dunkel
　Ganz zu schweigen von den Theaterdirektoren
　die gebildeteren sind zweifellos die Operndirektoren
　Nichts fürchten die Schauspieldirektoren mehr
　als wenn man sie in ein literarisches Gespräch verwickelt
　und die Dramaturgen sind insgesamt Dummköpfe
VERLEGER
　Die Statistik beweist
　daß die Theaterdirektoren im Jahr
　nur drei oder vier Bücher lesen
　ein Buch auf ein Vierteljahr
　das beweist die Statistik
BASSIST
　Und unter diesen drei Büchern
　zuerst das Kursbuch und das Grundbuch
　Manchmal schicke ich die Dienerschaft weg
　dann bin ich allein mit der Gundi
　wir lesen jeder ein Buch
　und machen Pläne
　Am Abend den Geruch des Moores unten auf der Terrasse
　Es fängt leicht zu regnen an
　und einen guten Aphorismus
　auf der Zunge zergehen lassen
　zum Verleger direkt
　sei es ein Aphorismus von Novalis
　oder von Schopenhauer
　Die deutsche Philosophie
　ist eine unendliche Fundgrube für einen denkenden Menschen
　Und die Gundi kocht
　Sie können sich gar nicht vorstellen
　was das heißt
　angekommen aus New York
　und hinein in die Lederhose
　ein kleiner Spaziergang ein bißchen Gartenarbeit
　Der Kontrast ist es
　der mich am Leben hält der Kontrast
REGISSEUR
　Alles ist der Kontrast

KAPELLMEISTER
Der Kontrast ist alles
BASSIST *zur Pianistin*
Ab und zu ein Besuch im Hause unserer Pianistin
ich klopfe an ihr Fenster
ein bißchen Schumann ein bißchen Romantik wissen Sie
Die Welt ist hier alles in allem
eine recht schöne angenehme Natur
schaut auf die Terrasse hinaus
Es überzieht sich
VERLEGER
Ich bringe im Herbst ein Buch heraus
von einem amerikanischen Professor
der in Wirklichkeit Wiener ist
Eine phänomenale Schrift
Die ganze Zeit denke ich jetzt schon
wer von uns welcher Charakter ist
nach Sontheimer
so der Name des Wissenschaftlers
Ein Opus magnum
es ist alles sehr schlüssig in diesem Buch
das ich in einer Startauflage von achtzigtausend herausbringe
Die Leute lesen heute solche Erkenntnisse
*Bassist nimmt das Fernglas und schaut bis zum Ende der Szene
unbeweglich hinaus*
Mit diesem Werk
das als ein Opus magnum bezeichnet werden muß
wird die Reihe Geschlecht und Charakter fortgesetzt
Übrigens hat mich Weininger auf die Idee gebracht
diese Reihe ganz einfach mit Geschlecht und Charakter zu
                                                                        bezeichnen
Weininger war wie alle großen Charakterforscher Wiener
Freud Weininger Sie wissen wovon ich rede
zum Bassisten
Als unser Gastgeber vorhin auf die Terrasse hinaustrat
um uns den Adler zu zeigen
habe ich gedacht daß wir auch einen Adler unter uns haben
oder jedenfalls einen Hahn
einen Hahn hören Sie
Hahn oder Adler
und eine Reihe anderer Tiergeschöpfe

denn auf jeden von uns paßt ein Tiergeschöpf
Da saß ich und dachte die ganze Zeit
wer unter uns was für ein Tier ist im Grunde
Es ist ein Buch das mehr Aufschluß gibt über die Menschen
als je ein anderes
Freud war durchaus nur eine Vorstufe
die ganze bisherige Geschlechts- und Charakterforschung
       nur eine Vorstufe

 Wenn ich Ihnen allen jetzt sagte
stark einsetzender Regen
welchen Tierkopf Sie aufhaben
noch stärkerer Regen
Sie müssen sich das Buch kaufen
Trieb und Raum
haben viel Ähnlichkeit
sagt Novalis
Es wird einer unserer allergrößten Verkaufserfolge
noch stärkerer Regen
ERSTER DIENER
 Es regnet Herr Baron
SOPRANISTIN *entzückt*
 Es regnet
BASSIST
 Es schüttet ja
PIANISTIN
 Wie es schüttet
Starker Donner
REGISSEUR
 Die Meteorologen haben recht
BASSIST
 Manchmal haben die Meteorologen recht
noch stärkerer Donner

Vorhang

Zweite Szene
Die Offenbarung der Künstler

Halle
Alle mit Tierköpfen, angeheitert, um den runden Tisch sitzend,
essend, trinkend
Die Diener mit Rattenköpfen servieren
BASSIST *mit Ochsenkopf*
Dann ist er Hofrat geworden
Hofrat
stellen Sie sich vor Hofrat
und Mozartinterpret dazu
ein ausgesprochener Festspielkünstler
Alle lachen
KAPELLMEISTER *mit Hahnenkopf*
Eine Meisterklasse
an der Akademie als Ausgedinge
VERLEGER *mit Fuchskopf zum Kapellmeister*
Verehrtester
ist es nicht so
daß die Künstler
die Stiefkinder der Gesellschaft sind
Die Stiefkinder
BASSIST
Nehmen Sie sich doch
nehmen Sie
es ist alles da
alles ist da
alles
VERLEGER
Wissen Sie Böhm
nicht alles was Böhm macht
ist hervorragend
KAPELLMEISTER
Die außerordentlichsten Talente
sind die indischen
Ich habe einen Burmesen als Schüler
ein Genie sage ich Ihnen
Überhaupt ist Asien
ein ungeheures Talentreservoir

ganz ungewöhnliche musikalische Begabungen
sage ich Ihnen
der ganze Orient ist noch unentdeckt
BASSIST *zur Schauspielerin mit Kuhkopf*
Nehmen Sie sich doch
nehmen Sie
greifen Sie zu
klatscht die Diener herbei
Und im richtigen Moment
die Mehlspeisen
zur Pianistin mit Ziegenkopf
Das waren noch Zeiten
wie die Clara Haskill
auf Ihrem Platz gesessen ist
Auf diesem Sessel hat sie immer gegen neun
ihren Migräneanfall bekommen
KAPELLMEISTER
Die Katastrophe der Instrumentalisten
ist ihre Krankheitsanfälligkeit
immer ist es irgendeine Krankheit
die sie an der totalen Ausübung
ich sage totalen Ausübung ihrer Kunst hindert
Um wie vieles besser wäre beispielsweise Arrau
wenn er nicht immer diese Nackenschmerzen hätte
BASSIST *lachend*
Die Pianisten
vornehmlich die Pianistinnen
bekommen Fingerkrämpfe
Die Cellisten Gelenksentzündungen
VERLEGER
Und die Geiger wie ich weiß
haben es im Ellenbogen
KAPELLMEISTER
Ganz recht
im Ellenbogen
TENOR *lacht auf*
Im Ellenbogen
BASSIST
Was sie im Geigenbogen nicht haben
haben sie im Ellenbogen

KAPELLMEISTER
Und die Kapellmeister
haben es im Rückgrat
BASSIST
Die Sänger haben es in der Lunge
und wenn nicht in der Lunge
so direkt im Hals
reißt seinen Mund weit auf
Sehen Sie
zeigt in seinen Rachen hinein
Da an der Basis
da
Das sogenannte Gold in der Kehle
ist oft nichts anderes
als der Kehlkopfkrebs
klatscht die Diener herbei
Was gibt es denn zur Nachspeise
ERSTER DIENER
Eis Herr Baron
BASSIST
Eis
für mich kein Eis
Eis wo wir fast lauter Stimmbandkünstler sind
Stimmbandkünstler
REGISSEUR
Eine ausgezeichnete Bezeichnung
für die Sänger und Schauspieler
Stimmbandkünstler
Stimmbandkünstler
BASSIST
Eis für die Stimmbandkünstler
Bringen Sie Eis
Tragen Sie Eis auf
viel Eis
Die Damen essen gern Eis
nicht wahr
ZWEITER DIENER
Und Topfenstrudel
BASSIST
Meine Herrschaften
Topfenstrudel

Topfenstrudel
von der Gräfin persönlich gemacht
mit ihren eigenen Händen gemacht der Topfenstrudel
KAPELLMEISTER
Also ein gräflicher Topfenstrudel
Diener wieder weg vom Tisch
BASSIST
Es ist erwiesen
daß Schaljapin
jeden Tag Eis gegessen hat
Caruso wiederum hat einer Portion Eis wegen
die er einmal auf dem Wiener Naschmarkt gegessen hat
ein Jahr pausieren müssen
und das auf dem Höhepunkt seiner Karriere
REGISSEUR
Es wird behauptet
er sei an dieser Eisportion gestorben
indirekt
BASSIST
Eis ist der Feind
des Sängers
zur Pianistin
Meine Liebe
wie geht es denn Ihrem linken Bein
zu den andern
Sie kann kein Pedal treten
Sie spielt schon wochenlang ohne Pedal
Sie hat unserem verehrten Claudio Arrau
nachgegeben
und ist mit ihm ins Engadin
prompt hat sie sich das Bein gebrochen beim Schifahren
REGISSEUR
Schifahren ist der Feind der Bühnenkünstler
KAPELLMEISTER
Wem sagen Sie das
wem sagen Sie das
Wo es doch nichts Stumpfsinnigeres gibt als Schifahren
ein Massenwahnsinn das Schifahren
ein Massenwahnsinn
aber alles pilgert mit den Schiern auf dem Rücken
in die Berge

um sich die Beine zu brechen
PIANISTIN
Die Schwierigkeit ist
dann nicht aus der Übung zu kommen
KAPELLMEISTER
Alles kann man schließlich
nicht ohne Pedal spielen
So sind Sie also jetzt schon die längste Zeit
eine Pedallose
Alle lachen
BASSIST
Hoffen wir Ihre Pedallosigkeit
hält nicht solange an
KAPELLMEISTER
Gerade sie ist berühmt
für ihr Pedal
BASSIST
Wir halten Ihnen die Daumen
alle Daumen
ganz fest
Regisseur hebt die rechte Hand und hält der Pianistin den Daumen
Dem Künstler müssen alle immer Daumen halten
ununterbrochen Daumenhalten
Daumenhalten
bricht in Gelächter aus
Daumenhalten
SOPRANISTIN *mit Katzenkopf*
Die Beine der Pianistin
sind wenigstens so wichtig
wie ihre Finger
Die Diener servieren Topfenstrudel
BASSIST
Der wahre Künstler
ist fortwährend in Konflikt
mit seiner Kunst
VERLEGER *zitierend*
Echt tätige Menschen sind die
die Schwierigkeiten reizen
BASSIST
Ein wahres Wort

Der echte Künstler geht den Weg
den sonst niemand geht
den allerschwierigsten
SCHAUSPIELER *mit Hundekopf*
Er ist fortwährend
in einer Konfliktsituation
BASSIST
Da ist es nur recht und billig
daß er sich dafür gut bezahlen läßt
Aber die Steuer frißt ja alles
alles frißt die Steuer
Wenn ich Ihnen sage was mir die Steuer
allein im letzten Jahr abgenommen hat
Wenn es hoch kommt ein Zehntel
das mir bleibt
So ist es ganz natürlich
daß die Forderungen der Künstler
ins Gigantische steigen
REGISSEUR
Der Künstler ist der ideale Künstler
wenn er auch ein guter Geschäftsmann ist
denn sonst geht er ja alle Augenblicke
unweigerlich in die Falle
Die Opernhäuser sind Fallen
BASSIST
In die die Künstler hineingehen
überhaupt alle großen Theater
Wer das weiß sichert sich ab
durch horrende Forderungen
Emmanuel List hat einmal zu mir gesagt
fordern Sie immer dreimal die Höchstsumme
das heißt mindestens immer dreimal soviel
wie Ihr Vorgänger bekommen hat
Also habe ich wie ich an der Met den Ochs gesungen habe
dreimal soviel verlangt wie List
dreimal soviel wie List
und List hat die Höchstsumme bekommen
die höchste Summe die jemals an der Met bezahlt worden ist
Der teuerste Ochs
der je an der Met gesungen hat

REGISSEUR
Die Direktionen versuchen mit allen Mitteln
die Künstler zu drücken
die Künstler wiederum sind von den Erpressungen
der Direktoren
eingeschüchtert
BASSIST
Tatsächlich kann Singen in der Oper
ein großes Geschäft sein
Die Direktoren geben nach
sie bezahlen die geforderte Summe
Die Direktoren erpressen die Künstler
warum erpressen nicht auch die Künstler die Direktoren
Die Künstler müssen sich schadlos halten
Die Theater insbesondere die Opernhäuser
werfen Millionen zum Fenster hinaus alljährlich
Die Gesangskunst ist noch niemals so hoch
im Kurs gestanden
Meine Taktik die verdanke ich List
Aber dieser Idealzustand
geht seinem Ende zu
bald werden die Hähne zugedreht
Jetzt heißt es herausholen
was noch herauszuholen ist
trinkt sein Glas aus, es wird ihm sofort nachgeschenkt
zum Kapellmeister
Mein Verehrtester
gegen Sie bin ich nur ein kleiner Fisch
schaut sich um
Das bißchen Luxus
wenn ich mir das bißchen Luxus nicht mehr leisten kann
List hat über Nacht aufgehört
nicht weil ihm die Ärzte empfohlen hätten
aufzuhören
List wollte ganz einfach nicht mehr
plötzlich ist ihm die ganze Singerei zum Hals herausgewachsen
im wahrsten Sinne des Wortes zum Hals herausgewachsen
Ohne Ankündigung aus
nichts mehr
ab von der Bühne

KAPELLMEISTER
   List hatte einen sehr hohen Intelligenzgrad
   Ich erinnere mich
   wie ich einmal mit List in Covent Garden
   Fidelio gemacht habe
   mit der Helena Braun und mit Frantz
   plötzlich
   vor der großen Arie
BASSIST
   Die Sie nicht wie das üblich ist gestrichen haben
KAPELLMEISTER
   Nein niemals
   ich streiche die Arie nicht niemals
   plötzlich vor der großen Arie
BASSIST *markiert*
   Hat man nicht auch Gold beineben
KAPELLMEISTER
   Ja sehr schön sehr schön
BASSIST
   Plötzlich war seine Stimme weg nicht wahr
   ich weiß
   markiert
   Traurig schleppt sich fort
   das Leben
KAPELLMEISTER *zum Bassisten*
   Mit Ihnen hätte ich gern Fidelio gemacht
   aber es ist nicht dazu gekommen
BASSIST
   Schade
   sehr schade
   Aber vielleicht ergibt sich noch die Gelegenheit
KAPELLMEISTER
   Die Vorstellung mußte abgebrochen werden
   Aber als ich zu List in die Garderobe gegangen bin
   um mich zu erkundigen
   sagte mir List
   die Stimme sei wieder da
   lachend sagte mir List
   jetzt sei seine Stimme wieder da lachend
   verstehen Sie lachend
   Aber da war dann das Publikum schon weg

REGISSEUR
   Ein medizinisches Phänomen
KAPELLMEISTER
   Urplötzlich weg die Stimme
   urplötzlich wieder da
   List führte alles darauf zurück
   daß er am Vortag eine Beruhigungstablette genommen hatte
   es war der Tag an dem List geadelt worden ist
   übrigens mit Bing zusammen
   vor dieser Zeremonie im Buckinghampalast
   Die Ärzte bestritten diesen Zusammenhang
VERLEGER
   Die Ärzte bestreiten jeden Zusammenhang
   zitierend
   Die Arzneikunst sagt Novalis
   ist allerdings die Kunst
   zu töten
BASSIST *zum Tenor*
   Herr Kollege
   Kennen Sie das denn auch
   daß die Stimme plötzlich weg ist
   und plötzlich wieder da ist
TENOR *stimmlos auf seinen Kehlkopf deutend, heiser*
   Ich habe heute keine Stimme
   verkühlt
   vielleicht verkühlt
   vielleicht
   ich weiß es nicht
BASSIST
   Dann dürfen Sie doch kein Eis essen
   das ist ja verrückt
   Hat am Abend zu singen
   und ißt Eis
   ruft aus
   Das ist eine Verrücktheit
   eine komplette Verrücktheit
   zum ersten Diener
   Nehmen Sie dem Herrn Kammersänger das Eis weg
   Nehmen Sie es ihm weg
   Das ist ja total verrückt
   Eine Verrücktheit

Schauspielerin lacht laut auf
Pianistin lacht auf
Alle brechen in Gelächter aus, während der erste Diener dem
Tenor das Eis wegnimmt
Bassist zum Tenor
Nehmen Sie von dem Topfenstrudel Herr Kollege
der ist stimmbandfreundlich
Essen Sie
essen Sie
zu den andern
Er ist ein Routinier
aber ohne Stimme kann der größte Routinier nicht singen
zum Tenor
Essen Sie denn oft Eis
Tenor schüttelt den Kopf
Denken Sie an Caruso
denken Sie an Caruso
zu den andern
Die jungen Leute denken
sich alles leisten zu können
Die Diener servieren Kaffee
Die jungen Künstler
hängen alle an einem Faden

REGISSEUR
Was rede ich auf sie ein
alle diese hochtalentierten Schauspieler

BASSIST
Nehmen Sie sich meine Herrschaften
nehmen Sie sich

REGISSEUR
Mit welchen ich meine Stücke einstudiere
gehen mit ihren Talenten auf das unsinnigste um
die einen versaufen
die andern verhuren sich
und die Talentiertesten versaufen und verhuren sich am totalsten
Da glaube ich
da ist ein Talent
mit diesem Talent kann ich Homburg machen
oder Hamlet
und dann stellt sich heraus
daß auf der Probe ein Wrack ist

Mit einem Wrack kann ich weder Homburg
noch Hamlet machen
Die Begabtesten hängen sich irgendeiner mittelmäßigen
                              Schlampe an
die für die Vorstadtbühne noch viel zu schlecht ist
und ruinieren sich in der kürzesten Zeit
Nicht einmal das Genie ist davor gefeit
an einer solchen Schlampe zugrunde zu gehen
Da höre ich eine herrliche Stimme und ich schwöre mir
mit dieser Stimme
zu welcher dieser ganz und gar außerordentlich schöne und
                              begabte Mensch gehört
studiere ich den Hamlet ein
und ein halbes Jahr später kommt eine Ruine
auf die Verständigungsprobe
Das ist Wahnsinn was alle diese jungen Leute

KAPELLMEISTER

Ist man einmal vierzig
ist man hinübergerettet
dann hängt man nicht mehr an einem Faden

BASSIST

Sie meinen
dann hängt man schon
an einem Kälberstrick

SOPRANISTIN *rügend*

Aber aber

BASSIST

Die jungen Leute
werden von ihren skrupellosen Lehrern
von allen diesen skrupellosen Gesangslehrern
in den Fleischwolf hineingestoßen
alle diese Opernhäuser sind
ein einziger gigantischer melodramatischer Fleischwolf

REGISSEUR

Die Künstler sind die anfälligsten
eine kleine Halsentzündung
wirft eine ganze Opernsaison über den Haufen

KAPELLMEISTER

Da haben Sie recht
Bing hat mir einmal erzählt
wie er glücklich gewesen ist

nach drei Jahren Vorbereitung
seine allerbeste Saison starten zu können
da hatte es plötzlich
am Abend der ersten Vorstellung
die Nielsson im Hals
und die ganze Saison ist zusammengebrochen
ein solches Mißgeschick bringt eine ganze Opernsaison zum
Einsturz
BASSIST
Mir ist es einmal passiert
daß ich eine Vorstellung geschmissen habe
Das hat Schlagzeilen gemacht
Ich hätte in Paris den Ochs singen sollen
während ich gleichzeitig völlig ahnungslos
in Venedig im Cavaletto gesessen bin
Edelmann ist für mich eingesprungen
Das habe ich ihm nie vergessen
Aber man muß schon weltberühmt sein
um sich so etwas leisten zu können
In der Pariser Oper den Ochs
und darauf vergessen
lacht laut auf, ruft
Diener Diener
zu den andern
Eine Delikatesse
sich von Ratten bedienen zu lassen
zum Kapellmeister
Unter uns
die ganze Zeit glaube ich
wir alle sind Tiere
Ich sitze einem Hahn gegenüber glaube ich
als ob Sie einen Hahnenkopf aufhätten
Und die Gundi hat einen Katzenkopf auf
einen richtigen Katzenkopf
lacht auf
Und unsere Pianistin einen Ziegenkopf
einen Ziegenkopf
lacht auf, dann zum Verleger
Schlauer Fuchs
zu den andern
Sie sind mir nicht böse

    daß ich nicht sage
    als was alles ich Sie jetzt sehe
VERLEGER *mit erhobenem Zeigefinger zitierend*
    Bestandteile eines Märchens
    Abstraktion schwächt
    Reduktion stärkt
BASSIST *zu den Dienern*
    Nun schenken Sie uns den Champagner ein
    Diener holen Champagnerflaschen und öffnen sie
    Hier wird Champagner getrunken
    kein Sekt
    Champagner
    Champagner
    Ich bin kein Sektierer
    schaut um sich, niemand lacht
    Der Champagner macht alles erträglich
    schaut in die Runde
    Alle brechen in lautes Gelächter aus, das augenblicklich
    abbricht, wie der erste Pfropfen knallt
    Die Ratten schenken Champagner ein
    Die Ratten schenken Champagner ein
    trinkt
    Eine Delikatesse
    Alle trinken
    Bassist zur Sopranistin
    Miau
    miau
    bellt den Tenor an
    grunzt gegen den Regisseur
    meckert gegen die Pianistin
    muht gegen die Schauspielerin
    hebt sein Glas
    Auf die Direktion
    auf die Direktion
ALLE *heben ihr Glas*
    Auf den Präsidenten
    Auf den Festspielpräsidenten
    Er lebe
    hoch
    alle durcheinander
    Hoch

hoch
hoch
BASSIST
Ein originaler Tropfen
Nun was sagen Sie
KAPELLMEISTER
Exzellent
REGISSEUR
Exzellent
TENOR
Exzellent
VERLEGER
Phänomenal
Ich glaube Sie alle
sind heute durchaus internationale Figuren
auf dem Höhepunkt der Internationalität Ihres Ruhmes
BASSIST *ruft aus*
Fabelhaft
das ist fabelhaft
eine ganz und gar ausgezeichnete Formulierung
REGISSEUR
Unser Herr Verleger
ist eine stilistische Fundgrube
alles was er sagt
ist ein Zitat
Er ist ein Zitator
hebt das Glas und ruft aus
Auf den Zitator
auf unseren Zitator
hebt das Glas höher
ALLE *heben ihre Gläser und rufen*
Auf unseren Zitator
REGISSEUR
Von der Berühmtheit geht
die größte Faszination aus
man kann sagen
von diesem Tisch hier
Der Opernkünstler
ist der eigentliche Herrscher der Kunstgesellschaft
und der Bassist an sich
ist ihr König

hebt das Glas, alle ermunternd
Auf den König aller Opernkünstler
Auf den König der Oper
Alle heben ihr Glas und trinken es aus
Die Diener schenken ein
BASSIST
Aber was es mich gekostet hat
zu werden
was ich bin
Der junge Mensch glaubt ja nicht
daß er den Gipfel erreicht
er glaubt es so lange nicht
bis er den Gipfel erreicht hat
VERLEGER
Sie sind ja heute zweifellos
auf dem Gipfel Herr Baron
REGISSEUR
Die berühmteste Opernfigur
die allerberühmteste
KAPELLMEISTER
Ich erinnere mich noch
an Ihren ersten Abend Baron
ich hatte das Glück
diese Vorstellung zu dirigieren
Ein völlig unbekannter Sänger
betritt die Bühne
meine Angst war die größte
Das können Sie sich vorstellen
denn der junge Mann war ein völlig unbeschriebenes Blatt
Es ist ja doch eine Zumutung
einem hochberühmten Kapellmeister
einen völlig unbekannten Sänger unterzuschieben im letzten
                                                            Moment
nur damit die Vorstellung gerettet ist
REGISSEUR
Ein Verbrechen der Direktion
KAPELLMEISTER
Ein Verbrechen der Direktion allerdings
Und nicht einmal eine einzige Probe
stellen Sie sich vor
nicht eine einzige Probe

Aber da sang plötzlich ein Figaro
wie ich noch nie einen singen gehört habe
zum Bassisten
das war der Anfang Ihrer Karriere
der Anfang Ihres Ruhms Herr Baron
BASSIST *zum Kapellmeister*
Ein Glück meine Herrschaften
an den Größten seiner Zeit zu kommen
um selbst groß zu werden
VERLEGER
Da kann der Verleger
nur Zaungast sein
Zaungast
Zaungast
BASSIST
Haben Sie das gehört
Zaungast Zaungast
hebt sein Glas und sagt
Trinken wir auf den Zaungast
auf unseren Zaungast
auf unseren Verleger als Zaungast
VERLEGER
Absolut
absolut ein Zaungast der Künste
Alle heben ihr Glas und trinken es aus
BASSIST
Wo ein solcher wie der Verleger
es doch die meiste Zeit
mit den wahren Schöpfungsspezialisten zu tun hat
mit der absolut hohen Kunst
als welche ich die Dichtung bezeichnen möchte
*zum Verleger direkt, während ihm sein Glas eingeschenkt
wird*
Ein ganzer Kopf voller Dichtung
die ganze poetische Geschichte in einem einzigen
Kopf
Ich frage mich
wie kann das ein Mensch aushalten
daß einem solchen der Kopf doch
von einem Augenblick auf den andern
explodieren müsse denke ich

Alle diese Tausende und Hunderttausende von
Werken
in einem einzigen Kopf
Das wäre doch nichts für mich
zu den Dienern plötzlich in die Hände klatschend
Die Diener öffnen Champagnerflaschen
Bassist befehlend
Champagner meine Herrschaften
Champagner ihr Ratten

VERLEGER
Die Dichtung
ist dem interpretierenden Volk
unerreichbar

BASSIST *mit beiden Fäusten auf die Tischplatte schlagend*
Champagner
Champagner
Champagner

Vorhang

Dritte Szene
Die Stimmen der Künstler

Alle wie in der vorangegangenen Szene mit ihren sich mehr und mehr steigernden, bald unerträglich lauten Tierstimmen aus vielen Lautsprechern von allen Seiten aufstehend von ihren Sesseln und sich zutrinkend und über allen diesen Tierstimmen das dreimalige schneidende Kikeriki des Hahns

Ende

Minetti

Personen

MINETTI, *ein Schauspielkünstler*
EINE DAME
EIN MÄDCHEN
DER LIEBHABER *des Mädchens*
PORTIER
LOHNDIENER
EIN ALTER HINKENDER MANN
EIN ALTES EHEPAAR
EIN LILIPUTANER
EIN BETRUNKENER
EIN KRÜPPEL
EIN KELLNER
MASKIERTE

Erste, zweite und dritte Szene: ein altes Hotel in Oostende
Nachspiel: Atlantikküste bei Oostende

Erste Szene

Halle
Ein alter englischer Aufzug links
Portierloge, Portier in alten Hotelbüchern blätternd, rechts
Eine (rotgekleidete) Dame auf einem alten Sofa, Virginier
rauchend und trinkend im Hintergrund
Ein Lohndiener kommt von links mit einem riesigen
alten Koffer herein und stellt ihn vor der Portierloge ab
PORTIER *aufblickend*
Was ist das
LOHNDIENER *leise zu ihm*
Ein komischer Herr
Portier und Lohndiener schauen in die
Richtung, aus welcher der Lohndiener gerade
den riesigen Koffer hereingetragen hat
DAME *trinkend, dann zum Portier*
Durchstehen
allein sein
Vergessen Sie meinen Champagner nicht
Wenn notwendig zwei Flaschen
ich will ihn allein trinken
allein
lacht auf und schaut in dieselbe
Richtung wie die andern
es ist ja gleichgültig
ich muß mich wehren wissen Sie
mit Nachdruck
Wehren
Die Welt ist tatsächlich
von Verrückten bevölkert
unglaublich
Die Verkommenheit ist typisch
zum Portier gewendet
Ein Schneesturm
tatsächlich ein Schneesturm
in die Richtung, in welche die beiden andern schauen
Dann setze ich mir die Maske auf
Mit Silvester werde ich fertig
ich habe meine Methode

trinkt
ich gehe mit meiner Affenmaske ins Bett
und warte
mit der Maske auf dem Gesicht auf dem Kopf
die ganze Champagnerflasche in einem Zug
Das ist schon das dritte Jahr
daß ich Silvester auf diese Art praktiziere
als ob sie einen merkwürdigen Menschen beobachtete
unter Umständen
zwei Flaschen
eine Finte natürlich
die Koketterie mit dem Ersticken
Eine Perversität
Ich bin dicker geworden
schon dreimal die Affenmaske zugeflickt
trinkt
zugeflickt
Mit gefalteten Händen unter der Affenmaske
Aber nicht zuhause
im Hotel wissen Sie
hier im Hotel
wie sich befehlend
Bis elf ausharren
und dann hinauf
aufs Zimmer
und die Maske aufgesetzt
und den Champagner ausgetrunken
und ins Bett
Die Maske auf dem Kopf
und die Strümpfe an den Beinen
lacht laut auf
Und funktionierts nicht
dann noch eine Flasche
*trinkt und schaut auf den Koffer, dann wieder in die
entgegengesetzte Richtung*
Zweifellos der Herr
der zu dem Koffer gehört
MINETTI *tritt auf in einem knöchellangen alten Wintermantel,
schwarzen Lackschuhen mit Gamaschen, einem breitkrem-
pigen Hut und einem Regenschirm auf dem linken Arm, ein
offenes Unterhosenband hängt ihm bis auf den Boden, und*

*geht langsam, sich nach allen Seiten umschauend, bis in die
Mitte der Halle und sagt zum Portier*
Minetti
*holt eine Geldbörse aus einer seiner Rocktaschen und sucht eine
angemessene Münze, hat er die Münze gefunden, will er sie
dem Lohndiener geben, indem er blitzschnell die Hand mit der
Münze nach dem Lohndiener ausstreckt, aber der Lohndiener
rührt sich nicht*
Da
*Lohndiener nimmt die Münze
Minetti schaut auf die Decke und auf alle Wände und in alle
vier Ecken der Halle*
Wie es sich verändert
wie es sich langsam verändert
zur Dame
vor dreißig Jahren
vor zweiunddreißig Jahren genau
das letztemal
zum Portier
Zimmer vierundsiebzig
vierundsiebzig
schaut wieder auf die Decke
Gänzlich verändert
Die Veränderung ist fortschreitend
Es ist alles nur eine Frage der Zeit
Dame trinkt
Eine Frage der Zeit
*Der Aufzug wird von oben geholt
Minetti stellt sich der Dame vor*
Minetti
der sich der klassischen Literatur
verweigert hat
schaut wieder auf die Decke
Den Fortschritt hassen
den Fortschritt hassen
zur Dame
Meinen Sie nicht
daß man den Fortschritt hassen muß
von einem bestimmten Zeitpunkt an
klopft sich mit beiden Händen den Mantel ab
Ein Schneesturm in Oostende

das ist eine Ungeheuerlichkeit
zur Dame
Ich habe hier
eine Verabredung
mit dem Schauspieldirektor
von Flensburg
Ich bin Schauspieler
schaut auf die Decke
Wie es sich verändert hat
Ich liebe Oostende
Das Grau
Die Küste
Die Atlantikküste
*Der Aufzug kommt mit einer größeren Gruppe Maskierter
herunter, die lachend und schreiend in die Halle stürzen und,
ihn beinahe umwerfend, an Minetti vorbei ins Freie
Minetti ihnen nach*
Unerhört
unerhört
*Dame entdeckt, während sie trinkt, Minettis Unterhosenband
Minetti zum Portier*
Ich erwarte den Schauspieldirektor von Flensburg
Zur Zweihundertjahrfeier des Theaters in Flensburg
spiele ich den Lear
Shakespeare
Ich habe dreißig Jahre nicht mehr gespielt
ich bin dreißig Jahre nicht mehr aufgetreten
zur Dame
Lear wissen Sie
King Lear
Das bedeutendste dramatische Werk
der gesamten Weltliteratur
*zitiert, zurückschauend in die Richtung,
aus der er gekommen ist*
Thou think'st 'tis much that this contentious storm
Invades us to the skin
so 'tis to thee
but where the greater malady is fix'd
the lesser is scarce felt
Du glaubst es ist viel
daß dieser streitsüchtige Sturm

uns bis auf die Haut dringt
so ist es für dich
aber wo die größere Krankheit festsitzt
wird die kleinere kaum gefühlt
schaut auf die Decke
Lear
zeigt mit dem Regenschirm in die rückwärtige rechte Ecke
Hier in dieser Ecke
habe ich mit Ensor gesprochen
mit Ensor persönlich
zeigt auf seinen Koffer
In diesem Koffer
ist Lears Maske
von Ensor persönlich
Diese Maske
des Lear
ist das Kostbarste
das ich besitze
zur Dame
Die Maske ist Lear
zeigt wieder mit dem Regenschirm in die Ecke
In dieser Ecke
Eine philosophische Abrechnung zweifellos
eindringlicher
James Ensor
Ich wollte die Learmaske
von Ensor
und Ensor
hat mir die Maske gemacht
laut
Eine ungeheure Perversität
die ganze Weltliteratur
auf dem Kopf
und vor dem Gesicht zu tragen
zeigt wieder in die Ecke
Ich glaubte plötzlich
er sei Shakespeare
während ich doch mit Ensor gesprochen habe
Das Theater ist eine ungeheuere Kunst
habe ich zu Ensor gesagt
machen Sie mir die Maske

für meinen Auftritt als Lear
habe ich gesagt
Dame trinkt
Aber Shakespeare war dem Mann kein Begriff
Er wollte den Lear
studieren
aber ich habe zu ihm gesagt
studieren Sie den Lear nicht
vergessen Sie die ganze klassische Literatur
die ganze verstehen Sie
Der Mann hatte keine Ahnung von Shakespeare
und überhaupt keine Ahnung von Lear
und überhaupt keine Ahnung von der Weltliteratur
Aber Ensor machte die Maske
für mich
die ungeheuerlichste Maske
die jemals gemacht worden ist
Mit dieser Maske spiele ich
zur Zweihundertjahrfeier des Theaters in Flensburg
Der Schauspieldirektor hat mein Wort
Ein solcher Künstler wie ich
kann einen Schauspieldirektor
nicht im Stich lassen
schaut auf die Decke
Lear
in Ensors Maske
Dame trinkt
Ein alter hinkender Mann tritt von rechts auf
und läßt sich vom Portier einen Zimmerschlüssel geben
und hinkt nach links ab
Minetti zum Portier
Hat denn der Schauspieldirektor
keine Nachricht hinterlassen
Wie spät ist es denn
PORTIER
Halb zehn mein Herr
MINETTI *schaut auf seine Taschenuhr*
Halb zehn
Ich habe mich verspätet
im Schneesturm
klopft seinen Mantel noch einmal ab, dann

Hat denn überhaupt niemand
nach mir gefragt
PORTIER
Nein mein Herr
Dame trinkt
MINETTI
Kein Telefonat
PORTIER
Nein mein Herr
Kein Telefonat mein Herr
MINETTI
Das wird sich aufklären
aufklären
an die Dame
aufklären
zum Portier
Ich werde warten
hier warten
hier in der Halle warten
zur Dame
Möglicherweise kennen Sie den Schauspieldirektor
aus Flensburg
er kommt alljährlich
um diese Zeit
Eine telegrafische Abmachung
hier im Hotel
um neun
schaut auf die Decke, dann
Das ist eine Überwindung
daß ich den Lear spiele
noch einmal spiele
und ein Höhepunkt
Nur ein einziges Mal meine Dame
dann nicht mehr
Das habe ich mir geschworen
niemehr
nur ein einziges Mal
Dreißig Jahre auf keiner Bühne
dreißig Jahre nichts
Ich habe mich der klassischen Literatur verweigert
den Lear ausgenommen

Jetzt noch einmal den Lear
in Ensors Maske
Es sind die Nerven
das entsetzliche Klima wissen Sie
Dame trinkt
Minetti ganz leise zur Dame
Er hat von Shakespeare
nichts verstanden
nichts
als ob er
nie etwas von Shakespeare
gehört hätte
und dann
dreht sich um und zeigt mit dem Regenschirm
auf den Koffer
diese Maske
Ich habe diese Maske
immer bei mir
in diesem Koffer meine Dame
keine Reise ohne diesen Koffer
und in dem Koffer ist Ensors Maske
Ich begehe den Verrat nicht
noch einmal Lear
Es ist der Wunsch des Schauspieldirektors
daß ich den Lear spiele
zur Zweihundertjahrfeier des Theaters in Flensburg
schaut in die Ecke und zeigt dann mit dem Regenschirm
in die Ecke
Ein schüchterner Mensch meine Dame
gleichzeitig fürchterlich
Ich hatte Angst
Die Künstler haben alle Angst
Angst
Angst
Kunst und Angst
Diese Menschen bestimmen den Gang der Geschichte
Gegenseitige Verletzungen wissen Sie
laut deklamierend
Was ist
die sogenannte Bildende Kunst
habe ich Ensor gefragt

ihm ins Gesicht
Er erwiderte nichts
Die sogenannte Schauspielkunst
fragte er
Nichts
Der Aufzug wird von oben geholt
Ein Zufall
eine Gastspielbesprechung
Eine Dame aus Rotterdam
mit einem fürchterlichen Schnupfen
mit welcher ich meinen Auftritt in Rotterdam besprochen habe
als Lear
Da habe ich Ensor getroffen
und mich mit Ensor verabredet
in diesem Hotel
wie ich mich jetzt
mit dem Schauspieldirektor verabredet habe
Und Ensor hat mir die Maske gemacht
und ich habe in Ensors Maske den Lear gespielt
ganz leise
Manchmal verfügen wir
über alles
Ein altes Ehepaar kommt von rechts in die Halle herein, läßt sich vom Portier einen Zimmerschlüssel geben und geht zum Aufzug, der, vollbesetzt mit jungen lachenden Maskierten heruntergekommen ist. Die Maskierten, mit Gläsern und Flaschen lachend und schreiend durch die Halle ins Freie, das alte Ehepaar besteigt den Aufzug und fährt hinauf
Minetti nachdem er das alte Ehepaar beobachtet hat
Lear
in Ensors Maske
schaut auf die Decke
Die Zufälle
sind das Erschreckende
DAME *plötzlich*
Ihr Unterhosenband mein Herr
ihr Unterhosenband ist offen
trinkt
Minetti bückt sich und sieht das offene Unterhosenband und versucht, das Unterhosenband zuzubinden, aber es gelingt ihm nicht

Zuerst geht das Unterhosenband auf
geht auf zuerst
trinkt und lacht
zuerst
das Unterhosenband
das Unterhosenband

MINETTI
Das Unterhosenband natürlich
natürlich das Unterhosenband
gibt seine Bemühung um das offene Unterhosenband auf
Lohndiener versucht das Unterhosenband zuzubinden,
was ihm schließlich gelingt
Die Zeiten ändern sich
zieht am Hemdkragen
Das Unterhosenband
Dame trinkt
Zunehmende Erschöpfung
Erschöpfung zunehmend
Lohndiener zurück an die Portierloge
Weil ich mich
der klassischen Literatur
verweigert habe

PORTIER *fragend*
Ein Zimmer mit Bad
Herr Minetti

MINETTI *abwehrend*
Kein Zimmer
kein Zimmer
Ich warte hier
schaut auf die Uhr
möglicherweise logiere ich
wer weiß
bin ich Gast des Schauspieldirektors
zeigt mit dem Regenschirm auf den Koffer
Wenn er hier stört
stellen Sie ihn weg
Lohndiener nimmt den Koffer und will ihn wegtragen
Minetti mit dem Regenschirm gegen den Lohndiener
Dalassen
stehenlassen
da stehenlassen

Lohndiener stellt den Koffer wieder ab, einen Meter von dem
Platz weg, auf dem er bis jetzt gestanden war
Da
da
Lohndiener hebt den Koffer wieder auf
Minetti zeigt mit dem Regenschirm an,
wo er will,
daß der Lohndiener den Koffer abstellt
Da
da
hierher
Lohndiener stellt den Koffer an der bezeichneten Stelle ab
Ensors Maske
Lohndiener zur Portierloge zurück
Die klassenlose Gesellschaft
versteht nichts
versteht nichts
Wir entwickeln fortwährend
eine Tragödie
oder eine Komödie
wenn wir die Tragödie entwickeln
im Grunde doch nur eine Komödie
und umgekehrt
mit dem Mittel der Zurechnungsfähigkeit
müssen Sie wissen
Immer wieder nur die Schauspielkunst
Dame trinkt
Existenz
Schauspielkunst
müssen Sie wissen
Die Konstruktion ist eine dramatische theatralische
Das Mittel immer wieder ein theatralisches
Der Gedanke
Schauspielkunst
Theater
Existenz
indem wir der Schauspielkunst dienen
eine ungeheuere Konstruktion
in welcher wir alles sind
Mein Bruder der Mathematiker
mit welchem ich vor dreiunddreißig Jahren

in diesem Hause
über das Integral gesprochen habe
ist den einen Weg gegangen
ich den andern
er den Weg der Wissenschaft
ich den Weg der Kunst
den Kunstweg meine Dame
Ich bin einer wahnsinnigen Idee verfallen
indem ich der Schauspielkunst verfallen bin
rettungslos verloren
in der Materie der Schauspielkunst
verstehen Sie
führte ich selbst die Existenz meines Bruders
die Mathematik ad absurdum
Die Schauspielkunst als Existenzzweck meine Dame
was für eine Ungeheuerlichkeit
Die Verdüsterung
die Verfinsterung
des Gemüts
Die Verhöhnung und Verspottung
nicht gescheut
Mit den Menschen gebrochen
mit allem und jedem gebrochen
zum Portier
Mit der Materie gebrochen mein Herr
für die Schauspielkunst
gegen das Publikum
gegen
gegen
gegen
immer wieder nur gegen
Mein Bruder ist dahin
zeigt mit dem Regenschirm in die eine Richtung
Ich selbst bin
zeigt in die entgegengesetzte Richtung
dorthin gegangen
Wenn wir unser Ziel erreichen wollen
müssen wir immer in die entgegengesetzte Richtung
zur Dame
In die entgegengesetzte Richtung meine Dame
zum Portier

Immer größere Einsamkeit
immer größeres Unverständnis
immer größeres Mißverständnis
immer tiefere Ablehnung
Haben wir unser Ziel erreicht
sind wir hinausgegangen
über unsere Idee hinausgegangen
aus der ganzen Menschengesellschaft hinausgegangen
aus der Natur hinausgegangen
schaut auf die Uhr
Wir haben die Materie verlassen
ein Augenblick ist es
ein kurzer Augenblick
der kürzeste Augenblick
wir sind tot
Das Schneiden einer Grimasse ist zurückgeblieben
nichts sonst
Eine Handbewegung
Der erschrockene Kopf
nichts sonst
zeitlebens machen wir
etwas vor
das kein Mensch versteht
Aber wir gehen diesen Weg
keinen andern
diesen einzigen Weg
bis wir tot sind
und wir wissen lebenslänglich nicht
ist es die Mathematik
ist es die Schauspielkunst
zur Dame
Es ist der Wahnsinn meine Dame
*glaubt, der Schauspieldirektor tritt ein, und will ihm entgegen,
aber es ist ein Liliputaner in einem Matrosenanzug, der sich an
der Portierloge den Zimmerschlüssel geben läßt und durch die
Halle zum Aufzug geht und mit dem Aufzug hinauffährt
Minetti einen Schritt zurücktretend, dann zur Dame*
Ich habe geglaubt
der Schauspieldirektor
ist eingetreten
Lohndiener will Minettis Koffer aufheben

Minetti stürzt hin und klopft dem
Lohndiener mit dem Regenschirm auf die Finger
Der Koffer bleibt da
da
da
Lohndiener zurück an die Portierloge
Vielleicht
kann sein
ich bleibe nicht
Daß ich weiterreise
zurückreise
nach Dinkelsbühl
nach einer Pause
In einem fürchterlichen Augenblick
habe ich die Maske aufgesetzt
lebenslänglich
die Gesellschaft ist erschrocken
Ich selbst bin lebenslänglich erschrocken
wir fürchten
was wir nicht sehen
Dame trinkt
Minetti zur Dame, mit dem Regenschirm hin und her
fuchtelnd
Der Schauspieler
der Künstler
der Wahnsinnige verstehen Sie
Der Bankrotteur
der Bühnensensibilist
der Gewalttäter
der Kunstgewalttäter
Dame trinkt
Der Schauspieler kommt an den Schriftsteller
und der Schriftsteller vernichtet den Schauspieler
wie der Schauspieler den Schriftsteller vernichtet
auslöscht verstehen Sie
Rechnung machen
Rechnung machen
Wenn wir die Rechnung machen
machen wir die Rechnung ohne den Schriftsteller
der Schriftsteller macht die Rechnung ohne den Schauspieler
In jedem Fall

kommen wir in den Wahnsinn
Und wenn der Schauspieler mit dem Schriftsteller abrechnet
und wenn der Schriftsteller mit dem Schauspieler abrechnet
ist die Natur verrückt
dann ist es Kunst meine Dame
Künstlerschaft
Diese Hunderte und Tausende und Hunderttausende
                                       Bemühungen
Anstrengungen zunichte gemacht
uns alle nur möglichen Verhetzungen und Verletzungen
                                       zugefügt
und uns erschlagen
vernichtet
wir können tun was wir wollen
zeigt mit dem Regenschirm in das Publikum
Da
muß sich ein solcher Verrückter als Wahnsinniger sagen
von da unten
wirst du umgebracht
zur Dame
Verstehen Sie meine Dame
die Welt ist angefüllt mit vernichtenden Kunstexistenzen
wie zu sich selbst
Verspottung
Verhöhnung
Vernichtung
schaut auf die Uhr
Wie er sich immer wieder
zu reden getraut der Verrückte
denken Sie
bückt sich, um zu sehen, ob das Unterhosenband wieder
aufgegangen ist oder nicht
Es ist nicht wieder aufgegangen
das Unterhosenband meine Dame
nicht wieder aufgegangen
Wie er sich immer wieder zu reden getraut
wo er schweigen sollte
immer nahe daran
tödlich zu verletzen meine Dame
in den Abgrund zu stürzen meine Dame
der Liliputaner von links durch die Halle gehend und ab

Minetti dem Liliputaner nachschauend
Wo alle schweigen
ist er der
der redet
so ist seine ganze Existenz immer
eine andere Existenz
sein Kopf ein anderer
was er verschweigt selbst
etwas anderes
er handelt anders
tippt sich an den Kopf
stirbt anders
zum Portier, sich an den Kopf tippend
In diesem Kopf mein Herr
ist alles anders
Alles ist anders mein Herr
andere Bücher gelesen
andere Philosophien studiert
völlig andere Menschen angetroffen zeitlebens
ein gänzlich anderes
ja ein gänzlich entgegengesetztes Naturverhältnis
betrachtet seine Schuhe
und alles ist nichts als ein Irrtum
zu der Dame, die trinkt
nicht wahr meine Dame
dadurch zerstört auch ein solcher wie ich
etwas anderes
als was ihm die Umwelt vorwirft
während er in die Katastrophe hineingeht
schaut auf die Decke
Dieses Hotel
ist voller Mißverständnisse
die einen Menschen wie mich
wahnsinnig machen müssen
wie die ganze Welt einen solchen wahnsinnig machen muß
Dame trinkt
Dann kommt es mir vor
als handelte es sich um nichts als um den Geistesunrat
wie zu sich
Empfindung
Zerstörung

Geistesunrat
will sich setzen und setzt sich erschöpft zur Dame auf das Sofa
Und nichts als Zweckmäßigkeit meine Dame
in welcher wir alle umkommen
umkommen meine Dame
schaut auf die Uhr
Der Geisteskünstler
der sich als Kopfkünstler tödlich verletzt hat
der in die Katastrophe hineingegangen ist

Zweite Szene

Wie vorher
MINETTI *wieder mit offenem Unterhosenband*
Plötzlich der Absturz
in die Bequemlichkeit
entsetzlich
verantwortungslos
Die Welt will unterhalten sein
aber sie gehört verstört
verstört verstört
wo wir hinschauen nichts
als ein Unterhaltungsmechanismus heute
In die Kunstkatastrophe meine Dame
in die unglaublichste aller Kunstkatastrophen
gehört alles hineingestoßen
hineingestoßen hören Sie
hineingestoßen
nach einer Pause
Der junge Mensch
der ich gewesen bin
der in die tödliche Schauspielkunst hineingegangen ist
und sich tödlich verletzt hat
Kein Mensch heute
der sich tödlich verletzt
wir existieren in einer abstoßenden Gesellschaft

die es aufgegeben hat sich tödlich zu verletzen
vor sich hinstarrend
Lear
auf der Suche
nach dem Kunstwerk
immerfort nach dem Geistesgegenstand
gegrübelt und gegraben
nach dem Kunstwerk
Dame trinkt
Kopfüber in das Kunstwerk
meine Dame
kopfüber
Mit dem Geistesgegenstand
gegen den Geistesunrat
mit dem Kunstwerk
gegen die Gesellschaft
gegen den Stumpfsinn
mit dem Regenschirm in die Luft schlagend plötzlich
Verjagen
mit gesenktem Kopf
Dem Stumpfsinn
die Geisteskappe aufsetzen
laut, empört
mit der Geisteskappe
den Stumpfsinn erdrücken
die Gesellschaft
alles
unter der Geisteskappe erdrücken
Ein Schauspiel anzetteln
und dem Stumpfsinn die Geisteskappe aufsetzen
Hören Sie meine Dame
Der Schauspieler reißt
dem Schriftsteller die Maske herunter
und setzt sie sich auf
und verjagt das Publikum
indem er dem Publikum die Geisteskappe aufsetzt
Wir dürfen nicht kapitulieren
nicht kapitulieren
wenn wir nachgeben
ist alles zu Ende
Wenn wir nur einen Augenblick nachgeben

ruft aus
Nicht einen Augenblick
leise, ruhig
Auf der Lauer
dem Stumpfsinn
die Geisteskappe aufsetzen
immer wieder
jeden Tag
rücksichtslos
gegen jeden
gegen alles
lebenslänglich
lebenslänglich verstehen Sie
Dame trinkt
Minetti zum Portier
Nicht beirren lassen
mein Herr
nicht beirren lassen
leise, mit dem Regenschirm den Horizont beschreibend
Dann herrscht plötzlich
Stille
vor dem gesprochenen Wort
ganz langsam und leise vor sich hin
Hören Sie
Das Meer
Die Mathematik
Die Mühsal
Das Entsetzen
Der Ehrgeiz
Die Verlassenheit
Wind
Küste
Dieses Wort Küste
beinahe singend
Küste
Küste
und dann
Nebel
Wahrnehmung
Eifersucht
plötzlich laut schreiend

Hilfe
ganz leise
Mord
zur Dame direkt
Wenn nurmehr noch das O herrscht
oder nurmehr noch das U
oder das I
wie wenn er krähte
Kikeriki
Kikeriki
Kikeriki
nach einer Pause
Blasphemie
zur Dame direkt
Überlegungen
Bewegungen meine Dame
Nachdenklichkeit
Wortlosigkeit
Lautlosigkeit meine Dame
Es ist ein Verspottungsprozeß
ein Verhöhnungsprozeß
und ein Verspottungsprozeß lebenslänglich
vor sich hinstarrend
Die Wissenschaft vom Kopf
und von den Beinen
*bemerkt das offene Unterhosenband, winkt den Lohndiener
heran und zeigt mit dem Schirm auf das Unterhosenband*
Da
da
Lohndiener bückt sich und bindet das Unterhosenband
Dame trinkt und lacht
Minetti zum Portier
Die Harmonie
Die Disharmonie
Kunstkörper mein Herr
Kunstkörper
alles Kunstkörper mein Herr
zum Lohndiener, mit dem Regenschirm nachhelfend
genug
genug
Lohndiener springt auf und zurück zur Portierloge

Ohr
Auge
Wahnsinn
Körperbeherrschung
Geistesbeherrschung
zur Dame
Magnetismus meine Dame
In einem einzigen Augenblick
die ganze klassische Literatur zeigen
wahrnehmen
und zerstören
vernichten
gleichzeitig
in einem einzigen Augenblick
Die ganze Geschichte auf den Kopf stellen
oder den Kopf auf die ganze Geschichte meine Dame
schaut auf die Uhr
In Flensburg meine Dame
Zur Zweihundertjahrfeier
mit gesenktem Kopf
Immer kränkelnd
immer verkühlt
sind diese Leute
die widerstandsfähigsten
die sich denken lassen
zur Dame direkt
Der Schauspieldirektor
ist ein Jugendfreund von mir
entfernt verwandt
sehr entfernt
in Flensburg
Die Erschöpfung
nicht aufkommen lassen
unterdrücken
mit dem Verstand
Dame trinkt
Minetti zum Portier
Nur die jungen Leute
haben zum Wahnsinn
eine Beziehung
eine Naturbeziehung

nur die jungen Leute
haben ein Verstandesmotiv
Der Aufzug kommt herunter und eine größere Gruppe lachender und schreiender junger Maskierter kommt heraus und eilt durch die Halle hinaus
Minetti ihnen nachschauend
Fanatismus
Intelligenz
und Fanatismus
zur Dame
Silvesterfanatismus
Silvester
die gleiche Menschengruppe wieder in die Halle herein und in den Aufzug und fahren hinauf
Silvesterfanatismus
Die Jugend getraut sich
schaut auf die Uhr
Theaterdirektoren
sind die Unverläßlichkeit selbst
die Unpünktlichkeit
Ein Schauspieler hat niemals
mit der Pünktlichkeit des Theaterdirektors zu rechnen
zur Dame
In Lübeck
in der Hansestadt Lübeck
vor vierzig Jahren müssen Sie wissen
wo ich Theaterdirektor gewesen bin
bevor ich mich endgültig
der klassischen Literatur verweigert habe
Ich habe es gehaßt
immerfort klassische Stücke zu spielen
Ich hasse die klassische Literatur
ich hasse die klassische Kunst
alles Klassische
Den Lear ausgenommen
Abgesetzt müssen Sie wissen
von den Senatoren verjagt
nach Dinkelsbühl
Früher oder später
werden alle Schauspieldirektoren verjagt
Aus dieser grauenhaften Stadt Lübeck

Alle diese am Meer gelegenen Städte stinken
aber in Lübeck stinkt es am mitleidlosesten
zur Dame direkt
Ich hasse die Ostsee
Ich liebe die Nordsee
Oostende verstehen Sie
Dünkirchen
schicksalhaft
sehr schicksalhaft
plötzlich
Aber meine ganze Vorliebe gilt England
England
von allen Ländern liebe ich England am meisten
Shakespeare und Scotland Yard
oder umgekehrt
als ob er den Regenschirm auf seiner rechten Schuhspitze
balancierte
Scotland Yard und England
Aber ein kontinentaler Schauspieler in England
ist eine Unmöglichkeit
Ein Mensch wie ich
ist absolut
zur Kontinentexistenz verurteilt
lebenslänglich meine Dame
Hier in Oostende glaube ich
die englische Luft einzuatmen
die englische Luft
Eine absolute Kontinentexistenz meine Dame
ist ein Unglück
zur Dame direkt
Einmal bin ich in
der Nähe von Folkestone
von einem Gastwirt
in den Ärmelkanal geworfen worden
zu Silvester
Angeklammert an eine Wochenendausgabe der TIMES
habe ich mich aus dem Wasser herausziehen lassen
insofern verdanke ich meine weitere Existenz
der TIMES
Ich habe mich oft gefragt
allerdings meine Dame

ob es nicht besser gewesen wäre
die TIMES außer acht zu lassen
Ich hätte mir viel erspart
zum Portier
Keinerlei Nachricht
Um neun verabredet
und keinerlei Nachricht
PORTIER
Keinerlei Nachricht
Herr Minetti
MINETTI *zur Dame, mit dem Schirm in die Ecke zeigend*
James Ensor und Shakespeare
Sie hätten sie sehen müssen die beiden
Da in der Ecke
schaut auf den Koffer
Seit dreißig Jahren
trage ich diesen Koffer mit mir
und in dem Koffer ist die Maske des Lear
von Ensor
und mehrere Zeitungsausschnitte
mich betreffend
Rezensionen
Artikel über mich
Vor allem alle Artikel
meinen Prozeß betreffend
den Prozeß betreffend
den die Stadt Lübeck gegen mich angestrengt hatte
weil ich mich der klassischen Literatur verweigert habe
Tatsächlich habe ich
den Prozeß verloren
Naturgemäß
ein Mensch wie ich
verliert jeden Prozeß
die korrupte Gesellschaft
gewinnt jeden Prozeß
Ich bin im Recht gewesen
aber die Stadt Lübeck hat den Prozeß gewonnen
Ich habe den Prozeß verloren
weil ich mich der Klassik verweigert habe meine Dame
Der einzelne
ist er noch so im Recht

verliert jeden Prozeß
*Ein Betrunkener tritt ein und holt sich vom Portier den
Zimmerschlüssel und geht zum Aufzug und fährt hinauf*
Alles was ich gehabt habe
hat mich dieser Prozeß gekostet
ganz leise
Weil ich mich der klassischen Literatur
verweigert habe
Ich habe mich daraufhin selbst
zu dreißig Jahren Einzelhaft in Dinkelsbühl verurteilt
Ich weiß wovon ich rede meine Dame
Das Leben ist eine Posse
die der Intelligente Existenz nennt
Ich bin aus Lübeck verjagt worden
seitdem hasse ich Lübeck
Die Heimatstadt
Ich habe mich dreißig Jahre geweigert
in einem klassischen Stück aufzutreten
Den Lear hätte ich gespielt
mit dem Lear ist es etwas anderes
Dadurch bin ich naturgemäß heruntergekommen
dreißig Jahre Dinkelsbühl
Selbstjustiz meine Dame
Ich habe nichts als diesen Koffer
Der Schauspieldirektor
Der Jugendfreund
Friese
Friese meine Dame
Friese
plötzlich pathetisch
Ganz Deutschland war gegen mich
und hat mich vernichtet
Wehe wenn es einer wagt
gegen die Gesellschaft
oder gegen die öffentliche Meinung
seinen Kopf durchzusetzen
Dreißig Jahre Dinkelsbühl
Alles was auch nur den Anschein hat
klassisch zu sein
verabscheue ich
ich fliehe das Klassische meine Dame

Ein bedeutender Künstler hat die Klassik zu fliehen
Dreißig Jahre beschäftigungslos in Deutschland
in Dinkelsbühl
weil ich mich der Klassik verweigert habe
Er springt auf, weil er glaubt, der Schauspieldirektor ist eingetreten, aber eingetreten ist nur ein Krüppel mit einer Hundemaske auf dem Gesicht, der auf Krücken seinen Zimmerschlüssel verlangt und durch die Halle zum Aufzug geht und mit dem Aufzug hinauffährt
Minetti dem Krüppel nachschauend
Lear
und Andere
nach einer Pause
Wer konsequent ist
fällt der Gesellschaftsvernichtung anheim
setzt sich wieder
Dame trinkt
Ich habe alle Möglichkeiten gehabt
aber ich habe keine dieser Möglichkeiten
ausnützen können
Wahrheitsfanatismus
Verfolgungswahn
Hypersensibilismus meine Dame
Dame trinkt
Es ist ein Gelübde
ein Gelübde ist es
zieht eine Fotografie aus der Rocktasche und gibt sie der Dame
Hier auf diesem Bild
sehen Sie mich
als Lear
Meine Abschiedsvorstellung in Lübeck
Die Dame betrachtet die Fotografie, vergleicht die Fotografie mit Minetti
Lear
in Ensors Maske
geradeaus blickend
Ein Portrait des Künstlers
als junger Mann
Die Dame gibt die Fotografie zurück
Ich habe den Lear

in ganz Norddeutschland gespielt
aber kein Mensch
hat den Lear verstanden
Shakespeare nicht
Lear nicht
nichts
direkt zur Dame
Das ist deprimierend meine Dame
steckt die Fotografie wieder ein
Wenn Sie umherreisen mit dem Lear
und kein Mensch versteht den Lear
und kein Mensch versteht Shakespeare
und kein Mensch versteht den Schauspieler
der den Lear spielt
greift sich mit beiden Händen an den Kopf
das ist Wahnsinn
nach einer Pause
Dann ist mir der Prozeß gemacht worden
dann bin ich abgesetzt worden
dann bin ich zu meiner Schwester nach Dinkelsbühl
nach Dinkelsbühl
wenn Sie wissen
wo das ist meine Dame
und habe mich versteckt
habe Gemüse gepflanzt
Kraut eingewintert
Zwiebelzöpfe geflochten
laut, aufbrausend
Lear hat sich versteckt
auf den Regenschirm gestützt, geradeaus blickend
Und jetzt werde ich den Lear spielen
nach dreißig Jahren
in Flensburg
*steht auf und geht zum Koffer und zeigt mit dem Regenschirm
auf den Koffer und sagt zur Dame*
Weil ich konsequent gewesen bin
konsequent meine Dame konsequent
*Der Aufzug kommt herunter mit Lachenden und
Schreienden, die aus dem Aufzug herausstürzen*

Dritte Szene

In der Bar. Minetti und Mädchen auf einem Sofa
Der Koffer im Vordergrund auf dem Boden
Mädchen mit einem kleinen Transistorradio neben sich,
daraus leise Jazzmusik

MINETTI
 Du glaubst es nicht
 Ich bin berühmt
 ich war berühmt
 Minetti
 der sich der klassischen Literatur verweigert hat
 Ich spielte den Lear in Lübeck
 Shakespeare
 Die Schauspielkunst
 ist eine hinterhältige Kunst mein Kind
 zeigt auf den Koffer
 In diesem Koffer
 habe ich die Beweise
 Zuerst habe ich
 mit ganz einfachen Tricks angefangen
 mit den einfachsten Tricks
 wie man Menschen verschwinden läßt
 zum Beispiel
 Zauberkünstler
 nichts als ein Zauberkünstler verstehst du
 durch ganz Norddeutschland
 bis nach Biarritz hinunter die ganze Küste
 mit meinem Vater
 aber plötzlich im Handgelenk
 hier siehst du
 zeigt sein rechtes Handgelenk, schüttelt es
 eine Entzündung
 meine Karriere war zu Ende
 Mein Vater war verzweifelt
 Die ganze Familie ist vor dem Ruin gestanden
 Ich habe Menschen verschwinden lassen mein Kind
 auf der Bühne
 drei Menschen gleichzeitig
 oder vier

oder fünf
plötzlich die Gelenksentzündung
verstehst du
schüttelt sein Handgelenk
Da erinnerte ich mich
meiner ursprünglichen Begabung
und ich wurde Schauspieler
ein absoluter Diener der dramatischen Literatur
Ich habe die Zauberkunststücke aufgegeben
für die dramatische Kunst mein Kind
für die dramatische Literatur
Shakespeare Strindberg verstehst du
plötzlich
Wie lange wartest du schon
MÄDCHEN
Nicht lange
MINETTI
Wir warten beide
Mädchen stellt die Musik lauter ein
Du wartest auf deinen Liebhaber
ich warte auf den Schauspieldirektor
Ich habe mit dem Schauspieldirektor von Flensburg
hier eine Verabredung
er hat mich eingeladen
in Flensburg den Lear zu spielen
Du weißt nicht was das heißt
Lear Shakespeare mein Kind
schaut um sich
Bei diesem Sturm
Du gehst wahrscheinlich auf einen Ball
mit deinem Geliebten
Was für eine Maske trägst du
Du trägst doch eine Maske nicht wahr
Mädchen schüttelt den Kopf
Keine Maske
Keine Maske mein Kind
Dreißig Jahre
habe ich den Lear nicht mehr gespielt
auf der Bühne nicht mehr gespielt
auf einer ordentlichen Bühne
Ich habe mich der klassischen Literatur verweigert

Aber ich brauche ja nur die Maske aufzusetzen
Die Maske ist von Ensor persönlich
Ich habe Ensor
zusammen mit Shakespeare gesehen
Da
zeigt in die Halle
Eine unglaubliche Begegnung
Warte
*holt die Fotografie aus der Rocktasche und zeigt sie
dem Mädchen*
Das bin ich
Lear
in der Maske von Ensor
zeigt auf das Bild
Als ganz junger Mann
Mädchen nimmt die Fotografie
Eine Sensation mein Kind
steht auf und zitiert
O reason not the need
our bases beggars are in the poorest thing superfluous
allow not nature more than nature needs
man's life is cheap as beast's
O erörtre nicht das Brauchen
unsere niedrigsten Bettler
haben in der ärmsten Sache Überfluß
erlaube nicht der Natur mehr
als die Natur braucht
des Menschen Leben ist billig wie das des Tiers
plötzlich
Wir dürfen uns nicht demütigen lassen
nicht demütigen mein Kind
Aber es gibt kein Lebensrezept
Jetzt zeige ich dir die Beweise
*öffnet den Koffer und entnimmt ihm verschiedene
alte Zeitungen*
Hier
liest aus einem Blatt vor
Hatte dieser bedeutende Künstler
dem das Theater so viele Höhepunkte verdankt
auch an diesem Abend in der Rolle des Lear
und in Ensors Maske

alles andere in der gesamten dramatischen Literatur
in den Schatten gestellt
In den Schatten gestellt
in den Schatten gestellt mein Kind
liest aus einer anderen Zeitung
Die Kunst dieses Schauspielers
ist auf dem Höhepunkt
Auf dem Höhepunkt
auf dem Höhepunkt mein Kind
liest aus einer anderen Zeitung
Einer unserer größten Schauspieler
der sich an diesem Abend wieder
ein Denkmal gesetzt hat
plötzlich
Genug
ekelhaft ekelhaft ekelhaft
es ist ekelhaft mein Kind
*nimmt die Zeitungen und stopft sie wieder in den Koffer hinein
und holt einen Pack anderer Zeitungen heraus*
Kurze Zeit später ist mir der Prozeß gemacht worden
aus Lübeck verjagt verstehst du
ich
aus Norddeutschland verjagt
weil ich mich der klassischen Literatur verweigert habe
Als Direktor
und als Schauspieler verjagt
In Dinkelsbühl bin ich wieder aufgewacht
in Dinkelsbühl
*mit dem Zeitungspack zum Sofa, er kniet sich vor das Sofa hin
und blättert in den Zeitungen*
Alles
was über den Prozeß geschrieben worden ist
Verleumdungen
Verdrehungen und Verleumdungen
nichts als Gehässigkeiten
Daß ich das Theater zugrunde gerichtet habe
Daß ich die Leute vor den Kopf gestoßen habe
daß ich
indem ich mich der klassischen Literatur verweigert habe
das größte Theaterverbrechen begangen habe
Daß ich das Theater lächerlich gemacht

und schließlich vernichtet habe
das Publikum betrogen
belogen und betrogen habe
nimmt eine Zeitung und liest
Hier da steht
Herr Minetti ist eine Schande für die Stadt Lübeck
Was war dein Vater
MÄDCHEN
Eisenbahnmaschinist
MINETTI
Eisenbahnmaschinist
Wo
MÄDCHEN
In Lüttich
MINETTI
In Lüttich
in dieser häßlichen Stadt Lüttich
mein armes Kind
setzt sich zum Mädchen auf das Sofa
da bist du eines Tages davon
Mädchen nickt
Du hast recht gehandelt
Wo man her ist
muß man so bald als möglich weg
weil man sonst zugrunde geht
*schaut in die Halle hinaus, ob der Schauspieldirektor kommt,
dann auf die Uhr*
Daß ich selbst nicht Lübeck
den Rücken gekehrt habe zeitgerecht
das hat sich gerächt
Wer den Posten eines Schauspieldirektors annimmt mein Kind
begeht Selbstmord
Wenn wir nicht etwas gelernt hätten
und wenn wir nicht unsere Kunst hätten
müßten wir jeden Tag immer tiefer verzweifeln
schaut in die Halle, ob der Schauspieldirektor kommt, dann
Zuerst sind sie alle pünktlich
aber dann
sind sie die Unpünktlichkeit selbst
Beinahe glaube ich
er kommt nicht mehr

aber letzten Endes will er etwas
nicht ich ich nicht
Es ist eine Ungeheuerlichkeit
einen Menschen
mit welchem man verabredet ist
sitzenzulassen
Minetti läßt man nicht sitzen
Aber die Schauspieldirektoren sind größenwahnsinnig
es hat eine Zeit gegeben
da haben die Leute gesagt
außer ihm gibt es keinen zweiten
Dann haben sie mir den Prozeß gemacht
weil ich mich der klassischen Literatur verweigert habe
Die Stadt Lübeck ist vertragsbrüchig geworden
Die Stadt Lübeck hat mich auf dem Gewissen
Die Heimatstadt hat ihre Söhne auf dem Gewissen
Der Geburtsort ist der Mörder des Menschen
plötzlich
Willst du sie sehen
Mädchen weiß nicht, was er meint
Die Maske
Ensors Maske
Die Learmaske
die mir Ensor gemacht hat
Ich zeige dir die Maske
versucht den Koffer zu öffnen, aber es gelingt ihm nicht
und er gibt auf
Es soll nicht sein
mein Kind
Später
vielleicht
dann
endgültig
In Flensburg setze ich die Maske wieder auf
und spiele den Lear
den ich dreißig Jahre
nicht mehr gespielt habe
zuletzt vor den Senatoren
vor niemand sonst
eine sogenannte geschlossene Vorstellung
Kein Applaus

nichts
mein Kind
Vollkommene Stille
nach dem Fallen des Vorhangs
nichts
sie rührten keine Hand
Eine Ungeheuerlichkeit
Dann haben sie mir den Prozeß gemacht
Der Schauspieler
ist das Opfer seiner fixen Idee einerseits
andererseits vollkommenes Opfer des Publikums
er zieht das Publikum an
und stößt es ab
in meinem Fall habe ich das Publikum
immer abgestoßen
je größer der Schauspieler
und je höher die Kunst des Schauspielers
desto heftiger ist das Publikum abgestoßen
Das Publikum strömt zu dem großen Schauspieler
und ist in Wirklichkeit abgestoßen von seiner Kunst
und je unglaublicher seine Kunst
desto heftiger ist das Publikum abgestoßen
Die Leute applaudieren
aber sie sind abgestoßen
Oder die Leute sind so abgestoßen wie die Senatoren in Lübeck
die so abgestoßen gewesen sind von meiner Kunst
daß sie überhaupt keine Hand mehr gerührt haben
Die Leute kommen in das Theater
um einen großen Schauspieler zu sehen
und sie sind gleich abgestoßen von seiner Unheimlichkeit
Zeigt der Schauspieler Unheimlichkeit
und er muß sie zeigen
ist das Publikum abgestoßen
Der Schauspieler hat sie zu zeigen
Unheimlichkeit sonst nichts
überdeutlich
nichts als Unheimlichkeit
Das Publikum strömt von allen Seiten
strömt strömt von allen Seiten
um den Schauspieler zu sehen
und der Schauspieler begegnet dem Publikum mit nichts

als mit Unheimlichkeit
Das Publikum wird auf die Probe gestellt
Das Publikum muß von dem Schauspieler entsetzt sein
Zuerst hat er es zu hintergehen
und dann hat er es zu entsetzen
Die großen Schauspieler haben ihr Publikum immer entsetzt
zuerst haben sie es hintergangen
und dann haben sie es entsetzt
in die Geschichtsfalle gelockt
in die Geistesfalle
in die Gefühlsfalle
hineingelockt in die Falle
und entsetzt
Der größte Feind des Schauspielers
ist sein Publikum
Wenn er das weiß
steigert er sich in seiner Kunst
In jedem Augenblick muß sich der Schauspieler sagen
das Publikum stürzt auf die Bühne
In diesem Zustand hat er zu spielen
gegen das Publikum
gegen die Menschenrechte verstehst du
Zeitlebens habe ich
gegen das Publikum gespielt
um die Anspannung auszuhalten
um nicht geschwächt zu sein
Mein Vater der Zauberkünstler
war mein Lehrer
mein einziger Lehrer verstehst du
der rücksichtsloseste
Der Verstandesmensch
von ihm lernte ich
hören
und sehen
zu verstehen mein Kind
Die Menschen haben kein Ohr
um zu hören
sie haben keine Augen
um zu sehen
sie haben keinen Verstand
Wir leben in einer vollkommen verstandeslosen Gesellschaft

wer das nicht begreift mein Kind
schaut auf die Uhr
zu sich
Nur ein einziges Mal
zur Zweihundertjahrfeier
ganz leise
Die Fahrkarte
von Dinkelsbühl nach Oostende
hat mich mein ganzes Geld gekostet
Wenn er nicht kommt
steht auf und geht bis zur Halle,
kommt enttäuscht wieder zurück
zum Mädchen
Du kennst die Menschen nicht
sie sind nur dazu da
sich gegenseitig hineinzulegen
zu sich
möglicherweise
ist das Ganze
eine Mystifikation
eine Mystifikation
Ich glaube
der Schauspieldirektor ist es
aber ein Liliputaner kommt herein
oder ein Verkrüppelter
Jedesmal wenn die Tür aufgeht glaube ich
es ist der Schauspieldirektor
zum Mädchen
Ich habe das Beweismittel verloren
das Telegramm
in welchem mich der Schauspieldirektor auffordert
nach Oostende zu kommen
setzt sich zum Mädchen
Dreißig Jahre
habe ich jeden Tag in der Frühe
die Learmaske aufgesetzt
vor dem Spiegel mein Kind
dreißig Jahre jeden Tag in der Frühe ein paar Augenblicke Lear
in Dinkelsbühl
Ich habe in Berlin gespielt
in Moskau

in Minsk
in Konstantinopel
Ein Schauspielkopf wie kein zweiter
Heuchelei
nichts als Heuchelei
plötzlich in einem einzigen Augenblick
habe ich mich der klassischen Literatur verweigert
haßte ich die Klassik
alles Klassische
in diesem Augenblick hatte ich die ganze Welt gegen mich
Die Künstler hängen zeitlebens
ob sie es wahrhaben wollen oder nicht
von der sogenannten Gebildeten Welt ab
und verweigert sich ein Künstler der klassischen Kunst
läßt ihn die sogenannte Gebildete Welt fallen
er ist ein toter Mann mein Kind
schaut auf die Uhr
Zuerst glaubte ich
ich ziehe mich enttäuscht
naturgemäß enttäuscht
nur auf die kürzeste Zeit nach Dinkelsbühl zurück
in dieses kleine verschlafene Nest
in welchem sich die Krautköpfe Gutenacht sagen
aber ich bin ganze dreißig Jahre
in Dinkelsbühl geblieben
dreißig Jahre mein Kind
in welchen ich die gesamte klassische Literatur studiert habe
damit ich am Ende gewußt habe
warum ich mich ihr verweigere
Den Lear ja
aber die ganze übrige klassische Literatur nein
In der Dachkammer meiner Schwester in Dinkelsbühl
spielte ich an jedem Dreizehnten des Monats
vor dem Spiegel den Lear
immer pünktlich um acht am Abend
in Ensors Maske mein Kind
um nicht aus der Übung zu kommen
Und an jedem gewöhnlichen Tag
eine angemessene Deklamation mein Kind
Learsätze
immer die gleichen Learsätze

und an jedem Dreizehnten den kompletten Lear
einmal in Englisch
und einmal in Deutsch
in meiner eigenen Übersetzung natürlich
Der Künstler ist erst der wahre Künstler
wenn er durch und durch wahnsinnig ist
wenn er sich in den Wahnsinn hineingestürzt hat
bedingungslos
sich zur Methode gemacht hat
Der wahre Künstler mein Kind hat sich den Wahnsinn
seiner Kunst zur Methode gemacht
mag die Welt denken und schreiben was sie will
Er darf nur kein Angsthase sein
Der Künstler darf kein Angsthase sein natürlich
Die Gesellschaft hat mir den Boden entzogen
indem sie mir die Bühne entzogen hat
und die Senatoren haben mir den Prozeß gemacht
und meine Existenz ruiniert
aber meine Künstlerschaft hat unter dieser Gemeinheit
nicht gelitten
im Gegenteil
Aber welche Anstrengung mein Kind
vehement
In Dinkelsbühl in der Dachkammer meiner Schwester
Künstler sein
Niemals die Frage
ob etwas statthaft ist oder nicht niemals
Jeder Tag bringt nichts als Beweise
für die Niederträchtigkeit und die Unverschämtheit
und für die Unzurechnungsfähigkeit der Menschen
die sich die menschliche Gesellschaft nennt mein Kind
Die Menschheit flüchtet tagtäglich
in die klassische Literatur
denn in der klassischen Literatur ist sie unbehelligt
und in die klassische Malerei
und in die klassische Musik
daß es zum Kotzen ist
In der Klassik ist die Gesellschaft unter sich
unbehelligt
Aber ein Künstler hat sich dem Vorgang
dieser Schamlosigkeit zu verweigern

zum Mädchen direkt
Aber was geht ein solches schönes Kind wie dich an
was ein solcher Verrückter denkt
plötzlich aufgebracht
Ich bin der aufgebrachte Künstler
zum Unterschied von dem andern
der entsetzte
zum Unterschied von dem andern
zum Mädchen direkt
Warten mein Kind
Je länger du wartest
desto schöner bist du
zu sich
Es ist ein Märchen
ein Märchen ist es
schaut in die Halle hinaus, dann zum Mädchen
Der Schauspieldirektor
ist ein alter Freund von mir
wir sind zusammen
in die Schule gegangen
er ist schon zwanzig Jahre
Schauspieldirektor in Flensburg
Friese verstehst du
Friese
er ist Friese
Weißt du wie klein Dinkelsbühl ist
Man merkt daß ich dreißig Jahre
in Dinkelsbühl gelebt habe
schaut sich von oben bis unten an
So sieht ein Mensch aus
der dreißig Jahre in Dinkelsbühl gelebt hat
existiert hat
Diese alte Hose
dieser alte Rock
diese alten Schuhe
dem Mädchen ins Gesicht
Nicht nach Dinkelsbühl gehen
nicht nach Dinkelsbühl
leise
Du liebst ihn nicht wahr
wie alt ist er

MÄDCHEN
Siebzehn
MINETTI
Siebzehn
Wie ich siebzehn gewesen bin
habe ich angefangen
mich mit Shakespeare zu beschäftigen
Nicht mit dem Lear
Aber mit achtzehn
habe ich schon den Lear gespielt
schon mit achtzehn
Wenn er siebzehn ist dein Liebhaber
hat er viel vor
sehr viel vor
Ist er aus Oostende
Mädchen nickt
Minetti bestimmt
Geht nicht weg aus Oostende
meine ganzen Ersparnisse
habe ich für die Reise geopfert
Die Rückreise könnte ich
nicht bezahlen
eine Gruppe Lachender und Schreiender durch die Halle,
die man nicht sieht
Die Leute retten sich
durch diesen Tag
indem sie sich betrinken
Masken aufsetzen
Die längste Zeit starre ich
auf die Tür
aber er kommt nicht
zitiert Lear
Thou wert better in a grave
than to answer with thy uncover'd body
Du wärst besser in einem Grab
als mit deinem unbedeckten Körper
zum Mädchen
Hast du Geschwister
MÄDCHEN
Ja

MINETTI
Brüder
MÄDCHEN
Zwei Brüder
MINETTI
Wo leben die Brüder
MÄDCHEN
In Lüttich
MINETTI
In dieser fürchterlichen Stadt Lüttich
Geschwister
ist etwas Schönes
Ich hatte einen Bruder
er ist in Lübeck begraben
jedes Jahr bin ich
an das Grab gegangen
an die Stelle
wo er begraben ist
Jetzt dreißig Jahre nicht mehr
plötzlich aufgebracht
Man hat mich aus Lübeck verjagt
endgültig
für immer
zitiert Lear
Thou wert better in a grave
than to answer with thy uncover'd body
Mädchen dreht das Transistorradio lauter auf
Es ist ein Unglück
daß ich nach Oostende gefahren bin
Ohne etwas zu sagen
bin ich weg
Sie werden mich suchen
Der Süden Deutschlands ist fürchterlich
aber noch fürchterlicher
ist der Norden
Habe ich dir gesagt daß mir Ensor
für den Prospero
die Maske versprochen hat
Wenn ich Prospero spiele
habe ich zu ihm gesagt
Prospero hätte ich spielen sollen

Prospero
zeigt in die Halle hinaus
Ein Sturm kommt auf
Dort in der Ecke
hat mir Ensor die Maske für Prospero versprochen
Ich sagte
ich hätte Zeit
In zwanzig Jahren vielleicht
sagte ich
Den Lear jetzt
den Prospero in zwanzig Jahren
Zwanzig Jahre nach dem Lear Prospero
Aber Ensor ist tot
Ich habe Prospero nie gespielt
immer nur davon geträumt
ihn zu spielen
In Dinkelsbühl habe ich immer davon geträumt
den Prospero zu spielen
in Dinkelsbühl
in der Dachkammer geträumt
mein Kind
Dreißig Jahre lang
aufgestanden
und vor den Spiegel getreten
und den Lear gespielt
Die Leute sagten
ich sei verrückt
Mädchen dreht das Transistorradio leiser
aber ich dachte
die Leute sind verrückt
Immer wieder Lear Lear Lear
Während ich längst für verrückt erklärt worden bin
aufundabgehend
den Lear
Der Sturm wird heftiger
Bis ich ein Angebot bekomme
den Lear
auf einem richtigen Theater zu spielen
aufgefordert den Lear zu spielen auf dem Theater
Die Kunst verkommt leicht mein Kind
wenn der Künstler nachläßt

sich beirren läßt
auch nur einen einzigen Augenblick nachläßt
heftig
Nicht nachlassen mein Kind
nicht nachlassen
Die Verhöhnung ertragen
die Verspottung
Dreißig Jahre bin ich verhöhnt
und verspottet worden in Dinkelsbühl
steht auf und stülpt zuerst die rechte, dann die linke
Manteltasche um
Ich habe es verloren
das Telegramm
das Beweismittel
Zur Zweihundertjahrfeier
den Lear spielen
in Flensburg
schaut auf die Tür
Plötzlich verfallen wir
einer Idee
und wir verfolgen diese Idee
und wir können gar nicht mehr anders
als diese Idee verfolgen
horcht
zum Mädchen
Hörst du den Sturm
Die ganze Küste tobt
wie die Küste tobt
sie tobt die Küste
Oostende im Schneesturm mein Kind
Eine größere Gruppe lachender und schreiender Maskierter
kommt von der Halle herein
ein paar machen vor Minetti halt
DER ERSTE *zeigt auf Minetti mit einer Flasche*
Dieser Mann wartet
schon zwei Stunden auf den Schauspieldirektor
DER ZWEITE
So sagt es der Portier
DER DRITTE
Und die rotgekleidete Dame sagt es

DER ERSTE
  Sagt es
DER ZWEITE
  Sagt es
DER DRITTE
  Sagt es
  Alle lachen laut auf und ziehen ab
MINETTI *bebend vor Wut, ihnen nachrufend*
  Unerhört
  unerhört
  ganz leise
  Unerhört
  Das Mädchen dreht das Transistorradio leiser
  Die Unverschämtheit dieser Leute
  kennt keine Grenzen
  Die klassenlose Gesellschaft
  ist verrückt geworden
  Er setzt sich erschöpft auf das Sofa
  Mädchen stellt das Transistorradio wieder lauter
  Minetti zum Mädchen
  Nicht weg aus Oostende
  Mädchen schüttelt den Kopf
  Nicht weg aus Oostende
  aus Oostende nicht
  nach einer Pause
  Ich hätte nicht nach Dinkelsbühl
  gehen sollen
  leise
  Ich habe mich nicht mehr weggetraut
  Dreißig Jahre
  hatte ich Angst
  fortwährend Angst
  meinen Text zu verlieren
  Daß ich den Lear
  nicht mehr spielen kann
  setzt sich neben das Mädchen und schaut auf den Koffer
  Wir sind dreißig Jahre
  zusammengeblieben
  der Koffer und ich
  Eine Verschwörung
  steht auf und geht zum Koffer und öffnet ihn und nimmt eine

Zeitung heraus und setzt sich wieder neben das Mädchen und liest dem Mädchen aus der Zeitung vor
Heute hat der abgesetzte Schauspieldirektor Minetti
die Stadt Lübeck verlassen
Die Bürger atmen auf
faltet die Zeitung zusammen und steht auf und drückt sie in den Koffer hinein und macht den Koffer zu, indem er mit dem rechten Knie nachhilft, und setzt sich wieder neben das Mädchen und schaut auf die Uhr
Punkt elf
MÄDCHEN *stellt das Transistorradio lauter und fragt*
Magst du Musik
Minetti streckt die Beine ganz aus und nickt nach einiger Zeit
DAME *kommt, beinahe im Marschschritt, aber nicht völlig betrunken, aus der Halle und geht mit hocherhobenem Kopf an Minetti und dem Mädchen vorbei, während sie sagt*
Gute Nacht mein Herr
und schlafen Sie gut
Ein Kellner mit zwei Flaschen Champagner auf einem Tablett hinter ihr nach
MINETTI *den beiden nachschauend, dann lauschend*
Ich mag Musik
sehr gern
Liebhaber erscheint in der Bar und das Mädchen springt auf und zu ihm hin, die beiden küssen sich, das Mädchen entdeckt, daß es das Transistorradio auf dem Sofa stehengelassen hat und will es mitnehmen, dreht es aber nur ein wenig lauter auf und geht zu seinem Liebhaber zurück und schaut noch einmal auf Minetti. Dann beide ab.
Minetti mit weit ausgestreckten Beinen und mit geschlossenen Augen nachdenklich, horchend.

Nachspiel

Atlantikküste bei Oostende. Minetti auf einer Bank. Vor ihm sein Koffer. Immer heftiger werdendes Schneetreiben. Der Verkrüppelte mit der Hundemaske von rechts immer schneller an Minetti vorbeihumpelnd, links verschwindend
MINETTI *schaut dem Verkrüppelten nach*
dann nach einer Pause zu sich
Weg
Steht auf und forscht, ob er unbeobachtet ist, und öffnet den Koffer und nimmt die Learmaske heraus und macht den Koffer wieder zu, wobei er mit dem rechten Knie nachhelfen muß, und forscht wieder, ob er unbeobachtet ist, und setzt sich wieder auf die Bank und legt die Learmaske neben sich auf die Bank und holt aus seiner linken Manteltasche eine kleine silberne Dose, aus der Dose nimmt er mehrere Tabletten, die er blitzartig schluckt. Dann setzt er ebenso blitzartig die Learmaske von Ensor auf und stellt den Mantelkragen hoch und steckt die Hände in die Manteltaschen und bleibt so starr geradeaus blickend längere Zeit hocken und sagt dann
Schnell weg
Von links nähert sich die Gruppe der Maskierten, die vorher in der Bar an ihm vorbeigezogen ist, noch betrunkener, laut lachend und schreiend und zieht an ihm vorbei.
DER LETZTE *der Maskierten bleibt einen Augenblick stehen und erkennt Minetti und zeigt mit dem Zeigefinger auf ihn und ruft*
Der Künstler
Der Schauspielkünstler
und läuft weg
Minetti bleibt bewegungslos, bis er vollkommen zugeschneit ist

Ende

Immanuel Kant

... das soll nicht heißen,
daß man im Theater Leben darstellen soll...

Antonin Artaud

Personen

KANT
KANTS FRAU
ERNST LUDWIG
FRIEDRICH, *ein Papagei*
MILLIONÄRIN
KAPITÄN
ADMIRAL
KUNSTSAMMLER
STEWARD
SUBSTEWARD
KOCH
SCHIFFSOFFIZIERE
MATROSEN
PASSAGIERE
ÄRZTE
PFLEGER
MUSIKER

Auf Hoher See

Vorderdeck

Zwei Klappstühle, sechs Sessel
Steward hinter dem rechten Klappstuhl salutierend
Kant, seine Frau, dahinter Ernst Ludwig (den zugedeckten
Käfig mit Friedrich in der rechten, einen Sack mit Körnern in
der linken Hand haltend) treten auf
Dampfpfeifen pfeifen
STEWARD *Haltung annehmend*
Guten Morgen, Herr Professor Kant
Kant vortretend, den Klappstuhl begutachtend
Wind West
Nordwest
Herr Professor Kant
FRAU KANT
Es ist kühl heute
zum Steward
Sie müssen meinen Mann heute
besonders gut zudecken
STEWARD
Wind West Nordwest
Ausgezeichnete Wetterbedingungen
ausgezeichnete Herr Professor
Dampfpfeifen pfeifen
Frau Professor
Ich habe den Chefmeteorologen persönlich befragt
zu Kant gewendet
in Ihrem Auftrag Herr Professor Kant
KANT
Alle möglichen Stufen
der Exzentrizität
von den Planeten
bis zu den Kometen
FRAU KANT
Mein Mann hat in der Nacht
eine zweite Bettdecke verlangt
aber kein Mensch hat ihm
eine zweite Bettdecke gebracht
Er leidet seit seinem sechsten Lebensjahr
Dampfpfeifen pfeifen

an Verkühlungen
KANT
  Die Natur wirkt hier
  wie anderwärts
  durch unmerkliche Abfälle
  unmerkliche
  Steward und Frau Kant richten Kants Klappstuhl
  Dampfpfeifen pfeifen
  Kant die beiden beobachtend
  Ich spreche von der genauen Zirkelbewegung
  der Partikel
  des Grundstoffes
  wiewohl von der Zwecklosigkeit
  der Natur
  meine Herrschaften
  plötzlich, während Frau Kant und der Steward den Klappstuhl
  Kants richten, zu Ernst Ludwig
  Nicht abrupt die Decke abnehmen
  nicht abrupt
  Friedrichs Augenlicht
  ist das kostbarste
  Die sogenannten Schriftgelehrten
  und die Papageien
  haben das empfindlichste Augenlicht
  Der wahre Philosoph
  in sich selbst
  Langsam
  ganz langsam
  nur nach und nach
  ziehst du ihm die Decke ab
  befehlend
  Stell ihn hin
  Ernst Ludwig will den Käfig auf einen Sessel stellen
  Nicht d a h i n
  nicht auf d i e s e n Sessel
  auf den Sessel neben meinem Klappstuhl
  Friedrich in nächster Nähe
  zeigt mit dem Stock auf den Sessel neben seinem Klappstuhl
  d a h i n stellst du
FRIEDRICH
  Dahin dahin

KANT
Natürlich dahin
Ernst Ludwig stellt den Käfig auf den Sessel neben Kants Klappstuhl
FRAU KANT
Ein so intelligentes
ein so hochphilosophisches Tier
KANT
Psittacus erithacus
der Philosoph an sich
in sich selbst
an sich
FRIEDRICH
Psittacus erithacus
FRAU KANT
Er sah ganz leblos aus
in der Frühe
aber dann nannte mein Mann seinen Namen
Mein Mann sagte Friedrich Friedrich Friedrich
KANT
Friedrich
FRIEDRICH
Imperativ Imperativ Imperativ
Ernst Ludwig will an der Käfigdecke ziehen
KANT *klopft ihm mit dem Stock auf die Finger*
So nicht
nicht s o
Zaghaft
nach und nach
FRIEDRICH
Nach und nach
zaghaft
KANT
Alle machen sie solche
plumpen Handbewegungen
und verstören
und erschrecken ihn
FRAU KANT *zu Kant*
Willst du dich nicht setzen
KANT *als ob er nicht gehört hätte*
Spezifisch

>   mit Leichtigkeit
>   Sensibilität
>   *zieht leicht an der Käfigdecke*
>   *zu Ernst Ludwig*
>   So mußt du
>   vorsichtig
>   äußerst vorsichtig
>   an der Decke ziehen
>   so vorsichtig
>   nur nach und nach
>   kann das Licht
>   in den Käfig eindringen
>   der psittacus erithacus
>   ist der empfindlichste
> FRAU KANT *zu Ernst Ludwig anklagend*
>   Ernst Ludwig
>   jetzt sind Sie schon fünfundzwanzig Jahre bei uns
>   und können noch immer nicht
>   die Decke vom Käfig abnehmen
>   *Ernst Ludwig zieht mit Kant an der Käfigdecke*
> KANT
>   So
>   nach und nach
>   *Ernst Ludwig zieht etwas schneller*
>   *Kant klopft ihm auf die Finger*
>   Langsam sage ich
>   *Beide ziehen an der Käfigdecke*
>   *Kant plötzlich*
>   Noch nicht
>   noch nicht
> FRAU KANT *zu Kant*
>   Setz dich doch
> KANT *geht zu seinem Klappstuhl*
>   Je weiter
>   die ausgebreiteten Teile des Urstoffs
>   von der Sonne entfernt sind
>   desto schwächer ist die Kraft
>   die sie zum Sinken bringt
>   *setzt sich in den Klappstuhl*
>   Achnein
>   *will wieder auf, es gelingt ihm aber nicht allein*

Frau Kant und der Steward helfen ihm
Manchmal scheint mir
ich höre auch schon schlecht
Andererseits höre ich
je schlechter ich sehe
desto besser
Ein einziger Wettlauf
um das Augenlicht
Amerika
meine einzige Hoffnung
zum Steward
Alles in Ordnung
Dampfpfeifen pfeifen
auf Hoher See
STEWARD *Haltung annehmend*
Alles in Ordnung
auf Hoher See
KANT *setzt sich wieder, nachdem sein Klappstuhl gerichtet worden ist, dann*
Ich muß
die Ideallinie haben
befeuchtet seinen rechten Zeigefinger und hält ihn hoch in die Luft
West Nordwest
Ideallinie
STEWARD *Haltung annehmend*
West Nordwest
Ideallinie
FRIEDRICH
Ideallinie Ideallinie
FRAU KANT *zu Ernst Ludwig*
Rücken Sie Friedrich
ganz nahe an meinen Mann heran
Ernst Ludwig rückt Friedrich ganz an Kant heran
Erst wenn Friedrich
ganz nahe an ihn herangerückt ist
findet mein Mann die Ideallinie
KANT *als ob er die Ideallinie suchte, mit ausgestreckten Armen*
Die Ideallinie
jetzt habe ich die Ideallinie
FRIEDRICH
Imperativ Imperativ Imperativ

KANT *sich zurücklehnend*
Zu den Anfängen der Himmelskörper
zurück
in den Urstoff
Mein Name ist Leibniz sagte er
In den Geschichtsfundus
hinunter
Möglicherweise
ist die Verengung der Pupille
auf Überanstrengung zurückzuführen
*Steward wickelt Kant oben und unten in jeweils zwei
Decken ein*
Der Blick
auf die Ursachen
plötzlich
Die Columbiauniversität
verleiht mir den Ehrendoktor
v e r l e i h t
zum Steward
Es gibt keine besseren
Augenprofessoren
als die Augenprofessoren
von der Columbiauniversität
Es ist kein Zufall, daß ich ausgerechnet
von der Universität eingeladen worden bin
die die besten Augenprofessoren der Welt hat
Kant verliert sein Augenlicht nicht
Meine Frau liest mir
zwischen ein und zwei Uhr früh
meine Neue Schätzung der lebendigen Kräfte vor
Eine Absurdität
auf Hoher See
aber dadurch ertrage ich die Turbinen besser
Diese Vorlesestunde ist unentbehrlich geworden
Die Gesetze gelten nicht
über alle Bewegungen
ohne Betrachtung ihrer Geschwindigkeit
ruft aus
Exzentriker
Luxusfanatiker
plötzlich

Es ist zu tief
viel zu tief
Steward und Frau Kant richten Kants Klappstuhl
Die Exzentrizität
ist das vornehmste Unterscheidungszeichen
der Kometen
*zieht langsam zum Erstaunen von Ernst Ludwig die
Käfigdecke ab*
Psittacus erithacus
kontrolliert Friedrich
Alles in Ordnung
FRIEDRICH
Imperativ Imperativ Imperativ
KANT *zu Friedrich*
Das Verfahren ist eröffnet
FRIEDRICH
Das Verfahren ist eröffnet
KANT *zu Ernst Ludwig*
Setz dich
du Tolpatsch
zu Frau Kant
Setz dich doch meine Liebe
*deckt, assistiert von Ernst Ludwig, Friedrich wieder zu
plötzlich, den rechten Zeigefinger befeuchtend und
hochhaltend*
West Nordwest
Volle Fahrt voraus
STEWARD *Haltung annehmend*
West Nordwest
volle Fahrt voraus
Frau Kant und Ernst Ludwig setzen sich
KANT
Jupiter
Mars
Merkur
Zentralkraft
*Ernst Ludwig steht auf und richtet die Käfigdecke und setzt
sich wieder*
Exzentrizität
weil die Sonne in ihrer Achsendrehung
der Geschwindigkeit des Merkurs

noch lange nicht gleichkommt
horcht auf Friedrich

FRIEDRICH
Noch lange
nicht gleichkommt

KANT
Approximativ
Umschwunggeschwindigkeit
Hitze
zu Frau Kant
Du hättest die dicke Suppe
nicht essen sollen gestern abend
zu Ernst Ludwig
Das Weltgewissen
ist in dir tot
endgültig tot

FRAU KANT
Ernst Ludwigs Schwester
ist tot
schreibt ihr Mann

KANT *zu Ernst Ludwig*
Sei froh
auf Hoher See
keine Möglichkeit
für einen Begräbnisbesuch
Wie alt war deine Schwester

ERNST LUDWIG
Siebenunddreißig

KANT
Siebenunddreißig
Eine Katzenzunge lang
eine Katzenzunge lang
horcht auf Friedrich

FRIEDRICH
Eine Katzenzunge lang
eine Katzenzunge lang
Frau Kant winkt den Steward zu sich und flüstert ihm etwas ins Ohr

KANT *zu Friedrich gleichzeitig*
Die Dämonen
die der Natur gemäß sind

Der Widerstand aller Teile
die Partikel des Urstoffes
West Nordwest
FRIEDRICH
West Nordwest
FRAU KANT *zum Steward*
Bringen Sie uns den Speisezettel
Steward will gehen
Frau Kant ruft ihn zurück
Hören Sie Steward
Steward macht kehrt zu Frau Kant
Frau Kant während Kant etwas zu Friedrich flüstert
Mein Mann wünscht sich Kuttelflecke
Kuttelflecke
verstehen Sie
flüstert dem Steward etwas ins Ohr
KANT *sagt gleichzeitig, von Friedrich wieder abgewendet,*
aufs Meer hinausschauend
Der Erblindende
hört immer ausgezeichneter
FRIEDRICH
Ausgezeichneter ausgezeichneter
KANT
Leibniz
mein Name ist Leibniz
sagte Leibniz
Steward ab
FRAU KANT
Heute abend
gibt es eine Verlobung an Bord
KANT
Eine Verlobung
FRAU KANT
Die Millionärin
spendiert eine Marzipantorte
mit drei Meter Durchmesser
KANT
Ich habe die Ideallinie
FRAU KANT
Drei Meter Durchmesser
genau einssechsundsiebzig groß

>   wie der Verlobte
>   weißt du wer der Verlobte ist
>
> KANT
>   Der optische Schein
>   der neunzehn Kometen trügt
>
> FRIEDRICH
>   Trügt
>
> FRAU KANT
>   Der Mineraliensammler aus Gelsenkirchen
>   ist der Verlobte
>   Und weißt du
>   wer sie ist
>
> FRIEDRICH
>   Eine Baronesse aus Clairvaux
>   aus Clairvaux
>
> KANT
>   Die spezifische Dichtigkeit des Stoffes
>   ist immer die gleiche
>
> FRAU KANT
>   Die Millionärin fährt
>   zum drittenmal nach Amerika
>   sie betreibt seit zwanzig Jahren
>   die Hebung der Titanic
>   Ihre Großmutter ist
>   mit der Titanic untergegangen
>   und mit der Großmutter
>   der ganze Familienschmuck
>   Die Millionärin ist aus Ludwigsburg
>
> FRIEDRICH
>   Ludwigsburg Ludwigsburg Ludwigsburg
>
> KANT *fragend*
>   Aus Ludwigsburg
>
> FRAU KANT
>   Kohle Koks Metall
>
> KANT *zu Friedrich*
>   Psittacus erithacus
>
> FRIEDRICH
>   Psittacus erithacus
>
> FRAU KANT
>   Sie macht Linolschnitte
>   sie hat schon einmal in Amerika

eine Ausstellung ihrer Linolschnitte gemacht
KANT
Der optische Schein
der neunzehn Kometen trügt
FRAU KANT
Sie sagt
sie kennt dich
Übrigens hat der Kapitän
deine Exzentrizität der Planetenkreise gelesen
Am letzten Abend
vor unserer Ankunft in Amerika
sind wir seine Gäste
am Lampionfest
an seinem Tisch
mit dem Kardinal
mit dem Admiral
und Friedrich natürlich
und Ernst Ludwig natürlich
KANT
Und Ernst Ludwig natürlich
Steward kommt und gibt der Frau Kant den Speisezettel
Kant plötzlich, sich aufrichtend
Das ist zu tief
viel zu tief
Dampfpfeifen pfeifen
Ich muß die ideale Linie haben
Steward richtet Kants Klappstuhl
fährt Ernst Ludwig an und klopft ihm mit dem Stock auf die Knie
Was sitzt du da
und starrst
hilf dem Steward
FRIEDRICH
Hilf dem Steward hilf dem Steward
Ernst Ludwig springt auf und hilft dem Steward
KANT
Glaubst du
ich bezahl dich umsonst
Ernst Ludwig vor Kant auf den Knien, Kants Füße in die Decken einwickelnd
Kant mit dem Stock Ernst Ludwig berührend

Alle diese Kreaturen wie du
werden für die Faulenzerei bezahlt
Wir haben dich als Diener verpflichtet
ich und Friedrich
wir beide
aber wir bezahlen einen Dummkopf
du bist nicht einmal die Kopfstücke wert
die ich dir in den fünfundzwanzig Jahren gegeben habe
die du bei uns bist
zu Frau Kant
Wie lang ist Ernst Ludwig in meinen
und in Friedrichs
in unseren Diensten wie lang
FRAU KANT
Fünfundzwanzig Jahre
KANT *ausrufend*
Fünfundzwanzig Jahre
zu Ernst Ludwig
Du bist genauso stumpfsinnig wie am ersten Tag
Du kannst mir noch immer nicht
die Füße einwickeln
und wenn ich sage
du sollst meinen Brei umrühren in der Frühe
kannst du es nicht
ganz zu schweigen von allen andern Verrichtungen
Friedrich hätte einen anderen Diener verdient
zu den andern
Fortwährend muß ich Angst haben
der Dummkopf
der jetzt schon fünfundzwanzig Jahre meinen
kostbaren Friedrich hinter mir her trägt
läßt meinen Friedrich fallen
und mein Friedrich ist tot
Eines Tages
wird er ihn fallen lassen
schlägt Ernst Ludwig auf den Rücken und herrscht ihn an
Dann wird abgerechnet
abgerechnet mit deinesgleichen
Noch ist die Zeit für dich
aber der Zeitpunkt ist abzusehen
in welchem alles gegen dich

und überhaupt gegen den Stumpfsinn ist
befeuchtet sich den rechten Zeigefinger und hebt ihn hoch
West Nordwest
tatsächlich West Nordwest
STEWARD
West Nordwest Herr Professor Kant
KANT
Kant
auf Hoher See
Kant ist
aus Königsberg
nie hinausgekommen
sagt man
Wo Kant ist ist Königsberg
STEWARD *mit einer Nackenrolle*
Die Nackenrolle auch
Herr Professor
FRAU KANT
Geben Sie ihm die Nackenrolle
FRIEDRICH
Nackenrolle Nackenrolle Nackenrolle
KANT
Geben Sie mir die Nackenrolle
Steward legt die Nackenrolle unter Kants Nacken
Die Erde hat etwas an sich
was man mit der Ausbreitung der kosmischen Dünste
und ihren Schweifen vergleichen kann
wendet sich zu Friedrich und flüstert ihm etwas ins Ohr
FRAU KANT *gleichzeitig*
Manchmal leidet mein Mann
ganz plötzlich an der Verdünnung der Luft
KANT *mit erhobenem Kopf*
Der Stichtag
wird ein Dienstag sein
FRIEDRICH
Dienstag sein
FRAU KANT *in den Speisezettel vertieft*
Dienstag laufen wir ein
STEWARD *nimmt Haltung an*
Wenn alles gutgeht
laufen wir Dienstag ein

KANT *befeuchtet den rechten Zeigefinger und hebt ihn hoch*
  West Nordwest nicht wahr
STEWARD
  West Nordwest Herr Professor Kant
  geht ab
KANT *zu seiner Frau*
  Du hättest die dicke Suppe
  nicht essen sollen
  Jeder vernünftige Mensch
  ißt auf Hoher See
  Hochseekost
  Du ißt die kontinentale Kost
  zu Ernst Ludwig
  Das fette Essen
  ist dein Übel
  horcht am Käfig
  Der psittacus erithacus
  ist der intelligenteste
  Vor siebzehn Jahren
  habe ich ihm
  beispielsweise
  den Satz gesagt
  Einen einzigen unbedingt ersten
  allgemeinen Grundsatz für alle Wahrheiten
  gibt es nicht
  Gestern hat er mir diesen Satz
  korrektest
  korrektest gesagt
  Steward kommt mit einem Pack alter Zeitungen
  Wie alt sind die Zeitungen
STEWARD
  Sechs Wochen Herr Professor Kant
KANT
  Dann ist es gut
  ich lese grundsätzlich nur Zeitungen
  die mindestens vier Wochen alt sind
  sechs Wochen alt
  noch besser
  Steward gibt die Zeitungen der Frau Kant
  Diese alten Blätter
  haben eine nützliche Wirkung

sie verursachen keinerlei Erregungszustand
Natürlich
was die Außenwelt anbetrifft
bin ich
je nach dem Alter der Zeitungen
vier oder fünf oder sechs Wochen zurück
Das Allerneueste
ist längst vergessen
zum Steward
Zuerst
vor dreißig Jahren
hat meine Frau mir
nur französische Blätter vorgelesen
vor zwanzig Jahren auf einmal nurmehr noch englische
jetzt lese ich nur noch die deutschen Zeitungen
Ich hatte niemals den Ehrgeiz
portugiesische Blätter zu lesen
beispielsweise
zu Ernst Ludwig
Hast du die Körner gut gemischt
zeig her
Ernst Ludwig springt auf und zu Kant hin
Kant auf den Sack zeigend
Mach auf
ich will sehen
ob du die Körner gut gemischt hast
psittacus erithacus
FRIEDRICH
Psittacus erithacus
KANT
Wenn er mehrere Sätze
unausgesprochen
unausgesprochen wohlgemerkt zusammenfaßte
täuschte er den Schein
eines einfachen Grundsatzes
nur vor
Ernst Ludwig öffnet den Sack und läßt Kant hineinschauen
Kant fragend
Halbhalb
ERNST LUDWIG
Halbhalb

KANT
>   Professor Drahtgut
>   behauptete
>   die Körner sollten gequetscht sein
>   Er irrte
>   der psittacus erithacus
>   muß ganze unverletzte Körner zu sich nehmen
>   Die sogenannten Tierwissenschaftler
>   haben bereits die ganze Tierwelt degeneriert
>   *zum Steward*
>   An Sonntagen
>   bekommt mein Friedrich
>   eine geröstete Frühstückssemmel
>   er verzehrt sie mit größtem Vergnügen
>   Ich habe das einmal dem Professor Drahtgut gesagt
>   Mein psittacus erithacus
>   verzehrt zum Frühstück
>   eine geröstete Semmel habe ich gesagt
>   Drahtgut hat mir nicht geglaubt
>   Daraufhin habe ich den Professor Drahtgut
>   eingeladen zum Frühstück
>   er hat sich höchstpersönlich davon überzeugen können
>   daß Friedrich imstande ist
>   eine geröstete Semmel zu verzehren

FRIEDRICH
>   Drahtgut Drahtgut Drahtgut

KANT
>   Das war das einzige Mal
>   daß ich Friedrich
>   einem Professor ausgesetzt habe
>   Dieser Mann hatte sich naturgemäß
>   auf Friedrich verheerend ausgewirkt
>   *zu Ernst Ludwig*
>   Du mußt die Körner für Friedrich
>   kontrollieren
>   jedes einzelne Korn genauestens kontrollieren
>   *ruft aus*
>   Daß er mir keinen Stein verschluckt
>   In Höchst
>   du erinnerst dich
>   hast du ihm einen Stein

ERNST LUDWIG
Ein Steinchen
KANT
Achwas einen Stein
in den Sack gegeben
Ob aus Unaufmerksamkeit
und also völlig unabsichtlich
oder vorsätzlich
weiß ich nicht
zum Steward
Friedrich wäre
beinahe
daran erstickt
FRIEDRICH
Erstickt erstickt erstickt
KANT *zum Steward*
Sie hätten die Blässe
Friedrichs Blässe sehen sollen
Ernst Ludwig will den Sack zumachen
Kant hindert ihn daran und entnimmt dem Sack eine
Körnerprobe
zum Steward
Ich entnehme dem Sack
immer eine Körnerprobe
seit Ernst Ludwig Friedrich
einen Stein in den Sack gegeben hat
steckt das Korn in den Mund und zerkaut es
zu Ernst Ludwig
Sind es die brasilianischen
oder die aus Guatemala
ERNST LUDWIG
Die aus Guatemala
KANT
Also die guatemaltekischen
Ernst Ludwig nickt
Tatsächlich sind die Körner
aus Guatemala
bekömmlicher
als die brasilianischen
bekömmlicher und billiger
zum Steward direkt

Das kommt sehr oft vor
daß etwas bekömmlicher
und gleichzeitig billiger ist
Nicht immer ist das Teuerste
auch das Beste
kaut wieder deutlich sichtbar
Korn aus Guatemala
für Friedrich
plötzlich ausspuckend, laut
Auf einem Luxusdampfer
Schließlich sind wir
auf einem Luxusdampfer
zum Steward
Zuerst habe ich mich
nicht entscheiden können
entweder ich entschließe mich
für den coracopsis vasa

FRIEDRICH

Coracopsis vasa

KANT

Oder für den psittacus erithacus

FRIEDRICH

Psittacus erithacus

KANT

Der coracopsis vasa
lebt noch länger
Verschiedene Exemplare
sind über siebzig geworden
zu Friedrich
In zwei Jahren
feiern wir deinen fünfzigsten Geburtstag
Möglicherweise
auf Hoher See
wer weiß
blickt um sich
dann miete ich
ein noch viel größeres Schiff
nur für diesen Geburtstagszweck
zum Steward über Friedrich
Am liebsten hat er es
wenn meine Frau mir

und also auch ihm
aus den Nürnberger Nachrichten vorliest
das erheitert ihn
da lacht er sich beinahe zu Tode
Je ernster der Inhalt
desto größer die Gefahr
daß er sich zu Tode lacht
befeuchtet den rechten Zeigefinger und hebt ihn in die Luft
West Nordwest
volle Fahrt voraus
STEWARD *Haltung annehmend*
West Nordwest
Volle Fahrt voraus
KANT *zu Frau Kant*
Wir können anfangen
horcht am Käfig
über Friedrich
Seine Aufmerksamkeit
ist die größte
Kein Mensch
mit einer solchen Aufmerksamkeit
Dampfpfeifen pfeifen
Meine bedeutendsten meine wichtigsten Vorlesungen
habe ich vor Friedrich gehalten
Ich weiß warum Friedrich
halte ich eine Vorlesung
immer den ersten Platz hat
noch vor dem Professorenkollegium
Dampfpfeifen pfeifen
zum Steward
Deshalb ist Friedrich auch
der Meistgehaßte
am meisten hassen ihn die Universitätsprofessoren
denn er sitzt immer
an erster Stelle
Die Professoren beneiden ihn
um seine Aufmerksamkeit
Es entgeht ihm nichts
während den Gelehrten
beinahe alles entgeht
Ich bin von Anfang an

nur mit Friedrich gereist
  heimlich
  naturgemäß
  durch ganz Deutschland
  Kant ist aus Königsberg
  nicht hinausgekommen
  wird gesagt
  aber wo Kant ist
  ist Königsberg
  Königsberg ist
  wo Kant ist
  zu Friedrich
  Wo ist Königsberg
FRIEDRICH
  Wo Kant ist
KANT
  Und wo ist Kant
FRIEDRICH
  Kant ist wo Königsberg ist
KANT *ausrufend*
  Psittacus erithacus
  Die Menschheit
  ist die Einsilbigkeit
  an sich
  Wenn das Gegenteil von etwas
  bejaht wird
  wird es selbst verneint
  Wenn das Gegenteil von etwas
  wahr ist
  ist dieses selbst falsch
  Leibniz sagte er
  Professor Leibniz
FRIEDRICH
  Leibniz Leibniz
KANT
  Leibniz fürchtete sich
  vor Friedrich
  Leibniz weigerte sich
  in Königsberg eine Vorlesung zu halten
  weil er es nicht vertragen konnte
  daß Friedrich anwesend ist

Leibniz hat
wegen Friedrich
abgesagt
Ein Seekranker wird von einem Steward an Kant und seiner
Gesellschaft vorbeigeführt
Die Seekrankheit ist
der Beweis
für alles
zu Ernst Ludwig
In Zukunft kaufst du
nurmehr noch
die guatemaltekischen Körner
keine brasilianischen mehr
ERNST LUDWIG
Keine brasilianischen
KANT *hebt den Kopf*
Als ob der Wind
sich drehte
befeuchtet den rechten Zeigefinger und
hebt ihn hoch in die Luft
Wind West Nordwest
STEWARD
Wind West Nordwest
volle Fahrt voraus
Herr Professor
KANT
Es heißt
an einem Dienstag in Amerika an Land gehen
bedeutet Unglück
FRAU KANT *auflachend*
Für dich
bedeutet es Glück
Immanuel
für dich Glück
Was für die andern ein Unglück
ist für dich nur ein Glück
KANT *nachdenklich*
Sicher erwarten mich die Professoren
in Schwarz
Aber ich gehe weiß
von Bord

zu allen Anwesenden
Wir gehen alle
weiß von Bord
weiß
weiß
Mit Ausnahme von Ernst Ludwig
der schwarz von Bord gehen muß
FRAU KANT
Ernst Ludwig schwarz
wieso denn
ausgerechnet Ernst Ludwig
KANT
Weil seine Schwester gestorben ist
FRAU KANT
Aber Immanuel
deswegen
muß er doch nicht in Schwarz von Bord gehn
KANT
Möglicherweise genügt
in diesem Fall
eine schwarze Binde
am rechten Arm
FRAU KANT
Wo sollten wir für Ernst Ludwig
einen schwarzen Anzug hernehmen
KANT
Auf einem solchen Hochseeluxusschiff
wird sich auch
ein schwarzer Anzug in jeder Größe
auftreiben lassen
auf einem solchen Luxusschiff
ist nichts unmöglich
zu Frau Kant direkt
Aber du hast recht
es tut auch die schwarze Binde
nähst du ihm eine schwarze Binde
FRAU KANT
Aber natürlich Immanuel
KANT
Der Tod der Schwester
verpflichtet zum Tragen

der schwarzen Binde wenigstens
  wenigstens
  zu Ernst Ludwig
  wenigstens
  wenigstens
ERNST LUDWIG
  Wenigstens
KANT *zu Ernst Ludwig*
  An was ist sie denn gestorben
ERNST LUDWIG
  An der Gartenschaufel
KANT
  An der Gartenschaufel
ERNST LUDWIG
  Die Gartenschaufel
  hat ihr den Kopf zertrümmert
KANT
  Ein absurder Tod
  an der Gartenschaufel
  den Kopf zertrümmert
  Eine Ungeschicklichkeit
  und die Gartenschaufel
  zertrümmert den Kopf
  zum Steward
  Wir reisen
  wie Sie wissen
  zum erstenmal
  nach Amerika
  Ich hatte niemals das Verlangen
  nach Amerika
  Eine Amerikareise ist eine Perversität
  Ich reise im Grunde nur
  meiner Frau zuliebe
  Sie hatte schon immer
  diesen lebenslänglichen Wunsch
  Jetzt wo dich die Columbiauniversität
  zum Ehrendoktor ernannt hat
  mußt du nach Amerika
  hat sie zu mir gesagt
  und ohne zu zögern willigte ich ein
  Stellen Sie sich vor

ich habe ohne zu zögern eingewilligt
Ich wollte mit nichts
nur mit meinem Kopf und mit Friedrich
und mit Ernst Ludwig natürlich reisen
aber jetzt haben wir ein solches großes Gepäck
die Frauen reisen immer mit großen Koffern
Eine Geschmacklosigkeit natürlich
Was mich persönlich betrifft
genügt es mir
meine Kleider
jeden zweiten Tag
wechseln zu können
Alles was nicht ist
ist nicht
alles was ist
ist
Der Satz der Identität
müssen Sie wissen
horcht am Käfig
Manchmal glaube ich
er ist schon tot
aber dann entdecke ich
daß seine Intensität die größte ist
zum Steward
Höre ich nichts
überhaupt nichts
ist seine Intensität am größten
Meiner Frau mißtraut er
das weibliche Geschlecht
verabscheut er
Tatsächlich war es meiner Frau vorbehalten
sich abfällig über Friedrich zu äußern
Kein Mensch hat sich das jemals getraut
meine Frau getraute sich Friedrich
herabzusetzen
In Zoppot hat meine Frau
Friedrich herabgesetzt
aber ich habe meine Frau
vor Friedrich
zur Rechenschaft gezogen
sie mußte sich bei Friedrich entschuldigen

seither ist es meiner Frau nicht mehr gestattet
Friedrich zu kämmen
ein Privileg
das meine Frau dreißig Jahre innehatte
Nur Ernst Ludwig darf Friedrich kämmen
Friedrich wird jeden Tag
zwischen fünf und halb sechs Uhr früh gekämmt
Meine Frau wollte ihm einmal die Nägel lackieren
das hätte mich beinahe wahnsinnig gemacht
nur eine Frau kann
auf eine solche Perversität kommen
In der Nacht
versperre ich Friedrichs Zimmer
höchstpersönlich versperre ich
Friedrichs Zimmer in der Nacht
und Ernst Ludwig bewacht es
Hier auf dem Schiff
haben wir natürlich Schwierigkeiten
in unserer Generalordnung
Ich hätte die ganze Reise nicht gemacht
wenn ich nicht eine Extrakabine
für Friedrich bekommen hätte
eine beinahe völlig geräuschlose Extrakabine
denn Friedrich verträgt absolut keinen Lärm in der Nacht
der psittacus erithacus
braucht absolute Nachtruhe
das Schwierigste auf einem Ozeanschiff
Meine Frau hatte sich in Friedrich verliebt
vor dreißig Jahren
ich habe ihr ein Ultimatum gestellt
entweder oder
sie hatte auf Friedrich verzichten müssen
In Königsberg hatte sich
diese Liebschaft herumgesprochen gehabt
Ich habe meine Frau auf ein Jahr nach Zoppot geschickt
in dieser Zeit bin ich mit Friedrich allein gewesen
das war meine schönste Zeit
zum Steward plötzlich
Volle Fahrt voraus
STEWARD *Haltung annehmend*
Volle Fahrt voraus Herr Professor

KANT
   Eine Operation
   bewiese natürlich alles
   eine Operation die es mir ermöglichte
   das Kopfinnere Friedrichs zu sehen
   ich hätte den vollkommenen Beweis
   zum Steward direkt
   Dieser Kopf speichert alles
   was ihm jemals gesagt worden ist
   ein solcher vollkommen geordneter Kopf wie kein zweiter
   Wenn ich das Kopfinnere sehen könnte
   und festhalten könnte
   ich hätte den vollkommenen Beweis
FRIEDRICH *plötzlich aufgeregt*
   Imperativ Imperativ Imperativ
KANT
   Ich habe mir diese Amerikareise mit Friedrich
   sehr lange und sehr gründlich überlegt
   Tatsächlich es ist
   kein Risiko
   Friedrich allein
   in die Universitäten der Welt
   zu schicken er könnte alles
   was ich jemals gedacht habe
   auf das vorzüglichste referieren
   horcht am Käfig
   Es ist nur der Dünkel der Wissenschaft
   daß sie sich auf ein solches Abenteuer
   nicht einläßt
   Im Auftrage Kants
   referiere ich
   beispielsweise
   über den Satz des Widerspruchs
   so höre ich Friedrich
   zu Friedrich
   Was sagst du
   wenn die Vorlesung abgeschlossen ist
FRIEDRICH
   Ich danke für Ihre Aufmerksamkeit
KANT
   Alles was ist

ist
alles was nicht ist
ist nicht
Die Welt ist die Kehrseite
der Welt
Die Wahrheit die Kehrseite
der Wahrheit
zum Steward über Friedrich
Er lebt ganz
in meiner Begriffswelt
Er verabscheut
was ich verabscheue
Er zieht zur Rechenschaft
was ich zur Rechenschaft ziehe
plötzlich
Von wann sind denn die Zeitungen
STEWARD
Vom fünfundzwanzigsten
KANT
Also vom fünfundzwanzigsten August
STEWARD
Naturgemäß Herr Professor Kant
KANT
Denn wir haben heute
den fünfundzwanzigsten September
zu Frau Kant
Wie ersehnen meine Augen
das nächste Regenwetter
Diese fortwährende Sonne
blendet mich beinahe gänzlich
Wenn es nach meinen Augen ginge
müßte ich mich die ganze Seereise lang
unter Deck aufhalten
in der Kabine
Aber in der Kabine glaube ich
ersticken zu müssen
Auch Friedrich leidet
in der Kabine
unter der Angst ersticken zu müssen
zu Ernst Ludwig
Siehst du nicht

daß mich an den Füßen friert
zu den Umsitzenden und zum Steward
Er sieht es nicht
Er hat die besten Augen
und sieht nichts
Ernst Ludwig springt auf und wickelt
Kants Füße noch fester in die Decken ein
Die Diener
leiden an absoluter Blindheit
während sie
nachgewiesen
die besten Augen haben
alles sehen
und nichts
stößt mit den Beinen gegen die Decke und Ernst Ludwig muß
Kants Füße von neuem einwickeln
FRIEDRICH *laut*
Imperativ Imperativ Imperativ
KANT
Ich habe nicht denken können
einmal in meinem Leben
eine solche Seereise zu machen
Es geht um mein Augenlicht
Frau Kant flüstert dem Steward etwas ins Ohr
Ein kleiner Schnitt
in die Iris
ein winziger Eingriff
FRAU KANT
Du bringst Amerika die Vernunft
Amerika gibt dir das Augenlicht
KANT
Kant geht
nach Amerika
um sein Augenlicht zu retten
FRAU KANT
Ganz Amerika
wartet auf dich
Die Zeitungen sind voll
von Berichten über dich
KANT
Columbus hat Amerika entdeckt

Amerika hat Kant entdeckt
Frau Kant flüstert dem Steward etwas ins Ohr
Tatsache ist
daß Ernst Ludwigs rechter Arm
dicker ist
als sein linker
weil er schon dreißig Jahre
Friedrichs Käfig trägt
Frau Kant lacht laut auf
Kant befeuchtet den rechten Zeigefinger
und hält ihn hoch
West Nordwest
volle Kraft voraus
STEWARD *nimmt Haltung an, salutiert*
Wind West Nordwest
volle Kraft voraus
FRIEDRICH
Volle Kraft voraus
KANT
Der Präsident der Vereinigten Staaten
besucht meine erste Vorlesung
Ich glaube er versteht
viel von Musik
einer der wenigen musikalischen Persönlichkeiten
Amerikas
zum Steward
Ich verwende naturgemäß
immer die indirekte Schlußart
FRAU KANT *zum Steward*
Wir haben
hinter unserem Haus
für Friedrich ein eigenes Haus gebaut
in welchem alles tropisch ist
KANT
Tropisch
subtropisch
FRAU KANT
Jeden Samstag
ist Friedrich in den Tropen
KANT *zum Steward*
Die Urheimat

des psittacus erithacus
Guinea Angola
der Victoriasee wissen Sie
zu Friedrich
Deine Urheimat
FRIEDRICH
Urheimat Urheimat
KANT
Alles
dessen Gegenteil falsch ist
ist wahr
FRIEDRICH
Ich danke für Ihre Aufmerksamkeit
KANT *plötzlich zum Steward*
Sind hier Eisberge
STEWARD
Kein Eisberg
Herr Professor Kant
Frau Kant flüstert dem Steward etwas ins Ohr
KANT
Wer sagt
daß nicht da
wo gesagt wird
kein Eisberg
ein Eisberg ist
Denken Sie nur an die Titanic
FRIEDRICH
Titanic Titanic
KANT *horcht am Käfig*
Alle diese Leute
mit ihrem Luxus
untergegangen
Die Konzertkapelle hat gespielt
während alles untergegangen ist
zum Steward
Haben Sie nie Angst gehabt
unterzugehen
Sind Sie Schwimmer
STEWARD
Ich bin Nichtschwimmer
Herr Professor Kant

KANT *ruft aus*
　Nichtschwimmer
　Er ist Nichtschwimmer
　Da hätte ich Tag und Nacht
　keine Ruhe
　Ich bin Schwimmer
　Ich bin immer ein guter Schwimmer gewesen
　Meine Frau ist Nichtschwimmerin
　Ernst Ludwig schwimmt auch
　zu Friedrich
　Und Friedrich kann fliegen
　wenn es sein muß
　er überflügelt uns alle
　Frau Kant flüstert dem Steward etwas ins Ohr
　Der erste hier
　der untergeht
　ist Ernst Ludwig
　zu Frau Kant
　Ich sehe wie du dich
　an Ernst Ludwig klammerst
　und wie Ernst Ludwig dich hinunterzieht
　Was für ein tragisches Ende
　zum Steward
　Sagen Sie
　wie viele Rettungsboote
　stehen hier zur Verfügung
STEWARD
　Zweiundzwanzig Rettungsboote
　Herr Professor
KANT *ruft aus*
　Kinder und Frauen zuerst
　Ach
　deckt sich beide Augen zu
　mich schmerzen meine Augen
　Tatsächlich
　ich habe das Glaukom
　nicht verdient
　Das Augenlicht
　ist das Wichtigste
　ohne Augenlicht
　ist auch mein Kopf verloren

treibt dahin
FRAU KANT *hat längere Zeit den Speisezettel studiert*
zum Steward
Meinem Mann zerkleinern Sie das Kalbfleisch
Keine Sauce
kein Salat
KANT *nimmt die Hände von den Augen und schaut*
aufs Meer hinaus
Alles ist trüb
trüb
trüb
trüb
FRAU KANT
Mir geben Sie das Steak wie es ist
gepfeffert
FRIEDRICH
Gepfeffert
Ernst Ludwig ist aufgestanden und will die Käfigdecke
abnehmen
KANT *aufgebracht*
Unterstehe dich
und nimm die Decke ab
Sogar ich
leide unter dem grellen Licht
wie erst Friedrich
Ernst Ludwig setzt sich wieder, nimmt den Körnersack
zwischen die Knie
Auf Hoher See
ganz andere Gedanken
als auf dem Festland
Frau Kant flüstert dem Steward etwas ins Ohr
Der Kopf bejaht
was er verneint hat
horcht lang am Käfig, dann
Dienstag mein Schicksalstag
der auch dein Schicksalstag ist
Frau Kant flüstert dem Steward etwas ins Ohr
Steward mit dem Speisezettel ab
Kant zu Friedrich
Wir gehören zusammen
gleichgültig

was die Welt denkt
die Welt denkt
nur Unverschämtes
FRAU KANT *zu Ernst Ludwig*
Richten Sie meinem Mann
den Kopf
Ernst Ludwig springt auf und richtet Kant den Kopf
KANT *zu Frau Kant*
Ich glaube
ich komme
zu dem richtigen Zeitpunkt
nach Amerika
Im Grunde bin ich
ein Feind des Amerikanismus
Ich habe Amerika immer gehaßt
Jahrzehntelang habe ich mich geweigert
jetzt gehe ich nach Amerika
In diese Falle geht jeder
Der Amerikanismus
ist schuld am Weltende
auffahrend zu Ernst Ludwig
Du verletzt mich ja
Habe ich dir nicht
alle diese Kopfgriffe gelehrt
dreißig Jahre
und ein so katastrophales Ergebnis
Deine Schwester habe ich
einmal gesehen
ein hübsches Kind
Unvorstellbar
daß sie deine Schwester gewesen ist
Die Grazie selbst
und du
alles an dir ist tölpelhaft
Deine Schwester
so ungemein feinnervig
und du das Gegenteil
stößt ihn weg
zu Friedrich
Wir haben keinen Bessern gefunden
als diesen Tölpel

Entweder
er gibt dir die Körner zu früh
oder zu spät
Menschen dieser Art
Ernst Ludwig setzt sich
haben kein Zeitgefühl
sie sind total antisensibilistisch
antisensibilistisch
FRAU KANT *in den Zeitungen lesend*
Wieder neue Morde
hörst du
Der Ministerpräsident von Kambodscha
ist ermordet worden
KANT
Zeitlebens bin ich gegen die Zeitungen
zeitlebens habe ich sie in mich hineingefressen
Frau Kant lacht laut auf
Warum lachst du
FRAU KANT
Diese Karikatur
KANT
Alles ist Karikatur
FRAU KANT *lacht laut auf*
Eine vollkommen falsche Wetterprognose
Für den Monat August
ist schlechtes Wetter vorhergesagt
KANT *lacht laut auf, dann*
Die Kette der Wahrheiten
bis zum letzten Glied verfolgen
Der Sturz aller Regierungen
steht unmittelbar bevor
Leibniz sagte Leibniz
mein Name ist Leibniz
zu Ernst Ludwig
Kennzeichen von deinesgleichen
ist der Ungehorsam
mit welchem die die dich
und die deinesgleichen bezahlen
fertig zu werden haben
Der Sozialismus
ist tödlich

Die Gesellschaft hat den Selbstmord
begangen
indem sie den Weg des Sozialismus gegangen ist
die Gesellschaft hat den Sozialismus
vollkommen mißverstanden
Ich bin Sozialist
der wahre der tatsächliche Sozialist
alles andere ist ein Irrtum
Und der Kommunismus
ist eine Modetorheit
Marx ein Tunichtgut
Der arme schwachsinnige Lenin
hat mich total mißverstanden
Alle diese Leute
waren nichts als geborene Romanschriftsteller
die ihr Talent
die ihr eigentliches Genie nie ausgeübt haben
plötzlich laut
Kann ich den Koch sprechen
Ich muß den Koch sprechen
zu Frau Kant
Der Koch muß her
her der Koch
STEWARD *tritt auf, salutiert*
Sie wünschen Herr Professor Kant
KANT
Ich muß den Koch sprechen
den Chefkoch
Ich vertrage keinen Kümmel
in der Kümmelsuppe
Holen Sie augenblicklich den Koch
Frau Kant flüstert dem Steward etwas ins Ohr
Steward ab
Kant zu Ernst Ludwig
Diese Schiffsköche sind hinterhältig
es gibt nichts Hinterhältigeres
als die Schiffsköche
Auf Hoher See muß man sich in acht nehmen
vor der Kost
die die Schiffsköche kochen

FRAU KANT
Aber du hast doch gestern
mit dem Schiffskoch gesprochen
mit dem Chefkoch
KANT
Ich muß täglich mit ihm sprechen
Ich will ihn täglich sehen
in allen diesen Menschen
geht unaufhörlich eine gefährliche Veränderung vor
und sie tun plötzlich was sie wollen
Steward kommt mit dem Schiffskoch
Kant zum Schiffskoch
Sind Sie der Chef
der Chefschiffskoch
SCHIFFSKOCH
Zu Diensten Herr Professor Kant
Kants Frau winkt dem Steward und steckt ihm einen Geldschein zu
KANT *schaut auf seine Taschenuhr*
zum Schiffskoch
Mit den Suppen
ist es eine Fatalität
finden Sie nicht auch
Eine Suppenfatalität
tatsächlich eine Suppenfatalität
SCHIFFSKOCH *um sich schauend, dann wiederholend*
Eine Suppenfatalität
KANT
Ich kenne einige Könige
die an zuviel Kümmel in der Suppe
gestorben sind
Sie wissen
wo ich hinauswill
horcht am Käfig
zu Friedrich
Gut daß du aus Ernst Ludwigs Sack versorgt wirst
zum Schiffskoch
Bevor ich einen Löffel esse
muß meine Frau einen Löffel essen
so halte ich es
seit fünfzig Jahren

droht mit dem rechten Zeigefinger
Die Köche sind die gefährlichsten
Kein Kümmel in meiner Suppe
nach einer Pause, während welcher sich alle anschauen
und kein Haar
Sie können gehen
Schiffskoch ab
Kant ruft ihm nach
Schiffskoch
Schiffskoch
Schiffskoch dreht sich um, bleibt stehen
Wie viele Kümmelkerne geben Sie gewöhnlich
in eine Suppe
SCHIFFSKOCH *fragend*
In eine Suppe
KANT *abwehrend*
Sagen Sie nicht
wieviel
Kochen Sie ruhig weiter
Bald sind die Atlantikfische
überhaupt nicht mehr zu genießen
zum Steward
Wissen Sie daß
je mehr gefangen werden
desto giftiger sind sie
Meine Frau findet gar nichts daran
daß die Aale schon nicht mehr genießbar sind
Die Heringe sind absolute Existenzverkürzer
Frau Kant flüstert dem Steward etwas ins Ohr
Kant zum Steward
Das Problem
waren zu allen Zeiten
die Löcher in den Netzen
Ein Vetter von mir
hat die Seefische
in den Alpen eingeführt
Er war der Erfinder des Kühlwagens
Sein Denkmal steht in Innsbruck
plötzlich
Aber es ist noch nicht enthüllt worden
schaut um sich

Jeden Augenblick denke ich
das Schiff birst
bricht auseinander ganz einfach
und wir alle fallen durch
auf den Meeresgrund
FRIEDRICH
Imperativ Imperativ Imperativ
KANT
Jedes einzelne Leben
ist von der größten Tragweite
schaut um sich
FRAU KANT *zum Steward*
Vielleicht ist es besser
er ißt ein Mus
Dampfpfeifen pfeifen
feingerührtes Mus
KANT
Die Logik lehrt
daß nichts leichter zu verdauen ist
als ein Mus
oder Kuttelflecke
Sekundärsteward tritt auf und flüstert dem Steward etwas ins Ohr
Frau Kant lacht laut auf und klappt eine Zeitung zu
Dampfpfeifen pfeifen
STEWARD *zu Kant*
Es ist angerichtet Herr Professor Kant
Alle erheben sich und gehen zum Essen
Ernst Ludwig packt den Käfig und geht hinterher
KANT *auf halbem Weg stehenbleibend, den rechten Zeigefinger befeuchtend und hochhebend*
Dampfpfeifen pfeifen
West Nordwest
FRIEDRICH
West Nordwest
STEWARD *salutierend*
Wind West Nordwest
volle Fahrt voraus

Mitteldeck

Mehrere Klappstühle und Sessel
Frau Kant und die Millionärin promenierend
MILLIONÄRIN
Es ist viel Prominenz
an Bord
Den Leuten nützt
ihr Inkognito nichts
Es hat sich herumgesprochen
daß Kant an Bord ist
lacht
Wenn diese Reise nicht zielführend ist
ist es die nächste
Meine Großmutter
eine geborene Litfaß
Kohle Koks Metall wissen Sie
mit pianistischen Ambitionen
reiste mit dem ganzen Familienschmuck
auf der Titanic
Die Dampfpfeifen pfeifen dreimal
Sie hatte immer davon gesprochen
daß sie auf Hoher See sterben wird
Tatsächlich hat der Eisberg die Titanic
vollkommen aufgeschnitten
Lloyds muß ganz einfach die Titanic heben
ich werde alles daransetzen
daß die Titanic gehoben wird
Mein verstorbener Mann
hat mir auf dem Totenbett den Schwur abgenommen
daß ich alles unternehmen werde
daß die Titanic gehoben wird
Lloyds hat schließlich eine große Verpflichtung
Kant an Bord
ist das nicht eine Ungeheuerlichkeit
Man sagt er sei aus Königsberg nie herausgekommen
Alles sehr witzige Leute
Die Dampfpfeifen pfeifen dreimal
Ich habe mit dem Steward gesprochen
Wir sitzen am Kapitänstisch

Mit dem Kardinal mit dem Admiral
am Lampionfest
Schrecklich
ich denke immerzu an die Eisberge
ich habe die ganze Nacht nicht geschlafen
nach der Erzählung des Kardinals
einerseits habe ich zugehört
andererseits fortwährend Whisky getrunken
Ein paar Gläser am Abend meinte der Bordarzt
schaden mir nicht
Auf einer solchen Reise
muß man sich ganz einfach
den angebotenen Genüssen hingeben
plötzlich, Frau Kants Kleid kontrollierend
Was für ein hübsches Kleid
ein richtiges Bordkleid
Ich bin jeden Morgen in der größten Verlegenheit
wenn ich denke
was ich wieder anziehen werde
Die Dampfpfeifen pfeifen dreimal
einerseits ist es an Deck doch sehr windig
andererseits unter Deck ziemlich heiß
Aber ich habe noch niemals auf Hoher See
ein und dasselbe Kleid zweimal getragen
Es muß interessant sein
mit einem so berühmten Mann wie Professor Kant
verheiratet zu sein
Der Steward sagt der Professor ist
zehnfacher Ehrendoktor
Sie hätten Ihren Mann auf dem Tristachersee kennengelernt
Eine Seeehe
lacht laut auf
Eine Seeehe

FRAU KANT

Ja auf dem Wasser

MILLIONÄRIN

Ihre erste Hochseereise
und zu einem so hohen Anlaß
Ehrendoktor von New York
was für ein Höhepunkt

FRAU KANT
   Mein Mann ist Ehrendoktor der Columbiauniversität
MILLIONÄRIN
   Aber das ist doch gleichgültig
   Mit einem Ehrendoktor
   an einem Tisch
   mit Kant persönlich
   Jetzt weiß ich erst was das bedeutet
   Der Kardinal ist ganz außer sich
   daß er auf demselben Schiff reist wie Kant
   Kant und der Kardinal
   Ich liebe Amerika über alles
   Sie nicht
FRAU KANT
   Wir reisen das erstemal nach Amerika
MILLIONÄRIN
   Daß es das heute noch gibt
   zum erstenmal nach Amerika
   schaut auf das Meer hinaus
   Diese Weite
   diese Unendlichkeit
   Nun gut
   ich glaube fest
   Lloyds hebt den Schatz
   dann habe ich erreicht
   was ich wollte
   Das bin ich doch meinem Mann schuldig
   Er hatte immer Schiffsbauingenieur werden wollen
   ein richtiger Schiffsbauingenieur
   Ach wissen Sie er stammte
   aus einer richtigen Proletarierfamilie
   Kant persönlich
   Es muß wunderbar sein
   mit einer Weltberühmtheit verheiratet zu sein
   mit Kant
   Gehen Sie auch jeden Tag zum Masseur
   Ich lasse mich täglich vom Schiffsmasseur massieren
   ein so schöner Körper
   eine elegante Erscheinung
   er hat mir gesagt
   im Grunde sei er Arzt

er habe sein Doktordiplom wegen einer verschleppten
Rippenfellentzündung
seiner Mutter nicht machen können
Achja die Krankheiten zerstören alles
da ist man auf dem besten Weg
ein Talent zu entwickeln
ein Genie zu werden
und plötzlich ist alles zunichte
weil eine Krankheit auftritt
Jeden Morgen kommt der Schiffsarzt
und mißt mir den Blutdruck
Ich habe meinen eigenen Blutdruckmesser mit
wohin ich auch fahre
immer habe ich meinen Blutdruckmesser mit
Die Ärzte behandeln mit ganz und gar unzuverlässigen
Apparaten
Haben Sie auch solche absurden Träume
Ich glaube ich gehe durch die Fifth Avenue
und rede einen Mann an und frage wie spät ist es
und es stellt sich heraus es ist der Schah von Persien
lacht laut auf
und er sagt
meine Liebe
Ihr Strumpfband hat sich gelöst
Mein Strumpfband frage ich mein Strumpfband
Allerdings meine Liebe Ihr Strumpfband sagt er
darauf bücke ich mich
und tatsächlich
hat sich mein Strumpfband gelöst
Ach sage ich
wie kommen Sie denn hier auf die Fifth Avenue
Aber wie ich mich wieder aufrichte
bin ich auf dem Großglockner
wirklich
Auf Hoher See haben die Leute die absurdesten Träume
oder sie leiden an Schlaflosigkeit
Der Kardinal hat schon zweimal erbrochen
Die Seekrankheit ist etwas Fürchterliches
Haben Sie wenigstens eine gute Kabine
Früher hatte ich Angst allein zu reisen
eine Seereise allein macht ganz einfach Angst

mit meinem Mann bin ich um die ganze Welt gereist
und immer zu Schiff
grundsätzlich nur zu Schiff
flüstert der Frau Kant ins Ohr
Er war Epileptiker
wieder laut
Ich hasse das Fliegen
Ach mir gefällt es hier auf dem Schiff
und mir schmeckt es hier auf dem Schiff
Wenn ich schlecht träume
gehe ich an Deck
und denke an Panama
verstehen Sie Matrosen Liebe achja
Und wenn mir die Kleider zu eng werden
haben wir schließlich einen Schneider an Bord
einen richtigen böhmischen Schneider
ein Genie auf seinem Gebiet
In ein paar Tagen habe ich Lloyds so weit
daß sie die Titanic heben
Ein Perlenkollier denken Sie
das die Maria Theresia um den Hals gehabt hat
und eine Menge erzherzöglicher Ringe
Brillanten Diamanten aus allen Kaiserhäusern
Finden Sie nicht
daß der Kardinal sehr gut aussieht
Ein schöner Papst wäre das
Ich bin sicher er wird eines Tages Papst
Dann kann ich sagen
ich bin mit dem Papst zu Schiff nach Amerika
Es gibt natürlich größere Schiffe
aber keins ist angenehmer
Luxus ist angenehm
der Hochseeluxus ist angenehm
Ich verstehe nichts von Philosophie
aber sagen Sie mir bitte was philosophiert Ihr Mann denn
Ist es tatsächlich unverständlich
Ich würde so gern etwas von Ihrem Mann lesen
haben Sie für mich etwas übrig
Ich möchte doch nicht mit Kant bekannt sein
und nichts von Kant kennen
schaut aufs Meer hinaus

Meine Mutter hat immer gesagt
rede nicht soviel mein Kind
das schwächt deinen Organismus
plötzlich
Angeblich hat die Titanic den Anwälten
die die Hinterbliebenen vertreten haben mehr gebracht
als das Ganze auf dem Schiff wert war
Sind Sie auch bei Lloyds versichert
Achja
was für ein schöner Nachmittag
plötzlich neugierig
Worauf gründet sich denn die Philosophie Ihres Mannes
Achja
Denken Sie wie ich in die Kabine komme
habe ich die Bescherung
Ich habe den Wasserhahn laufen lassen
entsetzlich
zwei Uhr früh und ich stehe im Wasser
Bis vier Uhr früh hat es gedauert
daß ich zu Bett gehen konnte
Die Nervosität der Leute ist auffallend
es liegt ein Wetterumschwung in der Luft
Haben Sie schon Ihre Lampions

FRAU KANT

Welche Lampions

MILLIONÄRIN

Na für das Lampionfest

FRAU KANT

Daran habe ich noch gar nicht gedacht

MILLIONÄRIN

Ich hatte immer nur gelbe Lampions
Gelb ist meine Lieblingsfarbe müssen Sie wissen
schon als Kind
Ich liebe diese Bordfeste
Einmal auf der Fahrt nach Jamaika
mit meinem Mann
hat es einen Zwischenfall gegeben
Das Bordfest war schon in Gang
da gab es eine Explosion
Das Schiff ist explodiert habe ich gedacht
Eine Panik eine richtige Panik stellen Sie sich vor

Aber es ist nur ein Knallkörper explodiert
Das wird Ihrem Mann gefallen das Bordfest
Da brauchen Sie mindestens sechs Lampions
Jeder hat zwei Lampions
Ihr Mann Sie und der Begleiter Ihres Mannes
FRAU KANT
Ernst Ludwig
MILLIONÄRIN
Ernst Ludwig richtig
Drei mal zwei ist sechs
FRAU KANT
Sie haben Friedrich vergessen
MILLIONÄRIN *fragt*
Friedrich
FRAU KANT
Der Papagei meines Mannes
MILLIONÄRIN *lacht auf*
Achja der Papagei
Das ist ja eine Unglaublichkeit
wenn der Papagei mit zwei Lampions hereinkommt
eine Unglaublichkeit
schaut aufs Meer hinaus
Ich liebe diese Augenblicke
in welchen ich hier stehe
und hinausschaue
Bleiben Sie länger in New York
Da müssen Sie länger bleiben
Sie müssen in den Centralpark
Ach und die vielen schönen Blusen auf der
                             Achtunddreißigsten Straße
Der Broadway ist nicht mehr
was er einmal war
das ist alles vorbei alles tot
Die großen Schauspieler sind alle auf dem Friedhof
und die lebenden sind nichts
Aber Sie haben sicher kein Interesse für Theater
Ich gehe nicht mehr ins Theater
es hat nichts mehr zu bieten
das Theater ist ein Anachronismus
Ein Bekannter von mir
Schriftsteller

auch ein Philosoph wie Ihr Mann
hat ein Buch herausgegeben
in welchem er beweist daß das Theater
ein Anachronismus ist
Kennen Sie Strindberg
Das ist ein Mann
alles andere ist nichts
da ist es besser ich nehme ein heißes Fußbad
als daß ich ins Theater gehe
zieht plötzlich ihren Rock hinauf
Sehen Sie
Frau Kant schaut auf das rechte Knie der Millionärin
Meine Kniescheibe ist künstlich
Eine lange Geschichte
Das ist ganz plötzlich passiert
Ich gehe drei Tage nach unserem Hochzeitstag
auf die Straße
vor zweiundvierzig Jahren
um einen Serviettenring abzuholen beim Juwelier
den Serviettenring habe ich meinem Mann geschenkt
eine Gravur wissen Sie
mit dem Hochzeitstagdatum
Wie ich in das Juweliergeschäft eintreten will
tritt ein Mann vor mich hin und sagt Vorsicht
Vorsicht hören Sie Vorsicht
Ich denke ein Verrückter und lache
In diesem Augenblick schlägt mir der Mann
mit einem Metallstock auf das Knie
und zerschlägt mit einem einzigen Schlag die Kniescheibe
Es ist alles so schnell passiert
daß der Mann unerkannt entkommen konnte
Der Fall ist nie aufgeklärt worden
Zuerst haben mich die Ärzte verpfuscht
in Europa praktizieren ja wirklich nur Stümper
Dann bin ich
nach mehreren mißlungenen Operationen in Wiener und
                              Schweizer Kliniken
nach Amerika
ich hatte mich schon damit abgefunden gehabt
daß mein Bein steif bleibt
aber an der Columbiauniversität

haben sie mir diese künstliche Kniescheibe eingesetzt
sehen Sie
bewegt ihr Bein in der Luft hin und her
Es ist ganz normal
obwohl die Kniescheibe künstlich ist
ganz normal als ob nichts gewesen wäre
Die amerikanischen Ärzte sind Genies sage ich Ihnen
läßt den Rock fallen und steht wieder auf beiden Beinen
Natürlich habe ich keine Kosten gescheut
Die Könner sind immer kostspielig
wäre ich in Europa geblieben
ich würde noch immer mit einem steifen Bein herumlaufen
beide setzen sich
aber wahrscheinlich hätte ich mich längst umgebracht
denn ich bin nicht der Mensch
der zeitlebens als Krüppel herumläuft
FRAU KANT
Wir haben große Hoffnung
daß meinem Mann geholfen wird
in Amerika
MILLIONÄRIN
Amerika hat schon vielen geholfen
Zuerst sind die Leute skeptisch
Wer Amerika nicht kennt haßt es
Bevor ich in Amerika gewesen bin
habe ich es auch gehaßt
FRAU KANT
Die Augen meines Mannes
verschlechtern sich täglich
der Zeitpunkt
ist abzusehen
in welchem er nichts mehr sieht
Er hat den Grünen Star müssen Sie wissen
MILLIONÄRIN
Gerade was den Grünen Star betrifft
kommt Ihr Mann in die besten Hände
Da kenne ich einen Professor in Chikago
der macht einen kleinen Schnitt in die Iris
und Ihr Mann sieht wieder wie er vorher gesehen hat
der Grüne Star ist heute kein Problem mehr
das Glaukom hat seinen Schrecken verloren

FRAU KANT
 Mein Mann setzt alle Hoffnung
 auf Amerika
 auf die amerikanischen Ärzte
MILLIONÄRIN
 Ich bewundere Ihren Mann
 ein Mensch der mit so schlechten Augen
 so viel sieht
 Der Kardinal sagt Ihr Mann hat bis jetzt schon
 viel mehr und viel tiefere Gedanken gedacht
 als alle andern
 Ich hätte nie gedacht
 daß ich Kant persönlich kennenlernen würde
 Das wird mir auch niemand glauben
FRAU KANT
 Zieht es auch so in Ihrer Kabine
MILLIONÄRIN
 Natürlich
 In allen Kabinen zieht es
 Ich setze in der Nacht eine Strickmütze auf
FRAU KANT
 Das ist eine gute Idee
MILLIONÄRIN
 Meine Großmutter
 hatte schon unter der Zugluft
 auf den Hochseeschiffen gelitten
 sie war eine leidenschaftliche Seereisende
 jedes Jahr mindestens eine Seereise
 und möglichst um die ganze Welt
 das war eine Ungeheuerlichkeit zu ihrer Zeit
 Meine Großmutter war niemals
 ohne Strickmütze an Bord
 Mein Kind hatte sie immer gesagt
 wenn ich diese Strickmütze nicht hätte
 Wer keine Strickmütze hat auf Hoher See
 holt sich alle möglichen Krankheiten
 die zuallererst als ganz harmlose Verkühlungen auftreten
 die aber schließlich alle chronische Krankheiten werden
 Eine einzige Nacht ohne meine Strickmütze
 und ich hätte mich zu Tode verkühlt
 Ich nehme an meine Großmutter hatte ihre Strickmütze auf

wie sie mit der Titanic untergegangen ist
es ist mir nicht anders vorstellbar
lacht
Achja man kann sich nicht genug schützen
Stricken Sie sich doch eine solche Strickmütze
FRAU KANT
Sicher wäre eine solche Strickmütze
für meinen Mann günstig
MILLIONÄRIN
Eine solche Strickmütze
ist der beste Schutz
Ich muß mich natürlich
mit einem größeren Betrag
an der Hebung der Titanic beteiligen
Lloyds hat mich übers Ohr gehauen bis jetzt
es ist ein pausenloser Kampf
will man zu seinem Recht kommen
Es ist meine dritte Amerikareise
in Sachen Lloyds
aber ich gebe nicht auf
ich habe es meinem Mann versprochen
auf dem Totenbett
in die Hand
Zwei Lampions für jeden
merken Sie sich das
Ein Papagei mit zwei Lampions
FRAU KANT
Ernst Ludwig muß Friedrichs Lampions tragen
MILLIONÄRIN
Ein urkomischer Mensch
Wo haben Sie denn den aufgetrieben
FRAU KANT
Ohne Ernst Ludwig
wäre mein Mann verloren
Er könnte Friedrich
nicht selbst tragen
MILLIONÄRIN
Ein urkomischer Mensch
Ein Geistestrio
lacht laut auf
Ein Geistestrio

FRAU KANT
  Da haben Sie recht
MILLIONÄRIN
  Man steckt ein Vermögen
  in einen Kopf
  wie Kants Kopf nicht wahr
  Da weiß man wenigstens wofür
  Die Geisteswelt ist
  eine ganz andere Welt
  Ich bin in der kapitalistischen aufgewachsen
  Ich bin ein echtes Kind des Kapitalismus
  Mein Mann hat mit mir immer nur per
  mein kapitalistisches Kind gesprochen
  Die erste Nacht auf See
  hatte er immer Durchfall
  Tagelang beobachte ich Ihren Mann
  es ist faszinierend
  Was mir auffällt
  ist
  daß Ihr Mann zweifellos
  eine hohe Schuhgröße hat
FRAU KANT
  Sechsundvierzig
MILLIONÄRIN
  Das ist ungewöhnlich
FRAU KANT
  Im Ausverkauf
  ist das ein Vorteil
MILLIONÄRIN
  Ja die ungewöhnlichen Größen
  sind absolut ein Ausverkaufsvorteil
  Kant und die andern kommen
FRAU KANT
  Mein Mann kommt
MILLIONÄRIN
  Diese Schritte kündigen Kant an
  Beide wenden sich um
  Kant mit Schriften, Ernst Ludwig mit Friedrich und der
  Steward mit Decken erscheinen
  Frau Kant und die Millionärin stehen auf

KANT *sofort auf einem der Klappstühle Platz nehmend, zur Millionärin*
Meine Frau schätzt eine universelle Unterhaltung wie die Ihrige
MILLIONÄRIN *lachend*
Wir verstehen uns
Herr Professor Kant
wir verstehen uns ausgezeichnet
*Frau Kant und der Steward richten Kants Klappstuhl
Ernst Ludwig hat den Käfig mit Friedrich und den Körnersack abgestellt und wickelt Kants Füße ein*
FRAU KANT *zu Kant*
Nimmst du die Kopfstütze
KANT
Natürlich die Kopfstütze
zu Mittag nehme ich selbstverständlich
die Kopfstütze
zur Millionärin
Die Wetterlage verschlechtert sich
befeuchtet den rechten Zeigefinger und hebt ihn in die Luft
West Nordwest
STEWARD *nimmt Haltung an*
West Nordwest Herr Professor Kant
Kant richtet sich die Brille und öffnet die Schriften
MILLIONÄRIN
Meine schönste Seereise
Herr Professor Kant
Ein so hochgestellter Geisteskopf auf dem Schiff
ich bin entzückt
Ich habe Ihrer Frau empfohlen
eine Strickmütze aufzusetzen gegen Verkühlungen
Ich habe meine Mütze selbst gestrickt
Aber man kann sich auch Mützen kaufen unter Deck
FRAU KANT *zu Kant*
Höher den Kopf
KANT
Den Kopf höher
Frau Kant und der Steward rücken an Kants Kopfstütze
Halt halt
so ist es richtig
schaut geradeaus

Jetzt habe ich die ideale Linie
　　　zur Millionärin
　　　Kennen Sie Joseph Conrad
MILLIONÄRIN
　　　Wer ist das
KANT
　　　Einer unserer größten Schriftsteller
　　　Pole
FRAU KANT *zur Millionärin*
　　　Wollen Sie sich nicht setzen
KANT *zur Millionärin*
　　　Setzen Sie sich doch
　　　Ernst Ludwig rückt den Käfig mit Friedrich ganz an Kants
　　　Klappstuhl heran und wickelt Kants Beine in die Decken ein
　　　Steward wickelt Kants Körper in die Decken ein
　　　Auch auf Hoher See
　　　herrscht der Dünkel
　　　Die Gemütslage verändert sich
　　　Die Exzentrizität
　　　Die Natur
　　　ist die größte Künstlichkeit
MILLIONÄRIN *zu Kant*
　　　Ich habe Ihrer Frau
　　　mein Knie gezeigt
　　　die künstliche Kniescheibe
　　　die amerikanische Kniescheibe
　　　wie mein Mann immer gesagt hat
　　　entblößt ihr Knie
　　　Sehen Sie Herr Professor Kant
　　　hier ist meine künstliche Kniescheibe
FRAU KANT
　　　Amerikanische Chirurgen
　　　haben sie ihr eingesetzt
　　　die amerikanischen Ärzte
　　　sind die besten
MILLIONÄRIN
　　　Die weltbesten
　　　zweifellos
KANT *auf das Knie der Millionärin schauend*
　　　Ich sehe nichts
　　　Wissen Sie ich habe den Grünen Star

ich sehe nichts
beinahe nichts mehr
ein paar grundlegende Sätze vielleicht
dann herrscht Finsternis
FRAU KANT *zur Millionärin, die ihren Rock wieder hinunterzieht*
Er kann Ihr Knie sehen
aber er sieht nicht
daß die Kniescheibe künstlich ist
MILLIONÄRIN
Die Angst vor Erblindung ist
handelt es sich um einen Geistesmenschen
die entsetzlichste Angst
Ich habe immer gedacht
lieber ein Bein weniger
als ein Auge
lacht laut auf
Die Augen sind noch immer nicht ersetzbar
Spaß beiseite
die Columbiauniversität ist ja gerade
was die Augenärzte betrifft
die berühmteste
zur Frau Kant
Ich hatte eine Nichte
die erblindete binnen weniger Tage
rettungslos
das arme Kind
Einmal bin ich mit ihr Himbeeren pflücken gegangen
im Schwarzwald
aber das arme Kind fand keine einzige Beere
*Frau Kant winkt den Steward heran und flüstert
ihm etwas ins Ohr*
In den europäischen Blindenanstalten herrschen
so unbeschreiblich entsetzliche Zustände
Sagen Sie Herr Professor Kant
worauf begründet sich die mehr oder weniger permanente
                                        Todesfurcht
die Angst vor dem Ende
KANT *aufbrausend*
Sagen Sie nicht das Wort Ende
MILLIONÄRIN *ratlos*
Achja ein jeder Mensch hat sein Ziel

nach einer Pause
Sind Sie seekrank Herr Professor
KANT
Das sehen Sie ja daß ich sehkrank bin
das sehen Sie ja an meiner Brille
MILLIONÄRIN
Ich meine seekrank
nicht sehkrank
FRAU KANT
Mein Mann ist nicht seekrank
er ist niemals seekrank
MILLIONÄRIN
Gerade solche Geistesköpfe leiden mitunter
an fürchterlicher Seekrankheit
Kant blättert in seinen Schriften
FRAU KANT *zu Kant*
Ich werde dir eine Mütze stricken
MILLIONÄRIN
Stricken Sie Ihrem Mann
eine rote Mütze
zu seinem Gesicht paßt eine rote Mütze
keine blaue
keine grüne
eine rote Mütze
dick gestrickt
lacht
eine Mütze nur mit
Augen- und Nasenlöchern
zu Frau Kant
Ich weiß gar nicht
warum mir jetzt
das Märchen vom Rotkäppchen einfällt
zum Steward
Ach bringen Sie mir doch
einen doppelten Whisky
es ist zu schön hier
man muß solche Gelegenheiten nützen
zu Kant und Kants Frau
Darf ich Sie beide nicht
auf einen Whisky einladen

FRAU KANT
　Mein Mann trinkt nicht
MILLIONÄRIN
　Das ist aber schade
　Steward ab
　Bald regnet es wieder
　und alles ist trostlos
　Kant macht Notizen in seine Schriften
　Künstler habe ich immer gesagt
　oder Wissenschaftler muß mein Mann sein
　ein Künstler oder ein Philosoph
　Dann habe ich plötzlich Richard geheiratet
　aus dem Schmutz gezogen sozusagen
　Aber das Leben an meiner Seite
　war ihm entschieden zu anstrengend
　Ich habe ihn kaputtgemacht
　Für die Proletarier
　ist die Luxusluft zu dünn
　hat mein Vater immer gesagt
　Achja jetzt bin ich schon so lange allein
　*Steward mit einem doppelten Whisky für die
　Millionärin zurück*
　Millionärin macht einen großen Schluck
　Das Leben ist zu kurz
　um es laufenzulassen
　finden Sie nicht auch Herr Professor
　Ich bin immer ein glücklicher Mensch gewesen
　im Grunde
　Es ist eine Platitüde was ich sage
　aber ich bin wirklich glücklich
　Mit Kant persönlich
　auf einem Schiff
　nach Amerika
　macht noch einen Schluck
　Für die einen ist es immer eine Katastrophe
　und für die andern ein großes Glück
　hebt das Glas in die Runde
　Ich trinke auf Ihr Wohl
　Herr Professor Kant Sie sollen leben
KANT *horcht an Friedrichs Käfig
　zu Ernst Ludwig*

Nichts es rührt sich nichts
ERNST LUDWIG
Vielleicht schläft er
KANT
Es ist spät geworden gestern abend
Kant ist der eine
der psittacus erithacus der andere
Wahrscheinlich hat ihn die Prozedur des Arztes
erschöpft
Ich habe den Arzt gerufen
und ihm den Kopf abhorchen lassen
Der Arzt hat sich nicht geäußert
horcht wieder am Käfig
zur Millionärin
Sie gestatten doch
daß ich Sie der Einfachheit halber
Millionärrin nenne
Sie sagen ja auch Professor zu mir
MILLIONÄRIN
Sie schmeicheln mir Professor Kant
Wie haben Sie es nur fertiggebracht
so berühmt zu werden
Wie merken Sie sich alle Ihre Philosophien in Ihrem
Kopf
KANT
Ich habe alles
was ich jemals gedacht habe
in Friedrich gespeichert
verliere ich Friedrich
habe ich alles verloren
MILLIONÄRIN
Ich habe Leute
die Bücher geschrieben haben
immer bewundert
natürlich die philosophischen
auf das höchste
KANT
Auf die Wirkung kommt es an
Wer durch die ganze Geschichte wirkt
in der einen
wie in der anderen Richtung

durch die ganze Geschichte durch
verstehen Sie
MILLIONÄRIN
Ach ist das aufregend
macht einen kräftigen Schluck
Frau Kant winkt den Steward zu sich und flüstert
ihm etwas ins Ohr
KANT
Jeder Gedanke
ist die ganze Geschichte
ist Vergangenheit und Zukunft
ist alles
verstehen Sie
Ein Patriarchat naturgemäß
horcht an Friedrichs Käfig
Die Ärzte machen
alles in einem Menschen verrückt
töten alles in einem Menschen
und erst in Friedrich
zu Ernst Ludwig
Hat er gegessen
Ernst Ludwig nickt
Wieviel
Ernst Ludwig zeigt die Menge am Körnersack an
Wenn die Bildung eines Körpers selber
die Achsdrehung hervorbringt
so müssen sie billig alle Kugeln des Weltbaues haben
aber warum hat sie der Mond nicht
schaut bedeutungsvoll in die Runde
plötzlich zur Millionärin
Sagen Sie
spielen Sie auch Klavier
MILLIONÄRIN
Wie kommen Sie darauf
KANT
Es ist nur eine Frage
alles an Ihnen spricht dafür
daß Sie Klavier spielen
MILLIONÄRIN
Ich höre gern Musik
ist es das

KANT
 Das ist es
 Ich sehe sofort
 das ist es
MILLIONÄRIN
 Wo kann man denn Ihre Bücher kaufen
 Ich möchte mir gleich alles von Ihnen kaufen Herr
 Professor Kant
FRAU KANT
 Überall
 auf der ganzen Welt
MILLIONÄRIN
 Ich kann es gar nicht glauben
 ein Ereignis
 ein Jahrhundertereignis
KANT
 Leibniz sagte Leibniz
 Ich sagte Kant Kant
 Die Ursache sind die Himmelskörper
 Planeten
 Kometen
MILLIONÄRIN
 Das Wichtigste
 das gedacht worden ist
 ist in Ihrem Kopf gedacht worden
 sagt der Kardinal
 Ach wäre das schön
 wenn der Papst würde
 einen so schönen Papst
 hat die Welt noch nicht gehabt
 plötzlich zu Kant
 Was denken Sie über die Kirche
KANT *notiert*
 Die Ekliptik
 ist eine andere
 Die Richtung als Fläche
 ist eine andere
MILLIONÄRIN *macht einen kräftigen Schluck*
 Ein ganz neues Denksystem
 denke ich
 Kant horcht am Käfig und winkt Ernst Ludwig zu sich

Kant und Ernst Ludwig horchen zusammen am Käfig
Diese Tiere
sind sehr sensibel
Ich hatte eine Meise
die verstand alles was ich sagte
plötzlich fiel sie vom Stäbchen
vor meinen Augen
das hat mich doch recht traurig gemacht
Ich hab die tote Meise noch heute
in Spiritus
vielleicht eine ganz kleine Perversität
macht einen kräftigen Schluck
KANT *zu Frau Kant*
Die Ärzte verursachen
nur Verschlimmerungen des Zustands
Flattergeräusche aus dem Käfig
MILLIONÄRIN
Hören Sie
Kant stößt Ernst Ludwig weg und horcht
Er ist aufgewacht
KANT
Er ist aufgewacht
aus einer Ohnmacht möglicherweise
FRIEDRICH
Ohnmacht Ohnmacht
Kant zieht an der Käfigdecke und schaut kurz hinein
MILLIONÄRIN
Der Vogel ist das Wichtigste
das Sie haben Herr Professor Kant
Das Allerwichtigste
KANT *läßt die Käfigdecke los
zur Millionärin*
Das System ist ein falsches System
das System ist immer ein falsches System
Steward will gehen
FRAU KANT
Warten Sie
Bringen Sie das Stehpult
Mein Mann will die Vorlesung j e t z t halten
Steward, nachdem er der Millionärin eingeschenkt hat, ab

FRIEDRICH
Jetzt jetzt jetzt
KANT
Gegen die Ekliptik
naturgemäß
senkrecht
FRIEDRICH
Senkrecht senkrecht
FRAU KANT
Mein Mann hält
urplötzlich
zu einem ganz bestimmten
unvorhergesehenen Zeitpunkt
seine Vorlesung
Millionärin macht einen kräftigen Schluck
In Würzburg hatte er nur einen Hund
als Zuhörer
KANT *zur Millionärin*
Eine glänzende Vorlesung
möglicherweise meine glänzendste Vorlesung
überhaupt
Kant sei aus Königsberg nie hinausgekommen
diese Lüge ist weit verbreitet
FRAU KANT *zur Millionärin*
Mein Mann hat in seinen Schuhen
Asbesteinlagen
er hat Angst
er verbrennt
wenn er diese Einlagen
nicht in seinen Schuhen hat
wenn er vorliest
MILLIONÄRIN
Ich habe auch immer Angst gehabt
vor der Elektrizität
Man greift hin
und ist verkohlt
lacht laut auf
verkohlt
zu Frau Kant
verkohlt

FRIEDRICH
Verkohlt verkohlt verkohlt
MILLIONÄRIN *zu Kant*
Sind Sie nicht auch bei Lloyds Herr Professor Kant
FRIEDRICH
Lloyds Lloyds
MILLIONÄRIN
An Ihrer Stelle
hätte ich für den Papagei längst
eine hohe Versicherung abgeschlossen
Lloyds versichert doch alles
Zwei drei Millionen
für das eingetretene Ereignis Herr Professor Kant
Oder versichern Sie doch
Ihren eigenen Kopf
Ihr Hirn Herr Professor Kant
auf eine Million
was sage ich
auf zehn Millionen
macht einen Schluck
zu Frau Kant
In Duisburg haben sie mir eine Kniescheibe eingesetzt
die nicht rostfrei gewesen ist
Immer habe ich davon geträumt
mit einer Kapazität zusammenzusein
auf engstem Raum
ruft aus
Das Augenlicht
für das Licht der Vernunft
FRAU KANT
Wo ist denn Ihr Mann begraben
MILLIONÄRIN
In New York
Noch am Abend nach der Ankunft
bin ich bei ihm
mein erster Weg in New York
ist der Weg zu ihm auf den Friedhof
Steward und Substeward bringen ein Stehpult an Deck
FRAU KANT *ausrufend und aufspringend*
Das Stehpult
Millionärin macht einen Schluck

Frau Kant zeigt in Richtung hinter Kant
Stellen Sie es da hin
Steward und Substeward stellen das Stehpult hinter Kant auf
Immanuel
das Stehpult

KANT
Das Stehpult
steht auf
Ernst Ludwig ist Kant behilflich

FRIEDRICH
Meine Damen und Herren

KANT *will, daß die Klappstühle und Sessel weggerückt werden*
Weg
alles weg
Weg weg
*Steward und Substeward räumen die Klappstühle und
Sessel aus dem Umkreis des Stehpults weg
Kant beobachtet, wie Steward und Substeward und
Ernst Ludwig das Stehpult auf den von Kant gewünschten
Platz stellen*
Gut
gut
*Alle treten zurück
Millionärin ist aufgestanden
Kant stellt sich hinter dem Stehpult auf und ist bald in seine
Schriften vertieft
Ernst Ludwig stellt den Käfig mit Friedrich neben Kant auf*
Merkwürdige Akustik auf Hoher See
*Kardinal tritt im Hintergrund auf, mehrere Passagiere
nach und nach*
Setzen Sie sich
setzen Sie sich doch
*Frau Kant setzt sich
Millionärin setzt sich
Alle setzen sich nach und nach*

FRIEDRICH
Meine Damen und Herren
Meine Damen und Herren
Meine Damen und Herren
*Ernst Ludwig öffnet den Körnersack, deckt Friedrich
vollkommen ab und füttert Friedrich*

Meine Damen und Herren
Millionärin macht einen großen Schluck
Zwei Passagiere treten auf
Die Dampfpfeifen pfeifen dreimal
KANT *aufgeregt*
Setzen Sie sich
so setzen Sie sich doch
Die Dampfpfeifen pfeifen dreimal
ruft zornig aus
Setzen
Die Passagiere setzen sich
FRIEDRICH
Setzen setzen
Die Dampfpfeifen pfeifen dreimal
KANT *nach einer längeren Pause*
Unmöglich von Vernunft zu sprechen
auf Hoher See
Die Dampfpfeifen pfeifen dreimal

Hinterdeck

Kleiner Salon
Tanzmusik aus dem großen
Kant, Kants Frau, die Millionärin, Kardinal und Admiral
an einem Tisch soupierend
Ernst Ludwig mit Friedrich im zugedeckten Käfig an einem
kleineren Tisch rechts
Steward und Substeward tragen auf
Tanzmusik wird lauter
Steward mit einer Champagnerflasche zum Kapitän
KAPITÄN *liest auf der Flasche*
Château Maginot
Neunzehnhundertsiebzehn
Alle begeistert
MILLIONÄRIN *ruft aus*
Aber Sonnenschein fehlt
Sonnenschein fehlt

KAPITÄN
Sonnenschein fehlt
Wie immer der Kunstsammler
Steward öffnet die Flasche und schenkt ein
Kapitän zu Kant
Die besten Wetterbedingungen
Herr Professor Kant
MILLIONÄRIN
Ein so schönes Lampionfest
ADMIRAL
Ich genieße diese Lampionfeste
KAPITÄN *auf Ernst Ludwig zeigend*
Eine fürsorgliche Natur
diese Menschenart
beinahe ausgestorben
MILLIONÄRIN
Ein echter Vogelschützer
Er widmet sein Leben vollkommen
dem Tier
FRAU KANT
Friedrich ist beinahe fünfzig
ADMIRAL
Ein erstaunliches Alter
für einen Vogel
FRAU KANT
Der psittacus erithacus
wird unter Umständen
ein Jahrhundert alt
KARDINAL
Die Urheimat des psittacus erithacus
ist Guinea
wenn ich nicht irre
MILLIONÄRIN
Da waren Sie doch Nuntius
nicht wahr
KARDINAL
Sehr richtig
KANT
Ich habe Friedrich ein Schlafmittel gegeben
die bewußte Teilnahme
an diesem Lampionfest

würde ihn allzusehr irritieren
ADMIRAL
Der typische Speicherkopf
KANT
Oder Kopfspeicher
FRAU KANT
Mein Mann könnte ohne Friedrich
nicht existieren
ADMIRAL
Es ist keine Frage
daß man sich an ein solches Tier gewöhnt
FRAU KANT
Mein Mann ist kein Tierliebhaber
das ist etwas anderes
MILLIONÄRIN *laut*
Ich liebe die Tiere
über alles
Ich habe die Tiere
immer geliebt
KARDINAL
In Amerika ist die Geschöpfliebe
die intensivste
KAPITÄN *zu Kant*
Die besten Wetterverhältnisse
Herr Professor Kant
hebt sein Glas und blickt in die Runde
Herr Sonnenschein fehlt noch
ein alter Freund dieses Schiffes
Schon siebenunddreißig
war Sonnenschein auf diesem Schiff
Der berühmteste Kunstsammler
aller Zeiten
Goyaspezialist
Anthroposoph
Menschenkenner
Kosmopolit
schaut die Runde ab
Mein lieber Herr Professor Kant
es ist ein erhebender Augenblick
mit Ihnen hier
auf meinem Schiff

auf der Prätoria
und mit allen meinen Gästen heute abend
das Glas zu erheben
Alle heben ihr Glas und trinken
Ich muß es sagen
es ist das schönste Lampionfest
das ich jemals gefeiert habe
schaut in den großen Salon hinein, in welchem die Musik jetzt noch lauter ist, dann
Dieses Lampionfest geht
in die Geschichte ein
nicht nur in die Seegeschichte
auch in die Philosophiegeschichte
Frau Kant klatscht dem Kapitän zu
MILLIONÄRIN *schließt sich ihr an und ruft aus*
Daß ich dabeisein darf
ruft laut aus
Philosophiegeschichte
KAPITÄN
Morgen früh
exakt elfuhrzwanzig
amerikanischer Zeit
laufen wir in New York ein
Schiffsoffizier tritt auf und überbringt dem Kapitän eine Nachricht
Kapitän nachdem er die Nachricht gelesen hat
Der Maschinenschaden ist repariert
Wir hatten einen Maschinenschaden
Alle einen Augenblick vollkommen bewegungslos
MILLIONÄRIN
Davon habe ich gar nichts bemerkt
Kant aufblickend
Davon habe ich ja gar nichts bemerkt
Schiffsoffizier ab
KAPITÄN
Es ist alles in Ordnung
Es ist alles in Ordnung
FRAU KANT
Deine Vermutung
dieses merkwürdige Geräusch
zu Kant

Siehst du
es war doch etwas
über Kant zu den andern
Mein Mann hat ein ganz außerordentliches Gehör
er vermutete einen Maschinenschaden
KAPITÄN
Aber beruhigen Sie sich
es ist alles in bester Ordnung
hebt sein Glas
Alle heben ihr Glas und trinken
Die Tanzmusik wird lauter
MILLIONÄRIN
Das ist meine aufregendste Amerikareise
FRAU KANT
Mein Mann irrt nie
KARDINAL
Das ist kein angenehmer Gedanke
unterzugehn
MILLIONÄRIN
Ein Schutzengel
ist an Bord
Wir haben einen Schutzengel an Bord
trinkt ihr Glas aus, der Steward schenkt sofort nach
ADMIRAL
Es ist absolut unmöglich
daß ein solches Schiff untergeht
Es ist so gebaut
daß es selbst auf einen Eisberg auffahren kann
ohne unterzugehn
Es ist nicht mehr die Zeit der Titanic
hebt sein Glas in die Runde
Meine Verehrung Herr Professor Kant
Alle heben zu Ehren Kants ihr Glas und trinken es aus
Steward schenkt allen ein
KAPITÄN
Passagierschiffe
sind heute
das sicherste Verkehrsmittel
MILLIONÄRIN
Erinnern Sie sich
wie das ganze Philharmonische Orchester von Manchester

vor der argentinischen Küste untergegangen ist
Seither gibt es in Manchester
keine Philharmonie mehr
Mein Schwager war an Bord
er hatte sich retten können
KAPITÄN
Die Seefahrt kennt schon seit Jahrzehnten
kein solches Unglück mehr
FRAU KANT
Mein Mann fürchtete sich
Steward öffnet eine zweite Flasche Champagner
vor dieser Seereise
Aber ich habe ihn beruhigen können
MILLIONÄRIN
Die Sterne stehen günstig
ADMIRAL *zu Kant*
Sind Sie sich dessen bewußt Herr Professor
daß Ihre Philosophie die einzige ist
von welcher die Welt sagen muß
daß sie sie von Grund auf bewegt hat
alles andere ist doch nichts
KANT
Die Ekliptik beweist
wider die Vernunft
alle Gesetze
ADMIRAL
Das Erstaunliche ist doch
die ungeheuerliche Wirkung
aber natürlich ist diese Wirkung
überhaupt nicht erstaunlich
zum Kardinal
Die Kirche nimmt natürlich immer
ihren kirchlichen Standpunkt ein
MILLIONÄRIN *zum Kardinal*
Eminenz ich habe eine Frage an Sie
ist es wahr daß
wenn ein Papst gewählt ist
weißer Rauch aufsteigt
Alle schauen sich gegenseitig an
In dem Augenblick
in welchem ein neuer Papst gewählt ist

KARDINAL
Ja
weißer Rauch
tatsächlich weißer Rauch
MILLIONÄRIN
Glauben Sie
daß bei der nächsten Papstwahl
ein Römer
oder ein Nichtrömer Papst wird
plötzlich enthusiastisch
Sie wären der ideale Papst
einen so hocheleganten Papst
hat es noch niemals gegeben
Kunstsammler tritt auf
KAPITÄN *ruft aus*
Sonnenschein unser Kunstsammler
begrüßt den Kunstsammler und führt ihn an den Tisch
Kunstsammler setzt sich, nachdem er sich nach allen Seiten verneigt hat
Unser Kunstsammler
sammelt nur die wertvollste Kunst
ADMIRAL
Das ist allerdings
Auslegungssache
KARDINAL
Allerdings
KAPITÄN
Goyaspezialist
Velasquez
Rembrandt
MILLIONÄRIN
Rembrandt
ich liebe Rembrandt
KAPITÄN *zum Kunstsammler*
Haben Sie die Zeichnungen kaufen können
zu den übrigen
Er ist ein Kubinnarr
Sie wissen wer Kubin war
KUNSTSAMMLER
Die einzige Ausnahme die ich mache
ist Kubin

sonst sammle ich nur alte Kunst
MILLIONÄRIN *zum Kunstsammler*
Sagen Sie Herr Sonnenschein
kenne ich Sie nicht aus Brüssel
Lassen Sie mich nachdenken
ruft plötzlich aus
Natürlich
aber natürlich
Sie sind ein Vetter dritten Grades von mir
sagt Ihnen Monfalcone etwas
KUNSTSAMMLER
Von da sind meine mütterlichen Vorfahren
MILLIONÄRIN
Sehen Sie
Sie sind ein Verwandter
trinkt ihr Glas leer
Ich kann hinkommen wo ich will
ich treffe auf Verwandte
Noch jedesmal wenn ich nach Amerika gefahren bin
habe ich auf dem Schiff einen Verwandten getroffen
Achja die Zufälle sind der Reiz des Lebens
KUNSTSAMMLER
Wo es schön ist
und wo es interessant ist
sind die Verwandten
KAPITÄN
Herr Sonnenschein
ist Italiener
aber er hat einen amerikanischen Paß
Steward öffnet eine dritte Flasche Champagner
und wenn ich nicht irre
auch einen portugiesischen
KUNSTSAMMLER
Und einen deutschen
ADMIRAL
Sind Sie mehr auf Ölgemälde
oder auf Zeichnungen spezialisiert
KUNSTSAMMLER
Öl Öl
ich sammle vor allem Öl
mit ganz wenigen Ausnahmen

Toulouse Kubin *wie gesagt*
Kapitän steht auf und bittet Frau Kant um einen Tanz und führt Frau Kant in den großen Salon
MILLIONÄRIN *zum Admiral*
Wie war es in Persien
erzählen Sie
fragt
Ihre erste Persienreise
ADMIRAL
Meine erste Persienreise
MILLIONÄRIN
Persepolis
hat Sie das nicht sehr beeindruckt
Ich bin eine Säulenfanatikerin
In Persien habe ich
die schönsten Säulen gesehen
Aber schade
daß ich nicht lesen konnte
was darauf steht
Sind Sie auch zu den Felsengräbern
Admiral verneint schweigend
Die hätten Sie sehen sollen
in den Felsen hineingehauen
direkt hineingehauen
Sprechen Sie Persisch
Admiral verneint
Millionärin trinkt ihr Glas leer
Man kann ja nicht alles können
an Kant
Nicht wahr Herr Professor Kant
man kann ja nicht alles können
Wenn das Leben nicht so kurz wäre
Das Leben ist viel zu kurz
ADMIRAL
Da haben Sie vollkommen recht meine Liebe
MILLIONÄRIN
Was man nicht alles
sehen sollte
Mich haben diese Lepragesichter in Schiraz
doch sehr beeindruckt
diese beinahe zur Gänze

    abgefressenen Gesichter
    Ich habe gar nicht gewußt
    daß in Persien die Lepra herrschte
    Einerseits
    dieser überschwengliche Luxus
    andererseits
    diese fürchterliche Armut
ADMIRAL
    Ein Land der Gegensätze
MILLIONÄRIN
    Man hat fortwährend Angst
    vor einer Todeskrankheit in Persien
ADMIRAL
    In Teheran herrschen absolut
    chaotische Verhältnisse
MILLIONÄRIN
    Eine schreckliche Stadt
    zum Kardinal
    Waren Sie nie in Persien Eminenz
KARDINAL
    In Afghanistan ja
    in Persien nein
MILLIONÄRIN
    Natürlich
    in Persien ist ja kein Christentum
    Seit ich in Persien gewesen bin
    kann ich keinen Perserteppich mehr sehen
    Ich hatte schon immer eine Abneigung
    gegen Perserteppiche
    zum Admiral
    Als Admiral hat man doch
    die ganze Welt gesehen
    wenigstens die Küstenwelt
ADMIRAL
    Die Küstenwelt wenigstens
    Die Seeleute
    sind überall herumgekommen
    tatsächlich
    Sie kennen alles
MILLIONÄRIN
    Nur die Alpen kennen Sie nicht

Im Emmental sind Sie doch sicher verloren
ADMIRAL
Da haben Sie recht meine Liebe
das Emmental macht mir zu schaffen
MILLIONÄRIN
Ich rede soviel Unsinn
und Professor Kant sitzt mir gegenüber
Achja
so interessant bin ich noch nie
nach Amerika
KANT *winkt Ludwig heran*
ruft ihn
Ernst Ludwig
Ernst Ludwig richtet die Käfigdecke und kommt an den Tisch
Kant zu Ernst Ludwig
Komm
dein Glas
Ernst Ludwig holt von seinem Tisch sein Glas
Hörst du etwas
von Friedrich
Ernst Ludwig schüttelt den Kopf
Kant winkt den Steward heran und bedeutet ihm, er solle
Ernst Ludwig Champagner in sein Glas einschenken
Schenken Sie ihm
Champagner ein
KARDINAL
Ein treuer Diener
seines Herrn
ADMIRAL
Seinesgleichen
stirbt aus
unwiderruflich stirbt seinesgleichen aus
KANT *zu Ernst Ludwig*
Wenn Friedrich aufwacht
nimmst du die Decke ab
Die Herrschaften sollen ihn sehen
über den Kapitän
Sie sollten Friedrich hören
wie er das Wort Kapitän sagt
unübertrefflich
zum Kardinal

Und das Wort Kardinal
und zum Admiral
und das Wort Admiral
und zur Millionärin
Und das Wort Millionärrin
zu Ernst Ludwig
Setz dich
iß dich an
und setz dich
hebt sein Glas und prostet Ernst Ludwig zu, der
zurückprostet
Ernst Ludwig geht auf seinen Platz zurück und ißt und trinkt
weiter und beobachtet die Tischszene, ab und zu horcht er am
Käfig und schaut unter die Käfigdecke
Der psittacus erithacus
braucht sehr viel Schlaf
MILLIONÄRIN *ausrufend*
Sie sind ja auch Tierforscher
Herr Professor Kant
das habe ich gar nicht gewußt
Philosoph und Tierforscher
in einem
zum Admiral
Sie halten die Gabel aber merkwürdig
Admiral
merkwürdig
ADMIRAL
Das kommt von einer Schußverletzung
die ich mir in den Ardennen zugezogen habe
auf einer Geheimkonferenz
MILLIONÄRIN *fragend*
Ein Attentatsversuch
ADMIRAL
Ein Attentat
auf den tunesischen Botschafter
der getötet worden ist
ich selbst bin nur
an der linken Hand
verletzt worden
Dieser Verletzung verdanke ich
den Orden der Ehrenlegion erster Klasse

MILLIONÄRIN *beugt sich neugierig zum Admiral vor*
Achja
der Ehrenlegionorden
Wie kommen Sie denn in die Ardennen
ADMIRAL
Eine Geheimbesprechung
der französischen mit der englischen Regierung
MILLIONÄRIN
Waren Sie denn in der Regierung
ADMIRAL
Ich war Ratgeber Ihrer Majestät
MILLIONÄRIN
Der englischen Königin
ADMIRAL
Ja natürlich
ich bin sechs Jahre
in dieser Position gewesen
MILLIONÄRIN
Wie aufregend
ehrlich gesagt
ich bin eine Kriegsgegnerin
Ich bin gegen den Krieg
ich bin gegen alles Kriegerische
blickt in die Runde
Man muß gegen den Krieg sein
zum Kardinal
Und Sie Eminenz
was führt Sie nach Amerika
KARDINAL
Ich weihe einen neuen Lehrstuhl
für Equilibristik ein
Kapitän und Frau Kant kommen zurück und setzen sich
in Chikago
ein Freundesdienst
Im übrigen schätze ich
die amerikanischen Ärzte
MILLIONÄRIN
Alle Kranken zieht es
nach Amerika
die amerikanischen Ärzte
haben den besten Ruf

In Europa gibt es
keinen guten Arzt mehr
ADMIRAL
Die europäische Medizin
ist nichts mehr wert
Steward öffnet die vierte Flasche Champagner
FRAU KANT *zu ihrem Mann*
Siehst du
die Hoffnungen aller Kranken
richten sich auf Amerika
KANT
Ein Körper kann
in Ansehung vieler schiefer Flächen
weit mehr ausrichten
als gegen diejenige
die er in gerader Richtung
perpendikular anstößt
FRAU KANT *über ihren Mann*
Mein Mann ist immer
an die Grenzen seiner Kräfte gegangen
das hat sein Glaukom ausgelöst
wenn Sie wissen was das bedeutet
ein Glaukom
der Begriff des Grünen Stars
MILLIONÄRIN
Man kann nicht ungestraft
jahrzehntelang so tief denken wie Kant
trinkt ihr Glas aus
KARDINAL
Der gefürchtete Grüne Star
führt heute nicht mehr zu totaler Erblindung
der sogenannte okulare Druck
kann von der Medizin heute durchaus
in Grenzen gehalten werden
FRAU KANT
Das sagte mir der Schiffsarzt auch
KARDINAL
Übrigens ein ausgezeichneter Mann
MILLIONÄRIN
Ein typischer Schiffsarzt

ADMIRAL
Die Ärzte sind die wahren Exzentriker
dieser Geschichtsepoche
KARDINAL
Da kann ich nur zustimmen Admiral
FRAU KANT
Mein Mann hat die Ärzte immer verachtet
KARDINAL
Die Ärzteverachtung
ist eine weitverbreitete
unter den Denkern
MILLIONÄRIN *zu Kant*
Wer war eigentlich dieser Leibniz
von dem Sie so oft sprechen
Immer wieder erwähnen Sie seinen Namen
KANT
Herr von Leibniz
Ein guter Bekannter von mir
mit welchem ich ausgedehnte Spaziergänge machte
wir ermüdeten niemals
wir verstanden uns
von Anfang an
wie keine zweiten
*Frau Kant winkt dem Steward und flüstert ihm etwas ins Ohr
und steckt ihm dann einen Geldschein zu*
Mit Leibniz
ein Herz eine Seele meine Liebe
zwei fortwährend
aufeinander zugehende Größen
Wir hatten uns in Zoppot kennengelernt
Newton
war unser Brotgeber
wenn Sie wissen wer Newton gewesen ist
MILLIONÄRIN
Ich glaube ich muß passen
Herr Professor Kant
zum Kunstsammler
Goya war ein Genie nicht wahr
Haben Sie ihn gekannt
KUNSTSAMMLER
Nicht persönlich

MILLIONÄRIN
Von Rembrandt geht für mich
so eine unglaubliche Faszination aus
Wie er die Farbe verteilt
er weiß immer
wohin mit der Farbe
*hält dem Steward ihr Glas hin, der Steward füllt es und
sie trinkt es aus*
Wissen Sie
ich plane eine Nordkapreise
es wäre zu schön
wenn Sie alle mit mir zum Nordkap
*zeigt auf Ernst Ludwig
zu Kant*
Er sieht Ihrem Friedrich ähnlich
er hat im Grunde
die gleichen Gesichtszüge
Professor Kant
FRAU KANT *über Ernst Ludwig*
Er ist als Kind
vom Baum gefallen
da war er dumm
Man hört den Donauwalzer aus dem großen Salon
MILLIONÄRIN *begeistert ausrufend*
Mein Lieblingswalzer
Ich liebe den Donauwalzer
*Admiral steht auf und bittet die Millionärin um einen Tanz
Millionärin am Arm des Admirals im Hinausgehen*
Mein Lieblingswalzer
der Donauwalzer wird lauter
KANT *dreht sich nach Ernst Ludwig um, flüstert ihm zu*
Hörst du etwas
schläft er noch
*Ernst Ludwig schaut unter die Käfigdecke und schüttelt den
Kopf
Kant zum Kardinal*
Friedrich zeigt keinerlei
Interesse an Lustbarkeit
Steward öffnet die fünfte Flasche und schenkt ein
Auf diese Tablette schläft
er zwei Stunden

Ich kann Friedrich doch nicht
dieser ganzen Situation ausliefern
Ich habe diese Reise gefürchtet
überall wo ich hinkomme heißt es
Der Professor Kant
der aus Königsberg nicht hinausgekommen ist
Die Menschheit ist verrückt geworden
Die Unsicherheit hat zugenommen
Frau Kant flüstert dem Steward etwas ins Ohr
Die Menschheit fürchtet nichts mehr
als sich selbst
Sicherheit ist immer nur
tödliche Sicherheit
Ich begreife erst jetzt
wohin ich abziele
das Glaukom hat mir
die Augen geöffnet
Die Menschheit hat den Verrat begangen
zum Kardinal
Die Equilibristik hat mich
zeitlebens interessiert
Mein Talent ist einmal ein ganz anderes Talent gewesen
Ich hatte das größte Talent zum Equilibristen
Sicher haben Sie sich die längste Zeit
mit Equilibrismus beschäftigt
Die Wahrheit ist im Equilibrismus
In Chikago sagen Sie
ein Lehrstuhl für Equilibristik
Das ist eine Ungeheuerlichkeit
Mich hat zeitlebens
die Methode des Equilibrismus interessiert
Zeitlebens leide ich
unter Equilibrismusschwäche wissen Sie
Untergangsmenschen
Equilibristen
Komödienschreiber
Bevor die Verfinsterung vollkommen eintritt
zur Strafe ein paar Aufhellungen für die Leute
Verhexungen
Geistesvollstreckungen
Meine Methode ist die totale Methode wissen Sie

Die Angst das Augenlicht zu verlieren
hat mir die Augen geöffnet
Es ist nichts als ein Wettlauf mit dem schwindenden Augenlicht
Ich hasse Amerika
alles Amerikanische ist mir verhaßt
In Wahrheit haben mich alle Universitäten Amerikas eingeladen
aber ich habe keine dieser Einladungen angenommen
Meine Frau hat herausgefunden
daß es in Amerika Ärzte gibt
die auf das Glaukom spezialisiert sind
Glaukomspezialisten wissen Sie
Das Glaukom ist noch vollkommen unerforscht
Die Glaukomwissenschaft tappt noch immer völlig im
dunkeln
Nichts weiß man über das Glaukom
Aber es hat sicher mit der Zerstörung der Seele zu tun
Im Grunde ist es allein meine Frau
die mich auf dieses Schiff gebracht hat
gezerrt hat in Wahrheit gezerrt gezerrt gezerrt
Freiwillig bin ich nicht auf das Schiff gegangen
Ich habe mich immer davor gefürchtet
Auf Hoher See
was für ein tödlicher Begriff meine Herren
was für eine Ungeheuerlichkeit
Der Donauwalzer wird lauter
Wenn ich eine Vorlesung mache
ist es immer eine Vorlesung vom Tode
von der Krankheit zum Tode wissen Sie
von diesem Prozeß
der in die Unendlichkeit hinein unerforscht bleiben
wird
Die Gesundheit ist eine Anmaßung meine Herren
Die Gesundheit ist eine Unzucht
Das Integral ist die Hölle
Schiffsoffizier kommt mit einem Telegramm herein
Steward nimmt ihm das Telegramm ab
FRAU KANT *winkt den Steward zu sich, nimmt ihm das Telegramm*
ab und liest
zuerst leise, dann laut
Immanuel ein Telegramm

KANT *fragend*
    Ein Telegramm
FRAU KANT
    Ein Telegramm
    von der Columbiauniversität
KANT
    Tatsächlich
FRAU KANT
    Soll ich vorlesen
KANT
    Von der Columbiauniversität
    Ich sehe ja beinahe
    überhaupt nichts mehr
    ich habe überhaupt nicht gesehen
    daß jemand ein Telegramm gebracht hat
FRAU KANT *hält das Telegramm in die Luft*
    Hier ist das Telegramm
    hier ist es
KANT
    Ein Telegramm von der Columbiauniversität
FRAU KANT *zu allen andern*
    Darf ich es vorlesen
    liest das Telegramm vor
    Wir begrüßen Kant
    in Amerika
    d a s Ereignis des zwanzigsten Jahrhunderts
    Alle klatschen darauf
KANT
    Ich bringe Amerika die Vernunft
    Amerika gibt mir mein Augenlicht
    Alle klatschen noch einmal
FRAU KANT
    Columbus hat Amerika entdeckt
    Amerika hat Kant entdeckt
KAPITÄN
    Das müssen wir feiern
    das verleiht dem Lampionfest die Größe
    hebt sein Glas
    Auf Kant
KARDINAL
    Und auf Amerika

alle aufstehend und durcheinanderrufend
Auf Kant und auf Amerika
auf Amerika und auf Kant
KANT
Ich danke für Ihre Aufmerksamkeit
Wenn die Intension
wie die Linie ist
so ist die Kraft
wie das Quadrat
Alle setzen sich wieder
Das Integral ist die Hölle
in welcher wir alle umkommen verstehen Sie
Steward öffnet die sechste Flasche und schenkt ein
Wer es auch ist
mit wem wir es zu tun haben
es ist ein tödlicher Prozeß
Aber die Geschichte ist eine Augenweide
Eine Augenweide
steht auf und steht einen Augenblick vollkommen reglos
Eine Augenweide meine Herren
setzt sich wieder
Meine Frau
ist das Opfer dieser tödlichen Wissenschaft
und Friedrich
dreht sich um und zeigt auf Friedrich
der Vollstrecker
Millionen von Eselsohren
in meinen Schriften
Millionen von Eselsohren meine Herren
manchmal glaube ich
ich bin verrückt
Eine Umweltstrafe natürlich
Ein Exzeß
eine totale Lieblosigkeit
Meine Vorlesungen enden immer mit dem Satz
Ich danke für Ihre Aufmerksamkeit
Diesen Satz beherrscht Friedrich wie keinen andern
Ich danke für Ihre Aufmerksamkeit
zum Kardinal
Die Kirche ist die Nutznießerin meiner Errungenschaften
Die Kirche ist der Mord der Natur

Wo nichts als Künstlichkeit herrscht
ist die Kirche
Es ist ein ungeheurer Verleumdungsprozeß
Ich mache diese Reise
um mein Augenlicht wiederzufinden
denn ich bin schon beinahe erblindet
Wo beinahe nichts ist als Schatten
hat die Vernunft keinerlei Begründung
Ich danke für Ihre Aufmerksamkeit
FRIEDRICH
Ich danke für Ihre Aufmerksamkeit
ich danke für Ihre Aufmerksamkeit
KANT *dreht sich nach Friedrich um*
Hören Sie
wie er mir nachfolgt
er hat sich alles gemerkt
psittacus erithacus
das Zahlen- und Zifferngenie
das gefiederte Gewissen meiner Erkenntnisse
der einzige Mensch
den ich jemals zur Gänze gehabt habe
kommandiert
Ernst Ludwig
bring ihn her
Er gehört hierher
Er ist aufgewacht und gehört hierher
Friedrich gehört hierher
Frau Kant flüstert dem Steward etwas ins Ohr
Kardinal flüstert Frau Kant etwas ins Ohr
Kunstsammler flüstert der Frau Kant etwas ins Ohr
Kant zum Kunstsammler, während Ernst Ludwig Friedrich
zum Tisch heranträgt
Kunstsammler
Steward öffnet die siebente Flasche
Sie sind doch Kunstsammler
hören Sie
nimmt Ernst Ludwig den Käfig ab und hält den Käfig mit
Friedrich hoch in die Luft
Hier mein Herr Kunstsammler
haben Sie das größte Kunstwerk der Welt
läßt den Käfig sinken

mein Friedrich
FRIEDRICH
Friedrich Friedrich Friedrich
Ernst Ludwig nimmt Kant den Käfig mit Friedrich ab
KANT *erschöpft*
Das größte Kunstwerk der Welt
Friedrich
mein Friedrich
Frau Kant steht auf und räumt mit dem Steward den Tisch so weit ab, daß der Käfig auf den Tisch gestellt werden kann
Ernst Ludwig stellt den Käfig mit Friedrich auf den Tisch
Kant zum Kunstsammler
Hier haben Sie
was Sie Ihr ganzes Leben lang gesucht haben
Meinen Friedrich
reißt blitzschnell die Käfigdecke herunter
FRIEDRICH
Friedrich Friedrich Friedrich
Frau Kant flüstert dem Steward etwas ins Ohr und steckt ihm einen großen Geldschein zu
KANT *zum Kapitän*
Mein Kapitän
mein Friedrich
befeuchtet den rechten Zeigefinger und hebt ihn in die Luft
Wind West Nordwest
volle Fahrt voraus
STEWARD *nimmt Haltung an, salutierend*
Wind West Nordwest
volle Fahrt voraus Herr Professor
Admiral und Millionärin kommen aus dem großen Salon zurück, in welchem laut Walzer gespielt wird
Admiral an den Tisch und setzt sich
MILLIONÄRIN *geht beinahe vollkommen betrunken auf Kant zu und breitet die Arme aus*
Damenwahl Professor Kant Damenwahl
FRIEDRICH
Damenwahl Damenwahl Damenwahl
MILLIONÄRIN
Damenwahl Herr Professor Kant
Kant steht vom Tisch auf
Millionärin nimmt ihn in die Arme

Damenwahl Professor Kant
kommen Sie
FRAU KANT
Nun geh schon
geh schon
KARDINAL
Kant tanzt
Kant tanzt
ADMIRAL
Das ist ja unfaßbar
KUNSTSAMMLER
Unfaßbar
KARDINAL
Kant tanzt
Millionärin führt Kant in den großen Salon
Alle schauen den beiden nach
FRIEDRICH *laut schreiend*
Kant tanzt Kant tanzt Kant tanzt

Landung

Kapitän, Steward, Substeward, Schiffsoffiziere, Matrosen
an Bord zur Verabschiedung der Passagiere angetreten
Dampfpfeifen pfeifen
Wartende an Land, darunter Ärzte und Pfleger eines
New Yorker Irrenhauses
Kardinal erscheint als erster und wird vom Kapitän
verabschiedet
Matrosen folgen mit dem Kardinalsgepäck über die
Landungsbrücke herunter
Zweimaliges Pfeifen der Dampfpfeifen
Kunstsammler Sonnenschein hinter ihm
Andere Passagiere
Dreimaliges Pfeifen der Dampfpfeifen
Millionärin mit Gefolge folgt
Kant mit Frau Kant, dahinter Ernst Ludwig mit Friedrich
im Käfig, während die Dampfpfeifen dreimal pfeifen

Steward und Matrosen tragen Kants Gepäck
FRAU KANT *auf halber Höhe der Landungsbrücke stehenbleibend*
  mit ausgestrecktem rechtem Arm an Land zeigend
  Da
  die Abordnung der Columbiauniversität
  Eine Kapelle an Land spielt auf
  Steward tritt zu Frau Kant und stützt sie
KANT
  Tatsächlich
  eine Abordnung der Columbiauniversität
  Kant und Gefolge gehen an Land
EINER DER BEIDEN ÄRZTE *tritt zu Kant und fragt*
  Professor Kant
KANT *hochaufgerichtet um sich schauend, stolz und deutlich*
  Sie haben mich erkannt
  Die Dampfpfeifen pfeifen dreimal
  Der Arzt greift Kant unter den Arm und führt ihn ab
  Die Pfleger folgen

Ende

Copyrightangaben

Der Präsident © Suhrkamp Verlag Zürich 1975
Die Berühmten © Suhrkamp Verlag Frankfurt am Main 1976
Minetti © Suhrkamp Verlag Frankfurt am Main 1976
Immanuel Kant © Suhrkamp Verlag Frankfurt am Main 1978

Uraufführungen

Der Präsident
Uraufführung: Burgtheater, Wien, 17. 5. 1975
Regie: Ernst Wendt

Die Berühmten
Uraufführung: Theater an der Wien, Wien, 8. 6. 1976
Regie: Peter Lotschak

Minetti
Uraufführung: Staatstheater Stuttgart, 1. 9. 1976
Regie: Claus Peymann

Immanuel Kant
Uraufführung: Staatstheater Stuttgart, 15. 4. 1978
Regie: Claus Peymann

Thomas Bernhard
im Suhrkamp und im Insel Verlag

Werke in 22 Bänden. Herausgegeben von Martin Huber und Wendelin Schmidt-Dengler. Bisher erschienen: Bd. 1: Frost. Bd. 2: Verstörung. Bd. 3: Das Kalkwerk. Bd. 4: Korrektur. Bd. 5: Beton. Band 6: Der Untergeher. Bd. 10: Die Autobiographie. Bd. 11: Erzählungen 1 (In der Höhe. Amras. Der Italiener. Der Kulterer). Bd. 12: Erzählungen 2 (Ungenach. Watten. Gehen). Band 13: Erzählungen III. Bd. 14: Erzählungen. Kurzprosa. Bd. 15: Dramen 1 (Frühe Stücke. Ein Fest für Boris. Der Ignorant und der Wahnsinnige. Die Jagdgesellschaft). Bd. 16: Dramen 2 (Die Macht der Gewohnheit. Der Präsident. Die Berühmten). Band 17: Dramen 3. Bd. 21: Gedichte.

Alte Meister. Komödie.
st 1553 und BS 1120. 311 Seiten

Amras. es 2421 und st 1506. 99 Seiten

Amras. Mit einem Kommentar von Bernhard Judex.
SBB 70. 143 Seiten.

Auslöschung. Ein Zerfall. st 1563. 651 Seiten

Beton. st 1488. 213 Seiten

Die Billigesser. st 1489. 150 Seiten

Claus Peymann kauft sich eine Hose und geht mit mir essen. Drei Dramolette. st 2222. 96 Seiten

Der deutsche Mittagstisch. Dramolette. Mit Abbildungen.
st 3007. 148 Seiten

Ein Fest für Boris. es 3318 und es 440. 107 Seiten

Eine Begegnung. Gespräche mit Krista Fleischmann. st 3757. 156 Seiten

Erzählungen. st 1564. 195 Seiten

Erzählungen. Kommentar: Hans Höller. SBB 23. 172 Seiten

Frost. st 47. 315 Seiten

Gehen. st 5. 100 Seiten

Gesammelte Gedichte. Herausgegeben von Volker Bohn. st 2262. 350 Seiten

Heldenplatz. st 2474. 165 Seiten

Holzfällen. Eine Erregung. BS 927, st 1523 und st 3188. 336 Seiten

In der Höhe – Rettungsversuch. Unsinn. st 2735. 143 Seiten

In hora mortis. IB 1035. 44 Seiten

Der Italiener. st 1645. 92 Seiten

Ja. 155 Seiten. Gebunden. st 1507. 160 Seiten

Das Kalkwerk. Roman. st 128 und BS 1320. 224 Seiten

Korrektur. Roman. st 1533. 384 Seiten

Der Kulterer. Eine Filmgeschichte. st 306. 119 Seiten

Die Macht der Gewohnheit. Komödie. BS 415. 160 Seiten

Der Stimmenimitator. st 1473. 179 Seiten

Stücke 1. Ein Fest für Boris – Der Ignorant und der Wahnsinnige – Die Jagdgesellschaft – Die Macht der Gewohnheit. st 1524. 349 Seiten

Stücke 2. Der Präsident – Die Berühmten – Minetti – Immanuel Kant. st 1534. 352 Seiten

Stücke 3. Vor dem Ruhestand – Der Weltverbesserer – Über allen Gipfeln ist Ruh – Am Ziel – Der Schein trügt. st 1544. 463 Seiten

Stücke 4. Der Theatermacher – Ritter, Dene, Voss – Einfach kompliziert – Elisabeth II. st 1554. 368 Seiten

Der Theatermacher. BS 870. 162 Seiten

Ungenach. Erzählung. st 2819. 93 Seiten

Der Untergeher. 243 Seiten. st 1497. 256 Seiten

Verstörung. 194 Seiten. BS 229. st 1480. 208 Seiten

Watten. Ein Nachlaß. st 2820. 99 Seiten

Wittgensteins Neffe. Eine Freundschaft.
164 Seiten. BS 788. st 1465. 176 Seiten. st 3842. 163 Seiten

Materialien zu
Thomas Bernhard

Antiautobiographie. Zu Thomas Bernhards »Auslöschung«. Herausgegeben von Hans Höller und Irène Heidelberger-Leonard. st 2488. 250 Seiten

Rudolf Brändle. Zeugenfreundschaft. Erinnerungen an Thomas Bernhard. st 3232. 124 Seiten

Hilde und Birgit Peter Haider-Pregler. Der Mittagesser. Eine kulinarische Thomas-Bernhard-Lektüre. Mit einem Vorwort von Luigi Forte. st 3290. 256 Seiten

Thomas Bernhard. Ein Lesebuch. Herausgegeben von Raimund Fellinger. st 2158. 365 Seiten

Thomas Bernhard und Frankfurt. Der Autor und sein Verleger. Herausgegeben von Martin Huber. Broschur. 18 Seiten

Thomas Bernhard. Leben. Werk. Wirkung. Von Manfred Mittermayer. Suhrkamp BasisBiographien 11. 160 Seiten

Thomas Bernhard. Werkgeschichte. Herausgegeben von Jens Dittmar. Aktualisierte Auflage. st 2002. 496 Seiten

Thomas Bernhard und seine Lebensmenschen. Der Nachlaß. Herausgegeben von Martin Huber, Manfred Mittermayer und Peter Karlhuber. Mit zahlreichen Abbildungen und Faksimiles. 208 Seiten. Broschur

suhrkamp taschenbücher
Eine Auswahl

Isabel Allende
- Fortunas Tochter. Roman. Übersetzt von Lieselotte Kolanoske. st 3236. 483 Seiten
- Das Geisterhaus. Übersetzt von Anneliese Botond. st 1676. 500 Seiten
- Paula. Übersetzt von Lieselotte Kolanoske. st 2840. 496 Seiten
- Porträt in Sepia. Übersetzt von Lieselotte Kolanoske. st 3487. 512 Seiten
- Zorro. Roman. Übersetzt von Svenja Becker. st 3861. 443 Seiten

Jurek Becker. Jakob der Lügner. Roman. st 774. 283 Seiten

Louis Begley
- Ehrensachen. Roman. Übersetzt von Christa Krüger. st 3998. 444 Seiten
- Schmidt. Roman. Übersetzt von Christa Krüger. st 3000. 320 Seiten

Thomas Bernhard
- Alte Meister. Komödie. st 1553. 311 Seiten
- Holzfällen. st 1532. 336 Seiten
- Wittgensteins Neffe. st 1465. 164 Seiten

Ketil Bjørnstad
- Villa Europa. Roman. Übersetzt von Ina Kronenberger. st 3730. 535 Seiten
- Vindings Spiel. Roman. Übersetzt von Lothar Schneider. st 3891. 347 Seiten

Lily Brett. Chuzpe. Übersetzt von Melanie Walz. st 3922. 334 Seiten

Lizzie Doron. Warum bist du nicht vor dem Krieg gekommen? Übersetzt von Mirjam Pressler. st 3769. 130 Seiten

Marguerite Duras. Der Liebhaber. Übersetzt von Ilma Rakusa. st 1629. 194 Seiten

Hans Magnus Enzensberger. Josefine und ich. Eine Erzählung. st 3924. 147 Seiten

Louise Erdrich
- Der Club der singenden Metzger. Roman. Übersetzt von Renate Orth-Guttmann. st 3750. 503 Seiten
- Die Rübenkönigin. Roman. Übersetzt von Helga Pfetsch. st 3937. 440 Seiten

Max Frisch
- Homo faber. Ein Bericht. st 354. 203 Seiten
- Mein Name sei Gantenbein. Roman. st 286. 304 Seiten
- Stiller. Roman. st 105. 438 Seiten

Carole L. Glickfeld. Herzweh. Roman. Übersetzt von Charlotte Breuer. st 3541. 448 Seiten

Philippe Grimbert. Ein Geheimnis. Roman. Übersetzt von Holger Fock und Sabine Müller. st 3920. 154 Seiten

Katharina Hacker
- Die Habenichtse. Roman. st 3910. 308 Seiten

Marie Hermanson
- Der Mann unter der Treppe. Übersetzt von Regine Elsässer. st 3875. 269 Seiten
- Muschelstrand. Roman. Übersetzt von Regine Elsässer. st 3390. 304 Seiten

Yasushi Inoue. Das Jagdgewehr. Übersetzt von Oskar Benl. st 2909. 102 Seiten

Uwe Johnson. Mutmassungen über Jakob. Roman. st 3128. 298 Seiten

James Joyce. Ulysses. Roman. Übersetzt von Hans Wollschläger. st 2551. 1008 Seiten

Daniel Kehlmann. Ich und Kaminski. Roman. st 3653. 174 Seiten

Magnus Mills. Die Herren der Zäune. Roman. Übersetzt von Katharina Böhmer. st 3383. 216 Seiten

Cees Nooteboom. Allerseelen. Roman. Übersetzt von Helga van Beuningen. st 3163. 440 Seiten

Elsa Osorio. Mein Name ist Luz. Roman. Übersetzt von Christiane Barckhausen-Canale. st 3918. 424 Seiten

Amos Oz. Eine Geschichte von Liebe und Finsternis. Roman. Übersetzt von Ruth Achlama. st 3788 und st 3968. 829 Seiten

Ralf Rothmann. Junges Licht. Roman. st 3754. 236 Seiten

Hans-Ulrich Treichel
- Anatolin. Roman. st 4076. 188 Seiten
- Menschenflug. Roman. st 3837. 234 Seiten

Mario Vargas Llosa. Das böse Mädchen. Roman. Übersetzt von Elke Wehr. st 3932. 395 Seiten

Carlos Ruiz Zafón. Der Schatten des Windes. Übersetzt von Peter Schwaar. st 3800. 565 Seiten